U0927350

本书获得山东科技大学出版基金资助

Charming Soul and Harmony Beauty

灵魂之魅与中和之美

——铁凝小说论

王志华◎著

中国社会科学出版社

图书在版编目(CIP)数据

灵魂之魅与中和之美：铁凝小说论／王志华著．—北京：中国社会科学出版社，2015.9

ISBN 978－7－5161－6941－4

Ⅰ.①灵…　Ⅱ.①王…　Ⅲ.①铁凝—小说创作—文学创作研究
Ⅳ.①I207.42

中国版本图书馆 CIP 数据核字(2015)第 232254 号

出 版 人　赵剑英
责任编辑　门小薇
责任校对　朱妍洁
责任印制　戴　宽

出　　版　中国社会科学出版社
社　　址　北京鼓楼西大街甲 158 号
邮　　编　100720
网　　址　http://www.csspw.cn
发 行 部　010－84083685
门 市 部　010－84029450
经　　销　新华书店及其他书店

印刷装订　三河市君旺印务有限公司
版　　次　2015 年 9 月第 1 版
印　　次　2015 年 9 月第 1 次印刷

开　　本　710×1000　1/16
印　　张　16
插　　页　2
字　　数　236 千字
定　　价　60.00 元

目　录

序

王志华在山东师范大学跟随着我从硕士一直读到博士，她勤奋、敬业、求学热情高涨，虽然理论思维不算出色，但虔诚的学习态度和刻苦钻研的精神帮助她顺利完成了学业，并在相关研究领域取得了一定的研究成果。她的博士论文写的是铁凝，铁凝是中国新时期文坛上成就突出、极具特色的优秀作家，对其进行全面系统的研究和整体把握，既有文化建设的意义又有学术积累的价值，我对她的选择非常支持。而经过她的努力，博士论文在评审和答辩中也得到了好评。现在，经过几年的沉淀、润色与修改，她准备把论文修改稿付梓，并要我给她写序，我本来是很反感给人写序的，但出于对她学术追求的肯定和对她学术未来的鼓励，我无法拒绝，就应允了下来。

在这本专著中，王志华对铁凝小说资料的占有和阅读是非常充分的，对有关铁凝的现有研究成果也是非常了解和熟悉的，这为本书的学术探索打下了坚实的基础。专著的特色主要表现在：

首先，论著从对铁凝的创作和研究入手提炼出了“铁凝现象”（即她的小说创作量少而质高、作品既“卖座”又“叫好”、其集政治身份与作家身份于一身、其置身文坛“边缘”却又占据“中心”等矛盾统一现象）这一理论命题，并对这一现象的内涵给予了建设性的阐释。论著从对“铁凝现象”的探寻出发，围绕“中庸之道”这一核心展开论述，不仅为铁凝研究提供了一个全新视角，而且使论题突破了女性文学研究的领域，具有了文学整体建构的价值和意义。因为论著是从现象出发，循着发现问题—解决问题的思路展开论述，而不是从理论到理论，因此问题的提出、回答是符合铁凝创作实绩的，论述显得有理有据，准确到位。

其次，论著在文本细读上花了很大的工夫，对铁凝小说世界进行了多层次、多侧面的阐释与论析。全书共分六个部分，包括：铁凝小说的女性认同与主体建构、铁凝小说对现代人格的探求、铁凝小说的悲剧意识、铁凝小说独特的意识形态叙事、铁凝小说的美学风格、铁凝小说的文体艺术等。因为作者始终以“中庸之道”作为观照问题的视角，全书就有了一个多维性的意义框架，各部分在平行展开中又有一致的指向，内容丰富又自成一个系统性的有机整体。中庸之道既是一种方法论，又内含对人的和谐的追求。铁凝小说的中庸之道在这两个方面都有所表现：与前者相应，铁凝小说在艺术层面具有一种中和之美，如她的悲剧小说所表现出和谐的悲剧观，其将宏大叙事与日常生活叙事进行融合所形成的意识形态叙事，美学风格方面审美与审丑的双重变奏、喜剧因素与悲剧因素的交融，文体方面复调性的对话体、稳定的网状结构、人物设置的对称等；与后者相应，铁凝小说关注女性及其主体的建构、关注小人物的悲欢、关注人的精神人格等。

最后，论著视野开阔，具有文学史和文化眼光，综合运用了女性主义理论、现代性理论、复调理论、叙事学、身份认同等多种理论和方法，做到了史论结合，理论阐释与文本分析结合，尤其是在微观解读上显示出作者较强的感悟和把握作品的能力。作者能将铁凝置于整个时代的大文化语境中透视其作品的意义和价值，尤其是特别注重 20 世纪 80 年代后中国文学的历史流变对于作家的影响。同时，论著对铁凝小说在女性写作、悲剧意识、意识形态叙事等方面特征的概括，注意进行纵向和横向对比，这使得本书的诸多学术结论也因此具有了一定的学术深度和说服力。

总之，这是一部有独到发现和独到思考的学术著作。例如，对作为女性作家的铁凝的研究，作者就超越了狭隘的女性主义立场，能够站在多维度的审美空间进行人文主义观照，从而最大限度地接近了研究对象的精神真相；再如，对铁凝小说意识形态叙事的分析也相当细致，尤其是对其意识形态叙事隐形化特征的总结很有自己的发现。此外，作者对铁凝小说文体的研究也用力颇深，弥补了既往研究的薄弱环节。

当然，该著作也存在着某些不足。比如对“铁凝现象”内涵的阐释以及其所包含的重要问题的回答尚有简单化和武断之处，“中庸之道”等观点的提出也还有进一步推敲之处。同时，尽管论著也注意文本分析与理论阐释相结合，但总体上看，还是以感性分析见长，理论性分析相对薄弱一些。但瑕不掩瑜，该书作为铁凝研究的专著有助于对铁凝文学创作的文学史化和经典化，对于推进铁凝以及中国当代文学的研究也有一定的意义。衷心祝愿王志华以此书的出版为契机，进一步加强理论修养和学术积累，进一步增强文学敏感和学术自觉，在不久的将来为我们呈现更多更好的学术成果。

是为序。

吴义勤

2014 年初于中国现代文学馆

导论　从“铁凝现象”出发

铁凝是中国当代文坛上一位颇有影响的作家，从开始创作到现在所走过的三十余年的创作生涯，她始终以一种独特的姿态存在于人们的视野中。我们且不具体深入她的作品去谈，单从她所给我们的外在的感性印象而言，可以说，她是一个充满了“谜”一样色彩的作家，因为在她身上集中了太多看似矛盾的现象，而她却神奇地将这些矛盾协调统一起来。首先是其作品的量少却质精。单就小说而言，从开始创作至今，铁凝不过创作了四部长篇、十多部中篇、百余部短篇。这样的创作量与那些动辄几百万字的作家是无法相比的，即便是与她同时代成长起来的作家相比，她的作品数量也不是很多。然而，她的作品却多次获奖。目前其作品获得《人民文学》《小说月报》等各大期刊奖共计三十余种，五次获得国家级文学奖，并且获奖级别随着佳作迭出而不断升级。显然，其不算丰厚的创作量与获奖之多之间是不成比例的。很多作家创作一辈子却可能一部作品也难得获奖，铁凝是怎样实现其作品的高获奖率的呢？其次是其作品既“卖座”又“叫好”。“卖座”是指其作品广受读者喜爱，故而销量可观；“叫好”则指其作品赢得“圈内”或“业内”行家几乎一致的好评。而在我们的印象中，“卖座”与“叫好”往往是矛盾的，因为两者之间评判者鉴赏水平的差异就已经内在地厘定和反映了作品质量的高低。比如，一些畅销文学因为满足于大众欣赏趣味而遭到专业人士贬低，而专业人士所看好的所谓高雅作品却不被大众和市场看好。将两者统一在一起是所有写作者梦寐以求的境界，铁凝又是怎样达到这样的境界的呢？再次是作家身份与政治身份的统一。从1984年到1996年，铁凝先后当选为河北省文联副主席至河北省作家协会主席，中国作家协会理事至中国作家协会副主席；2006年底，铁凝又当选为中国作家协会主席；并且铁凝是中国作家协会成立以来最年轻的理事、副主席和主席。其间的1987年，她又作为党代表出席了党的十三大。可见，文学创作起步不久，铁凝就承担了越来越多的社会职务、参与了越来越多的社会活动。而社会职务和社会活动所包含着的某种名誉的诱惑及社会责任某种程度上必然与作家自由的写作个性构成冲突，它往往会使作家身不由已地牺牲或放弃其艺术个性，这样的例子在中国现代以来的文学史上并不鲜见。但铁凝却没有陷入两种角色身份所制造的冲突陷阱中，而是游刃有余地往来穿梭于其间。在努力做好社会工作的同时，又没有放弃作为作家对自己内心自由和文学个性的坚守和维护。她又是怎样将两者的关系处理好的呢？最后置身“边缘”却占据“中心”。可以说，铁凝的文学创作是与中国新时期文学共同起步和发展的。新时期以来的中国小说，从“伤痕”到“反思”，从“寻根”到“先锋”，从“新写实”到“新状态”，从“私人写作”到“现实主义冲击波”……各种各样的文学浪潮风起云涌，此起彼伏，然而在其风口浪尖却从来不见铁凝的身影，她总是置身这众多主潮之外，但又不失其影响。不过，自成名之后，其不同时期的作品却总能在当时文坛引起轩然大波。从这种意义上讲，铁凝又是一个在文坛主流之中始终占据重要地位的作家。一个从不追“新”逐“后”并与流行的文学时尚自觉保持距离的作家又是怎样在不期然间成为文坛“中心”的呢？铁凝将这些矛盾和谐地集合在她身上，在中国新时期文坛上制造了一种所谓的“铁凝现象”。从某种程度上讲，正是这种现象所产生的神秘、困惑之感，吸引着我去关注铁凝、深入铁凝，去索解上述谜团。

实际上，能将各种矛盾组合为一体并不奇怪，或许它某种程度上正彰显着一个有着探索精神的作家的独特个性和文化追求。仔细分析，

"铁凝现象"的矛盾组合鲜明地体现出中国传统的中庸思想或哲学。所谓中庸，简单地说就是"不偏不倚、无过无不及"（朱熹：《中庸章句》）。也就是说，用最恰当的方法处事，使其达到一种平衡和谐的状态。但它绝对不是无原则地求"和"，而是辩证地处理矛盾、差异，保持对立的统一，这才是真正的"和"。从这种意义上来看，铁凝可谓深得"中庸之道"的智慧，因此，她才能将上述矛盾统一于一身。中庸之道或许可以帮助我们解释"铁凝现象"，但是否可以用来理解铁凝的小说创作呢？它是否在其小说创作中也一样得到显现，并作为一种文化精神贯穿她小说创作的始终呢？要做出明确的回答，我们必须追寻铁凝三十余年的创作历程，以其小说创作的实绩来说话。

铁凝的文学创作开始于一篇题目叫作《会飞的镰刀》的中学作文。在这篇作文中，16 岁的铁凝表现出了异乎寻常的文学天赋，特别值得一提的是，她以清新笔触所书写的孩子们之间的美好情感于那个思想禁锢的年代而言，显示出难能可贵的气度。对此，作家徐光耀曾用两个"没想到"及一句"你写的已经是小说了"① 给以肯定和称赞。其审美化的风格特征在其中也初见端倪。

从 1975 年到 1979 年是铁凝四年的插队生活，从坚持写日记做起，铁凝自觉地开始了文学创作的生涯。在这期间，她先后写作并发表了《不受欢迎的礼物》《收获》《排戏》《夜路》《丧事》等短篇小说，后来结集为《夜路》出版发表。它们基本上都是反映农村生活的作品，从知青形象到揭批"四人帮"的主题，作品并没有提供什么新鲜的内容，但小说清新淳朴的气息和生动活泼的语言使作品在当时具有了主题以外的新意。它们继续了其审美化的风格，标志着铁凝创作的正式开始。

1979 年，铁凝结束了插队生活，调到保定地区文联工作，四年的农民生活对她以后的文学创作产生了重大的影响。它最早使铁凝有机会

① 铁凝：《真挚的做作岁月》，载《铁凝文集》五，江苏文艺出版社 1996 年版，第 445 页。

开始认识中国社会和中国的普通农民，并且在人生观方面建立起了对农村和农民的深厚情感。插队生活于铁凝而言，不仅具有提供素材和获得灵感的意义，更重要的是为她的小说创作活动提供了思想的本源，用铁凝自己的话说："它奠定了我某种比较坚固的人生态度。"① 表现在艺术上是创作中温暖纯净的"底色"。铁凝一直坚持这样的观点："文学还应该有个巨大的功能，就是有暖意，应该给人类带来一些温暖。"② 而这种观点的直接来源就是下乡插队时与农村女孩子一起生活的日子，是那些农村女孩子淳朴善良的心性感染了铁凝，并培养起了铁凝善良温暖的情怀，正如铁凝在回忆那段生活时所说："那时候正是因为有了她们，我觉得不那么陌生了，你的温暖、暖意从哪儿来的，你的那种相对的踏实感从哪里来的，我觉得就是从这些女孩子身上来的。"③ 这段经历对铁凝产生影响的第一个结果就是短篇小说《哦，香雪》的出现。

小说没有复杂的故事情节和激烈的矛盾冲突，它写了火车开进深山里，它在台儿沟停留的一分钟里，搅乱了山村的平静，也唤起了山村姑娘对现代文明的精神向往。小说写得很美，用孙犁的话来说，"这篇小说从头到尾都是诗，它是一泻千里的，始终一致的。这是一首纯净的诗，即是清泉。它所经过的地方，也都是纯净的境界"④。然而，在小说发表之初却并没有引起文坛的注意，由于孙犁的推介，小说才获得评论界的认可并在全国短篇小说评奖中获一等奖。小说最初被冷落和最后被认可的原因是相同的，那就是它的"美"。因为与整个社会揭批"四人帮"的公众情绪相吻合，当时的文学是以伤痕和反思题材为主流，相比之下，像《哦，香雪》这样充满诗意的作品在当时的氛围中显然是极不合拍的，它的不被注意及在评奖过程中的最初受挫也就是理所当

---

① 铁凝、王尧：《文学应当有捍卫人类精神健康和内心真正高贵的能力》，载《当代作家评论》2003 年第 6 期。

② 同上。

③ 同上。

④ 孙犁于 1982 年 12 月 14 日写给铁凝的信，转引自贺绍俊《铁凝评传》，郑州大学出版社 2005 年版，第 38 页。

然的了。但幸运的是，评论家们还是被小说所传达的强烈的艺术美感打动了，铁凝对文学主流的第一次偏移游离最终以获得文坛中心的认可而完满收束。对铁凝而言，这次经历的最大收获就是她由此触摸到了文学的本质。社会性的思想内容会随时代变迁而过时，但艺术性的东西却可以保持永久的魅力，因此，《哦，香雪》以其"纯净的诗意，隽永的意境，常被忆及，不会忘记"[①]。并且在那样的时代可谓开了风气之先，具有文学史的突破意义。对铁凝来说，《哦，香雪》则最初确立了她小说创作的诗意风格，并为以后的小说创作铺就了一层温暖纯净的底色。她这一阶段所创作的小说，如《一片洁白》《意外》《东山下的风景》等都显示出这种特征。

1983 年，铁凝创作了她的第一个中篇小说《没有纽扣的红衬衫》。虽然小说场景发生了转换，但安然身上那种新鲜的、富有朝气的、向上的精神和爱美的天性使作品依然保持了清新的底色，并且在表现生活的丰富性方面摆脱了《哦，香雪》及《夜路》集中比较单一的色调，显示出铁凝对社会认识的深化。小说中仍然没有受到当时社会认同的所谓宏大叙事、历史批判的影响，出现的是中学生最平常的生活及日常的家庭生活。这篇小说有一个与《班主任》相类似的情节，即学生和班主任之间的矛盾冲突。如果刨除"文革"因素的话，《班主任》中班主任张俊石和石红，班主任与谢慧敏及宋宝琦之间的关系，与《没有纽扣的红衬衫》中班主任与祝文娟，班主任与安然之间的关系可谓如出一辙。《班主任》在服从于政治批判的集体呼声而将班主任和石红塑造成启蒙者及帮手形象的同时，却滑过了他们身上于日常生活中所有可能潜隐着的人性弱点。而铁凝的书写却触及了这类更为恒常的社会和人生问题，因此，在同类题材的书写中铁凝显示出其独到的眼光和穿透力；而且，安然的清新形象在那样一个时代显示出独特的意义，正如铁凝自己所说："它所以打动人们，是因为在那个时代背景下的中国人刚刚释放

① 崔道怡：《春花秋月系相思——短篇小说评奖琐忆》，载《小说家》1999 年第 4 期。

开心灵的禁锢，而一个几乎全新的、未经污染的少女‘跳’出，振奋了人们久已麻木的想象，也清洗了蒙在人们心头多年的灰尘。”① 从这种角度讲，铁凝再一次以游离的姿态反而获得了切近文学中心的神奇力量。

铁凝的话是一种事后总结，而在当时，她对自己作品在文坛上具有的意义并不自知。在戴锦华看来，“铁凝的成功与对铁凝的命名，正源于时代特定的误读”，这种误读是由“一种寓言解读的渴望与定式”造成的，如由《哦，香雪》“发现了现代化进程伸向荒僻乡村的触角”，在《没有纽扣的红衬衫》中“指认了青少年成长的社会学命题”。② 也因此，同样是游离文学主流，却并不是每每有所收获。比如在此之前创作的《灶火的故事》（1980），就因为引入了“女性身体”的视角而遭遇尴尬，因此，她才暂时扭转了方向，于是就有了《哦，香雪》的诞生。可见，在那个时期，事实上铁凝并不像我们现在所以为的是一个完全“出格”的人，在她潜意识中实际上交织着对主流文学观的认同与内心独特发现的焦虑。因此，有时候她不得不用正统文学观的要求去规范和调整作品的主题和人物，即便是对香雪的塑造，也带有 20 世纪 80 年代前期文化启蒙的时代冲动。③ 但由之前《灶火的故事》的越轨式创作可以看出，铁凝毕竟仍然保持着对内心独特发现的坚守。因此，尽管铁凝由此遭遇尴尬，但事后谈起时还是很看重这篇小说，她说：“与这两个（《哦，香雪》《六月的话题》）被无数次转载、且排成电影和电视剧的小说相比，我却更愿意把《灶火的故事》排在第一位……《灶火的故事》的写作才是我对人性和人的生存价值初次所做的坦白而又真挚的探究……尽管它明显地带着那时我经营短篇小说的不甚地道的章法，但对于我 80 年代之后的写作，具有我在同时期的其他小说都无法

① 转引自贺绍俊《铁凝：快乐地游走在“集体写作”之外》，载《当代作家评论》2003 年第 6 期。

② 戴锦华：《真淳者的质询——重读铁凝》，载《文学评论》1994 年第 5 期。

③ 梁刚：《文化启蒙冲动的审美置换——从修辞论美学重读铁凝的〈哦，香雪〉》，载《浙江学刊》1999 年第 2 期。

替代的意义。在这个短篇小说里，我初次有了‘犯规’的意向，向主人公那一辈子生活在‘原则’里的生活提出了质疑。”[①] 与此同时，它也最早显示出铁凝个性中忧郁深刻的一面。1984 年，铁凝创作了《六月的话题》，事实上是对这一被压抑个性的一种续接。作品以其对各种人情事态的折射表现出作家直面人生的勇气和讽刺的才能，某种程度上，它被看作是铁凝对文坛对其创作弊端批评的一种提前的回应。如王蒙就曾指出：“她的香雪式的难能可贵的对善的追求是她的长处，但她不能老是用一种比较幼稚的方式去处理复杂得多的题材……她应该在不失赤子之心的同时，艰苦地、痛苦地去探求社会、人生、艺术的底蕴。”[②] 进而，铁凝个性的自然转变转化为一种求变的焦虑，因此，其 1984 年、1985 年两年间的创作呈现出复杂多变的态势。比如《远城不陌生》《不动声色》《村路带我回家》《豁口》《四季歌》等作品，彼此之间丝毫没有联系，但可以看出，无论在内容还是形式上，作者都试图超越以往。然而由于作家的刻意，这些作品并没有取得成功。对此，王蒙在如上的同一篇文章中毫不隐讳地表达了对她这段时间写作的不满意。然而任何作家在创作过程中都可能出现低谷，这是他寻求转变突破自我必经的阵痛阶段，而阵痛之中正蕴藏着突变的力量。

从 1986 年到 1989 年，铁凝连续推出了很多重量级的作品，中篇小说《麦秸垛》《闰七月》《木樨地》《棉花垛》等，长篇小说《玫瑰门》，它们的出现标志着铁凝的创作真正走向了成熟。《麦秸垛》一发表就被多家刊物转载，铁凝在文坛上再次引起了人们的关注。它的诞生得益于当时的文化寻根热潮，虽然铁凝并没有卷入其中，但她对女性文化的某些探寻却无疑受到了文化寻根的影响，只不过她仍然清醒地与文化寻根保持着适当的距离。这主要体现在铁凝对现实生活的亲近。众所周知，寻根小说为了抗拒强势政治文化对文学的侵蚀，并要承担起民族文化救赎的重任，纷纷到原始、蛮荒的深山野地去寻找挖掘古老的传统

① 铁凝：《写在卷首》，载《铁凝文集》四，江苏文艺出版社 1996 年版，第 1 页。
② 王蒙：《香雪的善良的眼睛——读铁凝的小说》，载《文艺报》1985 年第 6 期。

文化之根。这就带来一个问题：虽然文学挣脱了政治文化的束缚，却也在搜奇猎艳中与现实生活脱节，故而这样的传统文化并不真正具有与西方文化直接对话和抗衡的现实能力。而铁凝却选择了一个距离当下和现代文明较近的时空，能更好地接通现实，而且其对女性的思考也是从现实出发，从女性生命本体角度出发去书写女性。因此，对大芝娘这个在常人看来有些愚昧的女性形象，铁凝却给予了不同的价值评判。小说中，大芝娘固执地要和已经与自己离婚的丈夫生一个孩子，这确实是封建文化意识侵入其思想肌体的一种典型表现，对此小说中也透露出一定的批判意识。然而，从小说的叙述语调中，我们又可以看出铁凝的批判分明又显得不那么果断，而且对批判式结论也是不满足的。在铁凝看来，不能因为生育是传统的男权文化加之于女性的宿命就把女人主动寻求生育看作对男权文化的接受。相反，母性、生育同样可以是女性从其生命本体发出的自我诉求，是女性获得幸福体验的精神支撑。因此，铁凝对大芝娘的母性行为在批判的同时也给予了赞美。为了证实母性乃是源自女性生命本体的特征，小说还写到，大芝夭折之后大芝娘对花儿的保护和对沈小凤的接纳等母性行为，从而更显示出其母性的现实性意义。在某种程度上，正是这种母性行为支撑起顽强不息的民族生命意志。当然，从几个女性近乎轮回的性爱遭遇中，我们也看到了传统的生命方式的残酷和非人化，因此，它对人性的文化探寻，使《灶火的故事》中既已萌动的念头终于得以续接；它对女性悲剧命运的展现，为作品注入了悲剧的因素，因此有人称“《麦秸垛》成为铁凝创作以来第一部真正意义上的悲剧作品”①。由此，铁凝小说的风格由早期的单纯透明转向凝重深沉。另外，以“麦秸垛”为象征的女性爱欲本能的揭示，在性别意识的张扬上使中国新时期女性写作实现了突破，如有评论这样分析道：“麦秸垛及它下面发生的一切成为了一个极为深刻的象喻。这因一种灵气灌注的女性气息而焕发出生命本能色彩的表意方式使

① 盛英主编：《二十世纪中国女性文学史》下，天津人民文学出版社 1995 年版，第 771 页。

女作家的创作第一次全然挣脱了男性观点，洋溢着女性灵与肉的一种解放。”[①] 它与《棉花垛》及20世纪90年代创作的《青草垛》，组成了著名的“三垛”。《棉花垛》更强调了历史的具体性，把女性置于一场民族战争的大背景下，触及了女人—历史—暴力的主题。《青草垛》则将场景置于当下，表现了女性在物欲中的沉沦。“三垛”完成了“对这三种至今维系着人类生存的‘物质’的思考”[②]，从不同角度系统地展现了女性的生存状态和命运。

而真正标志着铁凝女性写作实绩的，是创作于《麦秸垛》之后的长篇处女作《玫瑰门》（1988）。这部小说从开始酝酿到最终完成，前后经历了五六年的时间，可见铁凝对其用力之深，也因此，在这篇作品里，铁凝的艺术才能得到了全面的展现，而且第一次实现了对以往小说创作的真正突变。小说以司猗纹的一生为主线，描述了一家三代女性的不同遭遇和复杂心态，特别是对司猗纹这一复杂形象的描述——她以乱伦的方式压制公公气焰的带有自虐性质的行为，她窥视儿子与儿媳方式的鬼祟，她设计“捉奸”的心计，她以老迈之躯跟踪外孙女眉眉的荒唐，显现出铁凝在人性开掘上所达到的深度，而且传达出铁凝在女性立场上的一个重要转变，即由“倾诉‘她们’的立场”转向了“拷问‘她们’”的立场，[③] 这是铁凝女性自审意识的显现。当然，铁凝也表现出对女性的欣赏，这主要表现在对女性身体及欲望的书写上。虽然这在《麦秸垛》中也有所表现，但其中的女性人物其实内心还是不由自主地深陷传统道德规范的窠臼，因此，杨青不敢放纵自己的欲望，而沈小凤则在放纵后又不敢独自承受而走向绝路。在《玫瑰门》中，女性对此却坦然得多。这种身体描写在女性写作还标榜理想而不屑于谈及女性欲望的20世纪80年代，无疑具有开创意义，它标志着女性写作由身体开始了性别意识的觉醒，这对90年代集中式的女性“身体写作”具有先

① 董瑾：《困惑与超越——铁凝、王安忆作品之解读》，载《上海文论》1991年第4期。
② 铁凝：《写在卷首》，载《铁凝文集》一，江苏文艺出版社1996年版，第1页。
③ 贺绍俊：《铁凝评传》，郑州大学出版社2005年版，第109页。

驱的意义。同时，由于女性自审意识的调节，铁凝又没有像90年代女作家那样陷入女性本质主义的泥潭。在小说艺术上，铁凝进行了对话体的尝试性探索；其审美意识也发生了自觉的嬗变，开始由审美走向审丑。因此，《玫瑰门》在铁凝的创作道路上具有重大的意义。

经过这一阶段的成功探索，铁凝形成了自觉的创作观念和意识，即如她自己所说："我以为文学是对世界的一种理解和把握，是对人类命脉的感悟和摸索。我力图真实地直面人生世相，通过准确表现我们熟悉的民族和生活传达出人类心灵能够共同感受到的点点滴滴，使不同肤色的人们赖以生存的这个星球多一点温馨和进步，少一点灾难……希望通过这些作品探求人和世界的关系，探求人类心灵更深的层次。"①

写作完《玫瑰门》之后的1989年、1990年，铁凝在小说写作上的步子慢了下来，但是她并没有停止对文学艺术的探索，这一阶段她把更多的精力转移到了散文写作上；此外，从1990年到1991年，她在河北涞水山区有过一年多的挂职生活，这为铁凝得以进行"艺术沉淀"起到了重要的作用。挂职期间，铁凝写出了短篇小说《孕妇和牛》，又给文坛带来一次出其不意的惊喜。小说中孕妇与怀孕的母牛之间那种天然的默契和谐，使很多人欣喜，认为铁凝又回到了让人熟悉的"香雪"时代。然而铁凝自己并不这样认为，她说："实际上，细读起来，《孕妇和牛》表达的感动更内在、更深厚一些，不是简单意义上的回归。"②但不管怎样，《孕妇和牛》在艺术风格上与《哦，香雪》是一脉相承的。只是在人们还正努力去适应和理解《玫瑰门》所建构的"恶"的世界之时，它的出现给人一种猝不及防的感觉。她在这篇作品中所表现出的那种从容气度以及艺术建构上的自然老到，标志着铁凝在文学探索的道路上进一步走向了成熟。同时期，铁凝还创作了很多与之风格一致的短篇小说，像《笛声悠扬》《砸骨头》《棺材的故事》《峡谷歌星》

① 转引自盛英主编《二十世纪中国女性文学史》下，天津人民文学出版社1995年版，第774页。

② 赵艳、铁凝：《对人类的体贴和爱——铁凝访谈录》，载《小说评论》2004年第1期。

《大妮子和她的大披肩》等，可见，美好的东西在铁凝心中从来都没有消失过，她永远保持着对真善美的追求和向往。同时，这些小说创作也显示出铁凝在短篇小说写作领域极高的艺术天赋和造诣。她曾多次表达对短篇小说的看重，她说：“我的写作是从短篇小说开始的，短篇小说锻炼了我思维的弹性跳跃和用笔的节制……我看重的是好的短篇给予人的那种猝不及防之感：在滞缓、恒久的巨大背景前后，正是不同的人在上演着同一剧目的不同片断，走马灯似的。好的短篇正在于它能够把这些片断弄得叫人无言以对，精彩得叫你猝不及防……”① 正是对短篇小说这种深刻的独特认识，使铁凝从写作《孕妇和牛》的 1992 年开始，在短篇小说创作上倾注了极大的热情和精力，佳作不断且做了很多有意识的艺术探索。

由《孕妇和牛》开始走向从容的铁凝，看待生活的态度变得冷静且充满智者风范，相应地，在叙事上也逐渐变得从容起来。铁凝本人在谈到《他嫂》这篇小说的创作时就说：“《他嫂》是我写得最为轻松的一部小说，写此篇时我只一心要把那没有意思的生活写出意思。我有点欣赏小说平白的语言中带出的些许幽默，仅就这一点它与文集第二卷中的《埋人》有些相似。”② 这种轻松的创作心态使铁凝 20 世纪 90 年代以来的中短篇小说中大多弥漫着一种荒诞气息，如 1992 年前后的一些作品：《唇裂》《我的失踪》《马路动作》《棺材的故事》等，以及 1995 年之后以《青草垛》《蝴蝶发笑》《安德烈的晚上》《树下》《省长日记》《秀色》等为代表的小说。与卡夫卡等西方现代派作家通过过度变形夸张来表现世界的荒诞不同，铁凝笔下的荒诞是一种适度的荒诞，只是对现实稍作变形和夸张，并没有脱离现实生活。这种稍稍溢出生活之外的少许荒诞，反而使被日常生活习惯麻痹了感觉的现实中人能更真切地感受到现实的某种真相。正如她在《关于真实》中所说：“小说和生活是一种什么关系呢？再真实的小说也抵不上生活的真实；再荒诞的小

① 铁凝：《人生可能不是一部长篇小说》，载《北京文学》2003 年第 3 期。

② 铁凝：《写在卷首》，载《铁凝文集》一，江苏文艺出版社 1996 年版，第 2 页。

说也抵不上生活的荒诞。”① 可见，铁凝依然是一个现实感极强的作家。因此，她20世纪90年代以来的绝大部分小说都转而面向当下，书写处在各种“关系”之中的人们的生存困境。《我的失踪》《蝴蝶发笑》《安德烈的晚上》《省长日记》等小说着重于对人与社会之间关系的探讨；《马路动作》《哀悼在大年初二》《谁能让我害羞》《有客来兮》《寂寞嫦娥》等小说着重于对人与人之间关系的探讨；《树下》《永远有多远》等小说则探讨了人与自我之间的紧张关系。这些小说都取材于当下的日常生活，但是铁凝却表现出与新写实小说的不同趋向。这主要表现在：一是他们的人物都面临很多生存的困境，但是铁凝更着意表现人物的心灵困境；二是虽然结果证明他们并无力挣脱这些，但铁凝笔下的人物却并不放弃，心中还有尽管有些卑微的愿望理想。这显示出一种不同于新写实小说的带有人文色彩的世俗情怀。

1993年，铁凝创作了她的第二部长篇小说《无雨之城》，它不像小说《玫瑰门》那样是其长期思索的结果，甚至也不像铁凝大部分小说的创作是有感而发之作，它完全是市场化操作的结果。90年代以来，在市场经济的影响下，大众文化、世俗文化迅速崛起，文化环境和消费观念的变化迫使文学及时做出调整以满足社会对可读性和娱乐性的需求。春风文艺出版社率先做出了迎接市场化挑战的行动，于1993年主动打造了一个名为“布老虎”的文学畅销书品牌。他们约请了一些作家为“布老虎”撰稿，铁凝也在应邀之列并接受了邀请。这就意味着铁凝接受了畅销书对可读性的要求，于是我们看到，从故事多线索交叉的封闭式叙事结构到始乱终弃的婚外恋题材，都吸引着大众读者的眼球。当然，依据小说可读性判断铁凝滑向了对时尚的迎合也是不全面的。如果从挣脱文学一元化的思维来看，让作品好看并不必然代表着作家完全放弃了对艺术的探索精神，就像铁凝认为的那样，她也承认这部小说“有游戏的成分”，但同时她又认为游戏之中“有我在那一阶段我

① 铁凝：《关于真实》，载《铁凝文集》五，江苏文艺出版社1996年版，第205页。

对长篇小说的可能性的一种理解"，故而她才创作了这篇"从故事和好看出发的长篇小说"。[①] 小说不仅有艺术探索的成分，而且也触及了女性性/政治处境的命题，延续了她从 80 年代后期由《麦秸垛》开始的对女性命运的思索。可见，她在通俗的故事中仍然寄寓了深刻的思想内涵，抑或《无雨之城》恰恰代表了铁凝试图将严肃文学与通俗文学进行嫁接的一次努力和尝试。若从这种意义上讲，铁凝对通俗小说的涉足反而有其不可忽略的价值和意义。

从《无雨之城》到 2000 年之间，铁凝几乎把全部精力投入中短篇小说的写作之中。其中《对面》和《永远有多远》具有丰富的阐释性和多义性。小说《对面》以窥视者的男性第一人称的视点反衬出铁凝作为隐含作者的女性立场，并且为批评家提供了实施女性主义批评的有力证据。除此之外，有的人还从人性的角度指出，《对面》"是对人类性窥视癖好和脆弱的隐私心理的透视"，"窥视者的恶俗便是乘社会和文化禁忌下人性脆弱之危和借助社会和文化禁忌威慑之力，闯入私人生活空间行施的一种人性意义的强奸"。[②]《永远有多远》中塑造的白大省形象，她的不合时宜的善良仁义使她成为老北京文化精神的可贵遗存；而她爱情经历的屡次失败也成为反观女性自我的一面镜子；铁凝却说："仅仅一个好人的故事，不能成为一篇好小说。我通过白大省这个人物想探讨的是人要改变自己的内心诉求。"[③] 它们的多重意旨满足了读者不同的情感需求，深深地攫取了读者的感情和心弦，显示出无穷的魅力，或许这正是铁凝所强调的"小说对读者的进攻能力"之所在。

这期间的中短篇小说写作可以看作是她又一次自觉的艺术沉淀。这次沉淀的结果是，轻易不写作长篇的铁凝在世纪之交的 2000 年正式出版了她的第三部长篇小说《大浴女》。这同样是铁凝倾其全力打造的一

---

① 铁凝：《关于〈无雨之城〉的写作》，载贺绍俊《铁凝评传》，郑州大学出版社 2005 年版，第 219 页。

② 王绯：《铁凝：欲望与勘测——关于小说集〈对面〉》，载《当代作家评论》1994 年第 5 期。

③ 赵艳、铁凝：《对人类的体贴和爱——铁凝访谈录》，载《小说评论》2004 年第 1 期。

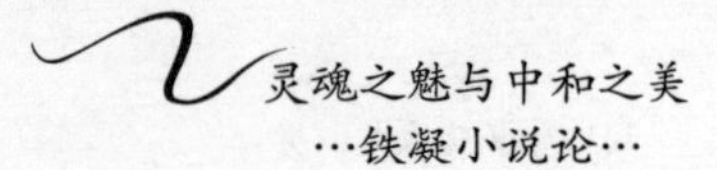

部长篇力作。作品除了在人性开掘上继续保持了《玫瑰门》的水平之外，还有重大的突破和创新，即对人物心灵进行了追问，表现了一个人内心深处的真诚反省和忏悔。主人公对自我邪恶灵魂的拷问、对他人的宽宥态度，这一切对于人类的向善具有积极的建构意义。特别是它是在让人们充满了无限憧憬和期待的世纪之交被推出，具有极强的寓言意味。某种程度上，它代表了铁凝对我们所身处的社会生活的一次总结和盘点，那是对物欲冲击下人类精神世界的审视和批判。同时，她又借新世纪的曙光表达了对人类精神最终获得洗濯和救赎的美好希望。它对于当下文学创作中出现的精神失语现象具有一定的反拨意味。除此之外，小说把忏悔的机缘放置在“文革”期间的作为上，这表明在“文革”历史的反思上铁凝有着独特的价值、立场，由此推进了中国新时期的文革叙事。

之后，铁凝经过长期的思考酝酿又推出了第四部长篇小说《笨花》。事实上，早在近20年之前的中篇小说《棉花垛》的创作中，她就开始了对《笨花》的思考和培育。之所以直到现在才有了它的出现，是因为铁凝终于找到了表现小说中那群人的合适方式，即铁凝所命名为的“精神空间用世俗的烟火来表述”①，或者通俗一点说就是将变幻的历史风云融化在凡俗的日常生活中，着重表现日常生活的意趣及人情之美，这是我们中华民族厚重的精神“底盘”，因此，小说带有了关于民族现代化的启蒙叙事的意味。具体而言，即小说以向氏家族为主线，截取了从清末民国初到20世纪40年代中期近50年的历史横断面，描述了这段历史时期内冀中平原上笨花村人的日常生活，而且在人情世态中展现了时代的波澜。小说一改传统的革命历史叙事的模式，既展现了宏大的历史场景，又彰显了宏大叙事无法顾及的细部，巧妙地将宏大叙事与日常生活叙事结合在一起。这反映出铁凝特有的历史观，即历史只是

① 王干、铁凝：《花非花　人是人　小说是小说——关于〈笨花〉的对话》，载《南方文坛》2006年第3期。

“已经消逝的相对长的时间横断面内一段实实在在的生活流程”[①]。当然，铁凝并没有流于新历史小说着重展现人的欲望的非理性，而是挖掘出普通人身上的传统美德及民族大义。因此，尽管《笨花》的出现可谓“生不逢时”——此时历史叙事高潮已过，但是她却在潮流的末端尽显风采。它既是对美好人性的展现，也是对铁凝以往着重审视人性之丑叙事的一种转向；同时，其对社会历史的关注与表现相对于以关注和表现女性精神与命运为主的《玫瑰门》和《大浴女》而言，艺术视野要更其广阔；此外，铁凝一改以往飞扬、奔突的行文风格而走向滞重、迟缓，这不是倒退，而是铁凝所寻找到的一种与其对日常生活的表现相适应的表达形式。这又是一新质所在。

从上述对铁凝三十余年创作历程的描述中，我们可以清晰地看到，铁凝始终处在潮流之外，而又无时无刻不以自己的方式参与着新时期的文学建设，带有很强的“文学形象的不确定性”，对此陈超先生较早注意到了[②]。“文学形象的不确定性”使铁凝成为一个难以归类的作家，她可以是乡土的、城市的、女性的、写实的、先锋的，这一切在她的创作中浑然一体难以分割。事实证明，前述对铁凝深得“中庸”智慧的判断不是妄加的，她的为人为文都鲜明地显示出传统的“中庸”文化精神。面对铁凝这样的作家，那些有着手持某个理论标签粘贴在作家或作品上将其划入某个流派或某种理论框架中去的嗜好的评论家，显然要遇到一些阻力了。中庸的思想使铁凝对于归类自然并不是太赞同，她认为，归类“有的时候，或许会使事情变得粗糙和简陋，因为写作本身是一个非常个人化的东西。这种很简单的归类，我个人感觉不是很科学”[③]。当然，这并不意味着铁凝对中庸之道的理解就是维持一种创作状态的四平八稳。在三十余年的创作过程中，她对各种创作几乎都有所

① 王春林：《凡俗生活展示中的历史镜像——评铁凝长篇小说〈笨花〉》，载《小说评论》2006 年第 2 期。

② 陈超：《写作者的魅力》，载《谁能让我害羞》，新世界出版社 2004 年版，第 368 页。

③ 铁凝、王尧：《文学应当有捍卫人类精神健康和内心真正高贵的能力》，载《当代作家评论》2003 年第 6 期。

涉足，这是一种对艺术的大胆尝试和不断突破，因此，求索过程中虽然铁凝也遇到过坎坷、思路阻塞，甚至出现倒退的情况，但总的趋势是不断走向成熟，她呈现给我们的始终是一种不断超越自我的姿态。然而，中庸之道在铁凝那里不是简单地体现为方法论的意义——各种创作潮流或艺术质素的融合。如果是这样，铁凝显然还没有完全参透中庸之道的含义。中国的传统文化异彩纷呈，但其出发点都是以人为本，同样地，中庸之道也是如此。中庸理论以中和观念为理论基础。所谓“中”，指的是对事物的“度”，不偏不倚，过犹不及。所谓“和”，即事物的和谐状态。“中”是实现和的根本途径，而“和”才是根本的目标所在。而各种因素之间的和谐莫过于人的和谐，人与人之间，人与社会的和谐最为重要。这是对人类爱的最鲜明的体现。《论语》中称中庸是一种至德，是君子之为的一种表现，原因大概就在于此吧。而对人类的关爱也正是铁凝创作所永远追求的最高境界，对此铁凝曾明确表示：“我创作前后有着贯穿不变的核心——那就是我作为一个作者，对人类对生活永远的善意、爱和体贴。所以我说，作家的变与不变是相对的，既要有勇气打倒自己，也要有勇气固执地捍卫一些东西。”① 谢有顺先生将这个不变的核心称为“铁凝小说的叙事伦理”②。

按照刘小枫的说法，“叙事伦理学不探究生命感觉的一般法则和人的生活应遵循的基本道德观念，也不制造关于生命感觉的理则，而是讲述个人经历的生命故事，通过个人经历的叙事提出关于生命感觉的问题，营构具体的道德意识和伦理诉求……叙事伦理学从个体的独特命运的例外情形去探问生活感觉的意义，紧紧搂抱着个人的命运，关注个人生活的深渊”③。也就是说，对于叙事来说，如果仅有事实、经验，而没有精神，那么经验就与客观事实没有了区别，叙事也就失去了意义。而纵观铁凝三十余年的创作，我们会发现，在她的叙事法则里，经验和

① 黄鋆：《铁凝：贯穿始终的是对生活的爱》，载《燕赵晚报》2002 年 12 月 26 日。

② 谢有顺：《铁凝小说的叙事伦理》，载《当代作家评论》2003 年第 6 期。

③ 刘小枫：《沉重的肉身——现代性伦理的叙事纬语》，上海人民出版社 1999 年版，第 4 页。

伦理、事实和存在、身体和精神是统一在一起的，创作于她而言，是作家精神在场的表达。

铁凝是一个现实感很强的作家，她的很多作品都取材于现实生活。她笔下的现实绝不是对生活的单纯模仿，而是渗透了她的情感和个人的体验于其中，因此，虽然其小说取材于现实的日常生活，但是所表达的思想意蕴却超越了日常生活的平庸。她总能在大家习以为常的日常生活中，发现某种震撼人心的“人类心灵能够共同感受到的东西”。那或许是对人的美好情感和善良品质的赞扬，如《哦，香雪》《意外》《孕妇和牛》《永远有多远》等，或许是对人的疼痛的抚摸，如“三垛”《玫瑰门》《安德烈的晚上》《省长日记》等。这种对人的精神和心灵的关注体现了作家的人文情怀，反映了作家主体的创作理想和价值立场。这一点对于当前的文学创作来说尤为重要。新写实作家从原欲的层面表现出对基本的人性欲求的尊重和关怀，但是其对人性的赤裸裸的还原，使大多数作品仅仅停留在对人的本能的肯定层面，且作品中充塞着琐碎庸常的鸡毛蒜皮，使作品无论如何都无法与“崇高”等字眼相联系；新生代作家笔下的欲望狂欢不再是反抗某种观念意识的手段，而成为目的，一种不需要任何意义的、单纯的肉体快乐而已。这不仅解构了伦理道德，而且将生命本体的人也肢解了。这些文学现象的产生固然与大众消费文化有直接关系，但从根本上却反映了作家主体精神的匮乏。张炜、张承志等作家的诗性叙事，提醒和制衡着现代性进程中的沉重代价，其审美上的浪漫主义和文化批判上的理想主义在一定程度上弥补了这一缺陷，但却又陷入神秘主义和信仰主义的泥潭，带有乌托邦的虚无主义色彩。它将人文与科技完全对立起来，并且以道德立场为评判标准的二元对立思维从根本上与文化的现代性发展方向背道而驰，这又是一种文化保守主义的反映。这几种文学现象要么匍匐在世俗的大地，要么高悬于理想的天际。它们在产生之初的文化语境下对当时的文学现象的确起到了某种矫正的作用，但是却又矫枉过正。铁凝却将它们结合了起来，一方面，她的小说总是取材于现实日常生活；另一方面，在其中作家又寄寓了对生活、对人类的关爱和体贴，像《没有纽扣的红衬衫》《麦秸垛》《村路带我回家》《安德烈的晚上》等作品都体现出这样的特点。这种关爱和体贴不仅表现为对小人物苦难人生的体恤、同情，还表现在对其心灵世界和精神需求的关注，最终目的是通过对人类生存状态的展示，为生活和读者作一种心灵的引导，对人类的精神命脉走向作一种展望。这就是所谓的人文关怀了。如此，铁凝的创作就构成了对精神匮乏的新写实小说和新生代的欲望化写作的超越。同时，又不同于张炜等的诗性叙事，完全超越于世俗而失去了现实的根基。她的人文关怀融合了终极关怀和世俗情怀，既关心、理解和尊重大众的精神生活需要和文化审美需求，又具有一种理性批判精神。对现实世俗生活进行审慎的审视与批判，被称作是一种“新人文精神”。[①] 铁凝将现实和这种新人文精神结合起来，使文本产生了不同寻常的审美效果和思想意蕴，同时，现实主义也因此在她的笔下获得了创造性的发展，正如谢有顺所说：“如果我们把现实主义看作是作家精神在场的根本处境的话，你就会发现，它决不像过去那样仅仅是模仿现实的形象，而是为了写出现实更多的可能性；它也决不是简单地复制世界的外在面貌，而是有力地参与到对一个精神世界的建筑之中，并发现它的内在秘密。”[②] 这在铁凝的女性写作中同样得到了典型的体现。当前的女性写作大多特别强调女性的经验视角，作家们往往放纵自己的性别优势，挖掘女性身体经验的潜能。虽然她们在对女性身体及隐秘心理的揭示上使女性写作获得了进步，但当身体写作过度依赖于经验，经验一旦变成了终极，写作就沦入了表相化的境地，而无法触及人的生存。这是目前中国女性作家写作的最大障碍。铁凝对此早有洞悉，因此在表达了对她们肯定性的赞赏后，铁凝又指出：“实际上她们也存在着需要从纯粹的个人小悲欢中走出的

① 参见赖大仁《文学精神价值重建的必要与可能》，载《中国人民大学学报》2005 年第 1 期。

② 谢有顺：《现实主义是作家的根本处境——〈2001 年中国最佳中短篇小说选〉序》，载《当代作家评论》2002 年第 2 期。

问题。”[①] 因此，铁凝在面对女性题材时，虽然也是从女性立场出发，却体现出一种普遍的人类关怀。在谈到长篇小说《玫瑰门》的写作时，她说：“当你落笔女性，只有跳出性别赋予的天然的自赏心态，女性的本相和光彩才会更加可靠。进而你才有可能对人性、人的欲望和人的本质展开深层的挖掘。”[②] 可见，铁凝是从生存的意义上去表现女性的，这正切近了小说的实质。因为“小说研究的不是现实，而是研究存在。存在并不是已经发生的，存在是人的可能的场所，是一切人可能成为的，一切人所能够的。小说家发现人们这种或那种可能，画出‘存在的图’”[③]。这里的存在不是指一般的“活着”，而是要追索价值的确认，对生命的承当。对女性如此，对其他小人物同样如此。她对小人物的描写，既表现了小人物生存的尴尬和无奈，同时又看到了他们生存的韧性；既给他们以同情，同时又不回避他们身上所暴露出的人性弱点；虽然有弱点，但他们又不是绝对意义上的坏人，而是心存向善的渴望。因此，铁凝从来不忍心将他们置于生活的绝境，而总是想办法让他们看到生活的希望。这种对“善”的发现，就是铁凝对其不变的创作核心的坚持，是其小说叙事伦理的具体表现。

“文学作品常常是在它与某个个体主体，即作者的联系之中被研究的”[④]，因此，铁凝对其创作不变的核心的表达对我们研究铁凝的创作具有重要意义。如果说，铁凝将很多因素甚至异质性的因素统一于一身显示出“中庸之道”的方法论意义，那么“对人类对生活永远的善意、爱和体贴”则是其“中庸之道”的精神旨归。也就是说，在铁凝的小说创作中，“中庸之道”一方面体现为方法原则，另一方面体现为叙事伦理。无论是哪个层面，在铁凝的小说中都有绝佳的体现。“中庸之

① 朱育颖：《精神的田园——铁凝访谈》，载《小说评论》2003 年第 3 期。

② 铁凝：《写在卷首》，载《铁凝文集》四，江苏文艺出版社 1996 年版，第 1—2 页。

③ ［捷克］米兰·昆德拉：《小说的艺术》，孟湄译，生活·读书·新知三联书店 1992 年版，第 42 页。

④ ［法］吕西安·戈德曼：《文学社会学方法论》，段毅译，中国工人出版社 1989 年版，第 97 页。

道”不仅影响了其小说的主题内涵，也决定了其叙事策略的选择。小说对女性、对小人物、对现代人格的关切，直通其叙事伦理；她的女性写作对两代女性写作的承继和启发、她的均衡与和谐的悲剧观、其意识形态叙事对日常生活和宏大主题的融合、审美与审丑双重变奏及悲喜剧因素交融的审美风格、稳定和对称的小说结构等则体现出中庸的方法论原则。可以说，铁凝的小说创作将“中庸”的智慧和文化几乎演绎到了极致。中庸之道不仅成为探究“铁凝现象”的钥匙，而且也成为透视铁凝小说创作的绝好视角。本书即由此出发展开论述，期望对其人其作的解读能最大限度地接近铁凝、走进铁凝。

第一章　走出“玫瑰门”

——铁凝小说的女性认同和主体建构

在铁凝三十余年的创作生涯中，女性形象在其作品中一直占据着重要的地位。从最初的荣巧、香雪，到大芝娘、沈小凤、小臭子、司猗纹、姑爸，再到陶又佳、白大省、尹小跳等，她们都给读者留下了深刻的印象。然而这些形象却并不尽是铁凝从女性立场出发对女性生存状态和命运进行思索的产物，因此并不能全部纳入铁凝的女性写作范围之内。在这一点上，笔者比较认同戴锦华的观点，她说：“我希望用女性写作或女性书写来取代女性文学这样的概念。在我使用它时，我所强调的是写作者的性别身份；我不是说男性就写不出能够表达女性境遇的文学作品，而是我认为，对女性生存境况的表达必须由女性开始，并将由女性完成。”① 显然，在定义女性写作时，她所强调的不是作家的性别，而是性别身份，这样才能不仅将男作家排除在外，而且还能区分女作家的创作。因为性别是人的自然生理属性，以此来区分作家的创作似乎意义不大；而身份则与认同相关。所谓“认同”，主要是指人对自我身份的确认，回答自我是什么或怎样等重要问题，简单说就是回答“我是谁”的问题。在此基础上，查尔斯·泰勒进一步指出：“如何回答这个问题，意味着一种对我们来说是最为重要的问题的理解。知道我是谁就

① 戴锦华：《犹在镜中》，知识出版社1999年版，第155页。

是了解我立于何处。我的认同是由承诺和自我确认所规定的，这些承诺和自我确认提供了一种框架和视界……换言之，它是这样一种视界，在其中，我能够采取一种立场。”① 因此，女作家如何看待自己的女性身份将决定她的女性创作。女作家作为一个女性，只有她本身对其女性身份表示认同时，她才能真正从女性的立场进行创作，才能真正走进女性的世界。从“五四”时期中国现代女作家以群体性的姿态登上文坛以来，中国文坛不乏女作家的身影，但是真正表达女性声音的作品并不多。关键原因就在于，中国女作家身上一直存在着作家知识分子身份和女性身份的矛盾，在她们的创作中往往更自觉于作家身份而遮掩了女性的身份，存在着女性身份认同的模糊和不明确。直到新时期之初，大众耳边响彻的依然是那个熟悉的宣言：我首先是一个人，然后才是一个女人；我首先是一个作家，然后才是一个女作家。这导致她们对女性的表达某种程度上与女性的真实状况存在着差距和隔膜，因此，女作家性别身份的提出具有很强的针对性，对女性创作具有重要的意义。受中国女性作家这种传统女性观念的影响，伴随新时期进程走上文坛的铁凝，并不是一开始就以女性的眼光和立场去塑造女性形象，而是在性别认同方面经历了一个从遮蔽到敞开的过程。她创作初始的十年间，尽管作品中有大量女性形象，但并不具有女性性别的特殊意义，她们只构成铁凝主流意识形态叙事的一部分，如果把她们换成男性丝毫不会影响思想的表达。不仅如此，她笔下的女性形象，如香雪、安然、乔叶叶，她们拒绝长大，内心深处都有一种回归母体的情结，是一些拒绝长大的无性别自我的“女儿”形象，这反映了铁凝潜意识中对女性身份的拒绝认同。很显然，相对于其早已完成的生理变化来说，铁凝的性别认同期显得有些滞后了。这种滞后或许正是一种成长焦虑的表现。昔日拒绝长大的少女一旦跨越这个时期而长大，她对女性的认同和表达反而是那样不同凡响。

---

① ［加拿大］查尔斯·泰勒：《自我的起源——现代认同的形成》，韩震等译，译林出版社2001年版，第39—40页。

1986年，《麦秸垛》的发表不仅标志着铁凝创作风格发生了转变，也意味着铁凝从拒绝长大的少女成长为一个成熟的女性，正像铁凝自己所说：“从1975年的《会飞的镰刀》到1986年的《麦秸垛》，我由一个喜欢在日记上写豪言壮语的中学生长大成人。”[①]“长大成人”的铁凝开始从女性立场出发去关心女性、书写女性了。当然，铁凝对其女性身份的认同不是一种刻意的标榜，借此来表达自己与张洁、张辛欣等拒绝女性身份的上辈女作家的不同，而是对女性身份作为一种客观事实表示一种自然接受。如果说女性写作应该具备女性作为经验主体、思维主体和言说主体的必要条件的话[②]，那么所谓经验主体和思维主体就应该表现为言说主体要具备一定的女性自我意识。所谓女性自我意识，具体地表现为女性对自身作为女性以及独立自主的个人形成自觉的自我醒察。它首先要求把女性从功能角色中分离出来，进而肯定女性作为人的独立存在，同时还要既认识自身也认识世界，把自己从生物存在的唯一价值中解放出来，以便实现女性的社会存在价值。它要求以女性的本体为基础来认识女性自身，进而从自身体验出发来认识世界，从观念和认识方法上摒弃男权文化对女性的规定，它的建立是在颠覆传统与建构自我的过程中完成的。从这种意义上讲，作为一名女作家，铁凝已经具备了女性的自我意识，实现了对女性身份的认同。她在1989年召开的《玫瑰门》研讨会上说：“我以为男女终归有别，叫我女作家，我很自然。这部小说我想写女性的生存方式、生存状态和生命过程。我认为如果不写出女人的卑鄙、丑陋，反而不能真正展示女人的魅力。我在这部小说中不想作简单、简陋的道德评判。任何一部小说当然会依附于一个道德系统，但一部女子的小说，是在包容这个道德系统的同时又有着对这个系统的清醒的批判意识。”[③] 对这段文字我们可以作如下分析：首先，她

---

① 铁凝：《就这样走着，劳作着》，载《铁凝文集》五，江苏文艺出版社1996年版，第194页。

② 参见王艳芳《女性写作与自我认同》，中国社会科学出版社2000年版，第25页。

③ 转引自盛英主编《二十世纪中国女性文学史》下，天津人民文学出版社1995年版，第773页。

思考问题的起点是从男女性别差异出发，因此她并不否认自己的女性作家身份；其次，她清醒地认识到了女性在社会中的边缘性地位，面对女性置身其中的中心、传统，她具有足够的清醒意识，既认同又批判；最后，她具备了鲜明的女性自审意识，于单纯的男权批判之外又将审视的矛头对准了女性自我。正是这种全面深刻的身份认同意识，使铁凝面对同样的女性题材时形成了别样的表达，构建了自己的女性人文世界。她不仅对造成女性悲剧命运的男权文化进行了批判，而且从对女性的激赏到对女性的批判再到女性精神的蜕变，完成了对女性主体形象的完美建构。经由铁凝的女性化书写，女性终于走出了低矮狭仄的“玫瑰门”。

第一节　穿越历史和现实——男权文化批判之维

研究女性问题的专家李小江曾经说过：“男女两性艺术创作中包含的‘母题’差异是十分明显的。男性对女性的审美态度，直接源于男性回归自我又逃避自我的矛盾心态，‘两极化’创作模式由此而生。这或许是因为男性的主体身份是既定的；他的现实行为是入世的，他的审美态度自然反射为‘遁世的’。女性不同，长期以来，正因为女人在社会中的主体地位一直暧昧不清，是所谓‘朦胧的’‘美的’，成为男人关照女人和女人自我塑造的历史前提，才使得女性审美意识胚胎中包含着一个并非原始的‘原始母题’：寻找自己。”[①] 仔细分析，她这句话至少包含了两层意思：（一）指出了男女主体身份差异这一现象。自从母系社会被推翻之后，整个历史就变成一部由男性主宰和书写的文明史。男女不仅是生物学意义上的性别，而且标志了一整套规范明确的差等人伦关系。女人必须根据自己在亲属人伦关系中的位置，按照与这位置相

① 李小江等：《文学、艺术与性别》，江苏人民出版社2002年版，第75页。

应的道德规范行为准则行事才行。[①] 女性长期被视为男性欲望的对象和客体，她的价值不在自身，而是等同于生育的工具和母性的角色。而男性之笔的“糊涂乱抹”，却使女性这种真实的生存境况处于被遮蔽的状态。（二）暗示了女性要改变这种现实的基本途径。它与前者之间是一种层进关系——女性要寻找自我必须首先洞悉性别文化的实质。这也是铁凝走向女性身份认同的第一步，那就是切入历史和当下，通过对女性人生的真实呈现实现对女性曾经被遮蔽和扭曲的历史的祛蔽，及对男权文化的清理和颠覆。

一　历史语境中的女性：女性宿命的演绎

从标志着铁凝女性身份认同发生变化的小说《麦秸垛》起，铁凝就将其对女性的关注引向历史的纵深，像《麦秸垛》《棉花垛》《玫瑰门》等几篇代表性的作品，讲述的都是过往历史中女性的故事。虽然历史场景不同，她们各自的故事也千差万别，但在历史的某一点上她们的人生命运却大致相同——精神和肉体都受到男权文化的重压和束缚。

《麦秸垛》讲述了以大芝娘和沈小凤为代表的母女两代人灵与肉漂泊的人生经历。连名字都没有的大芝娘是一个传统的农村妇女，做一个传统意义上的贤妻良母是她的最高理想和人生价值，而这一理想价值的实现全部维系在婚姻上。然而，丈夫的别离及离婚的要求却将她如此平凡的理想也击破了。逆来顺受的大芝娘平静地接受了这个现实，却又出人意料地做出了惊人之举——离婚后的她请求和丈夫生个孩子且表示要自己养着永不连累丈夫。大芝娘的行为可以说是对千百年来传统道德观念规定于女人的义务和生存方式的认同和实践，有论者还就此认为铁凝

---

① 王政：《美国女性主义对中国妇女史研究的新角度》，载鲍晓兰主编《西方女性主义研究评介》，生活·读书·新知三联书店1995年版，第264—265页。

是一个“现代外衣包裹下的传统女人”①。这种批评虽不无道理，但是却脱离了大芝娘生存的具体背景。对一个没有文化的农村妇女来说，我们不可能奢望她有多么高的素质和境界，当她生命中外在的寄托失去之后，她只能求助于女性自身的身体“资源”——生一个孩子，以此作为女人自我实现和价值认定的唯一可能的手段，并陪她度过以后的孤寂岁月。况且这一切都具体化地导源于丈夫的背信弃义，是他将女人推向了如此境地。他离婚愿望的实现与其说是缘于大芝娘的愚昧落后，不如说是男人利用了女人的淳朴和无知。从这种意义上讲，铁凝不是太传统，而是看问题更深刻和对女人更为体己。然而，女儿大芝的意外早逝却使大芝娘的情感又陷入虚空。而事实上，即使在有大芝陪伴的日子里，大芝娘的心灵和肉体也未尝不处在漂泊的状态。大芝只能填充她的白天，而面对漫长而孤寂的长夜，她只能用一个又长又满当的布枕头作为性的“代偿”。大芝娘的畸变人生由此可见一斑。如果大芝娘的悲剧是因她作为一个农村妇女的愚昧，而知青沈小凤呢？她并没有因自身的文化和时代风尚的变化而从本质上拒绝重演上一代女性的命运悲剧。一样遭遇男性的始乱终弃，一样提出了要和那个并不爱自己的男人生一个孩子的请求。面对命运的惊人轮回，铁凝并没有一味指责她们的愚昧麻木，反而表现出深刻的理解和同情，那是男权文化对女性规约的直接结果，是女性生命无以自持的无奈之举。

其他女性，像那个作为偷情交换的老效媳妇，不断在自己腹中带上生命种子的四川盲流花儿，她们都先后遭遇了男人的占有和抛弃，在万劫不复的生命轮回中重复着女性的悲剧命运。虽则残酷，但她们却都平静地、隐忍地承受着。即便是“想驾驭”陆野明的杨青也同样未获得真实女性的所指，她们的遭遇尤其是大芝娘的悲剧对杨青构成一座女性镜城，它使杨青认清了自己的性别又迫使她不得不试图突围，在性别的确认中又充满了对它的困惑和迷惘：

---

① 于展绥：《从铁凝、陈染到卫慧：女人在路上——80年代后期当代小说女性意识流变》，载《小说评论》2002年第1期。

世界太小了，小得令人生畏。世界上的人原本都出自乡村，有人死守着，有人挪动了，太阳却是一个。

杨青常常在街上看女人：城市女人那薄得不能再薄的衬衫里，分明是大芝娘那双肥奶。

她生出几分恐惧，胸脯也忽然沉重起来。

一个太阳下，三个女人都有。连她。她分明地挪动了，也许不过是从一个麦场挪到另一个麦场吧。

每天每天，杨青手下都要飘过许多纸。她动作着，有时胸脯无端地沉重起来。看看自己，身上并不是斜大襟褂子。

时时出现的“胸脯”意象表明，杨青在潜意识中认同了自己的女性身份，但在意识层面又竭力抗拒这种性别和女性命运的轮回，在身份的认同与抗拒中女性面临着性别的困惑和尴尬：女性，无论今日的、历史的，城市的、乡村的，都将和大芝娘一样遭受生命的寂寞。她们要么在男权文化的控制下继续充当“第二性”，一如大芝娘和沈小凤；要么面对男权文化陷入对女性自我的深深迷惘之中，一如杨青。

铁凝用两代女性的命运轮回，揭示了在男权文化中心的规范下，女性作为“第二性”被男性奴役和支配的地位，恰如波伏瓦所说：“女人已经成了相对于本质的非本质。男人是主体，是绝对；而女人只是‘他人’。女人即便不说是男人的奴隶，至少也仍是他的臣仆。”① 并借两代女性的人生故事，尖锐地批判了传统的男权文化对普通劳动妇女肉体和心灵的非人化的折磨。杨青对其女性身份和本能的那种既认同又排斥的心理，正是对男权文化的无声质疑和抗议。这是《麦秸垛》的深刻意义之所在。

在《棉花垛》中，铁凝为我们展现的是另一种女性存在的真相。小说由三个时段组成：首先是母辈的故事。米子依靠钻窝棚从掌握着具

---

① 张容选编：《第二性》，河北教育出版社 1985 年版，第 184 页。

体资源权力的男性那里获得生存所需的资源，看花的男人自然乐在其中，而备受耻辱的妻子却也只能默默承受。其次是女儿小臭子和小臭子女友乔的故事。此时，岁月变迁到抗战这一特殊背景下，米子的这种生存方式又轮回到女儿小臭子身上，但这已经不再限于物质层面的权力实现而染上了政治的色彩——凭借肉体和色相获得了间接的操纵权力，在抗日战争中做出了非她莫属的贡献，也犯下了非她莫属的罪行。这贡献与罪行的非她莫属，实质上揭露了不同阶级对女性身体的争夺和利用，由此透视出一种女性在权力形式及生存方式实现上的超政治悲剧。小臭子及其女友乔，两人非属同一政治营垒，但无论是正义的乔还是非正义的小臭子，她们都无法改变自身作为一个女人的命运。前者被日寇轮奸后杀害，后者在被抗日干部占有后枪决。在这种“先奸后杀”行为的残酷性与重复性的惊人描述中，“铁凝揭示了男性世界对女性强暴式的占有欲和征服欲，呈现了他们对女性残酷蹂躏的性文化的态势”①。这又是女人的一种超政治悲剧。最后一段是50年后老有与似曾相识的陌生人国相见而不相认的故事。这一笔，以国现今的体面、逍遥与50年前行为的龌龊的对比之势，强化了女性的悲惨境遇。铁凝以大胆的笔触涉入了女人/历史/暴力的主题，但可以看出她着力表现的显然并不在于民族、阶级的冲突，而是性别的纠缠与矛盾，由此揭露了男权文化的实质。从祖辈传统到革命战争、从正义到非正义、从外国到中国，从母辈到子辈，女性被男权文化视为肉欲对象，被任意占有和享用的生存悲剧超越了历史、阶级和民族。铁凝的探寻可谓达到了触目惊心的深刻，难怪评论家盛英这样称赞她：“铁凝是当今文坛上敏于女性性心理，谙于人类性文化的一位作家。”“我以为，将它（《棉花垛》）置于女性文学经典之列，是不为过的。”②

如果说《麦秸垛》《棉花垛》书写了女性自觉臣服于男权文化的悲

① 魏兰：《为女性的隐痛而创作——铁凝小说创作的另一种解读》，载《宁夏大学学报》2002年第1期。

② 盛英：《中国女性文学新探》，中国文联出版社1999年版，第87页。

剧命运，那么《玫瑰门》则在此基础上展现了女性在自觉臣服失败后对男权文化的逆向对抗。虽说是对抗，但却是以女性人性的变异和扭曲作为代价，从这种意义上讲，女性依然没有挣脱悲剧的宿命，而铁凝也在创新的追求中继续着对女性人生的探寻和对男权文化的批判。由男权社会生产出来的司猗纹试图仿照男权文化的模式继续生产和塑造女人；而姑爸则以消灭性征的方式来完成女性个体生命的欲望诉求。在这一过程中，她们的生命和自我意识都发生了严重的分裂，这是“一种变相的对社会的挑衅”①，其对抗式的分裂比女性自觉臣服式的惨痛更加暴露出男权文化的暴虐和强大，它把女性试图反抗的道路全部堵死，任何的反抗换来的都将是对女性自身更大的伤害。

从“五四”时期的司猗纹们到抗战时期的小臭子们，再到解放初的大芝娘们及至“文革”中的沈小凤等，女性始终没有摆脱强势男权文化规范下的悲剧宿命，她们的遭际构成对女性命运的象征性言说。

二　现实语境中的女性：女性的处境之忧

长篇小说《无雨之城》在一个婚外恋故事中，触及了女性人生这一命题，继续发展了铁凝从20世纪80年代后期开始的对女性生存状态的言说。婚内婚外的两个女人——夫人葛佩云和婚外恋人记者陶又佳，当她们卷入婚外恋中，当她们必须围绕同一个男人市长普运哲分享两性情感时，她们的生存就已经潜藏了危机和不幸。对葛佩云而言，她面对的是丈夫情感上的背叛和遗弃。尽管他们的婚姻并没有爱情作根基，但他们毕竟是患难夫妻且有过长期的相濡以沫的生活，因此，丈夫的遗弃既有背仁义又不顾亲情，让人难以接受。当然对葛佩云来说，她之害怕失去普运哲，更准确地说意味着她将失去现有的经济和社会地位，但无论如何，对一个以家庭、丈夫为生活全部的传统女性来说，这种遗弃已

① 周申明、铁凝、艾东：《〈玫瑰门〉恳谈录》，载《长城》1989年第1期。

足以构成对她的致命打击。对妻子的处境和感受，作为丈夫的普运哲却不曾考虑而一任地纵情于自己的爱欲狂欢。如果对普运哲的背弃行为可以从“没有爱情的婚姻是不道德的”角度予以谅解，那么他对与陶又佳之间所谓真爱的有始无终又如何解释呢？陶又佳以其美丽成熟、果敢自信，如冬夜的火把一样点燃、炽化了已被社会规范阉割了的循规蹈矩的市长、男人普运哲，使他剥去了角色面具的累赘，在性爱中逐渐显现出人的自然本性。但普运哲不像陶又佳一样对爱全心全意，他一方面从陶又佳那里享受着从未有过的身心快乐，另一方面又坚持着“鱼和熊掌兼得”的处世哲学，即所谓“用最小的损失保住最大的利益。既不失掉我，也不失掉你”。这种处事原则使升任代市长的他为了仕途而与陶又佳拉开了距离，这是宣称“要为真实而生活”的陶又佳所不能忍受的。她以飞蛾扑火之势继续追求着她的爱情，这不仅没有感动普运哲，反而遭到普运哲的狠心弃置。同样是被弃，它所带来的伤害在陶又佳身上要比葛佩云更为痛彻。葛佩云看重的是形式，她只求保持家形式上的完整；而陶又佳不重形式，她在乎的是真切的情感。然而无论哪种情况，在男人的天平上女人永远是可以替换的砝码。当他需要情感时，他可以背弃曾经风雨同舟的结发之妻另寻新欢，当情感与政治利益冲突时他又可以狠心斩断情丝，重返家庭。他的逃离与回归过程之中牺牲的永远是女人。在这里，铁凝触及了女性在性/政治中的现实处境。不管是传统女人如葛佩云，还是现代女性如陶又佳，在现代社会里女性依然难以主宰命运的沉浮，纵然有所追求也终究要落网于男权文化的迷障。

如果说《无雨之城》探究了女性在性/政治中的现实处境，那么《对面》则揭示了女性永远处于男性欲望陷阱的生存状态。在一明一暗的互为“对面”的空间格局中，“我”得以看到真实，“对面”女人得以展现真实。但“我”毕竟是一个男人，最终，欣赏转变为占有和进攻的欲望，尤其是看到“对面”与不同男人约会时，“我站在窗前感到双重的饥饿”，承认“我不过是在那一高一矮两个男人后面，对她充满欲望的第三个男人罢了”。性心理的失落使他恶作剧般地将这明暗的空间格局彻底打破，那骤亮的电灯和骤响的音乐使“对面”因这突如其来的惊悸而病发猝死。这猝不及防的一笔深刻地揭示了女性被男性窥视、干扰和威胁的堪忧的处境，这几乎成为女性生存处境的一个寓言和象征：“我”/男性寻找着真实的面对，但却不能接受“对面”/女性的自我的真实面对。说到底，男性无非是欲望的化身，他意欲将欲望的触角探向任何他想要的地方，如果不能实现，对方就将遭到惩罚和毁灭。而惩罚之所以得逞，也是借助于以男性为中心的社会和文化禁忌下女性的脆弱及其对女性的威慑力量，使其可以闯入女性的私人生活空间实施一种人性意义上的“强奸”。女性只有仓皇逃跑，甚至要付出生命的代价。在这里，铁凝采用了男性叙事视角以便更直接和鲜明地暴露出男性隐秘的生理和心理欲望，从而呈现出其潜在的女性意识和男权文化批判立场。

其他作品，如《遭遇礼拜八》《巧克力手印》等同样书写了现实语境中的女性生存状态。《巧克力手印》同《无雨之城》一样讲述了一个婚外恋的故事，并同样对“痴情女子薄情汉”的主题进行了现代版本的演绎，而且前者较之后者更暴露了男人的孱弱和薄情，以至于连同为女人的妻子对作为男人的“他”都不无藐视。葛佩云、陶又佳、穆童，无论传统或现代，她们都被具体的男人所抛弃，在生活中扮演了受害的弱者形象。而“弱者”正是男权社会对女性的命名和定位，当然这恰恰是男性或男权文化的罪证所在，因此笔者并无意于指责女性解放的不彻底，因为即便是想做“新”女性，在现实中也是不可能的。在《遭遇礼拜八》中铁凝就表达了这样的愤慨。小说中的朱小芬一改女性的传统形象，她为离婚而心情畅快，可是她的欣喜欢快却不被任何人所认可理解，确切地说是不被传统的女性观念所认可。因为在传统看来，离婚女人无一例外是被无耻的男人所抛弃，女人必须扮演弱者，接受人们怜悯之情的包围。可见，事实上对朱小芬构成伤害的并不是男人的负情，而恰恰是社会（包括男人也包括女人）基于传统观念对女性不变的“弱者”形象的定位，这是一种貌似“优待的虐待”。它反映了“在文明社会的知识与话语谱系中，‘新’女性仍是一个可疑的遗漏或盲点”的现实，这使得当女性“摒弃了男权文化中关于女性的话语后，不可能不感到深深的迷惘、茫然和内在的匮乏”[①]。而女性的这种尴尬遭遇正是男性观念被社会普遍内化的结果，它以迫使女性继续扮演传统角色为内在旨归，以一种更为隐性的力量构成对女性别一种了无痕迹的伤害，女性非有清醒的意识是无以挣脱这种罗网的。

从历史到当下，铁凝以其对女性身份的深刻认同对女性不幸、无奈而尴尬的人生进行了冷静的书写。铁凝对此不仅给予了深深的理解和同情，同时又不无困惑地寻找着悲剧的根源，对男权文化进行了严厉的质询和批判。作品精彩地演绎了法国女性主义思想家波伏瓦的著名论断——女人不是天生的，而是变成的。在此基础上，铁凝对女性问题的思索继续走向深入。

第二节　女性主体形象的建构

西蒙娜·德·波伏瓦曾经说过：“定义和区分女人的参照物是男人，而区分男人的参照物却不是女人。她是附属的人，是同主要者（the essential）相对立的次要者（inessential）。他是主体（the subject），是绝对（absolute），而她则是他者（the other）。”[②] 这种他者的次要地位使得女性对理想中的自我形象从来就没有过清醒的意识，所有的理想的女人形象都是依据男性的期望并经由他们来塑造的。因此，女性只有明确树立起自我的主体形象才能与男权文化抗衡，才能与男性实现真正的平等，这也是自女性解放运动以来女性所要实现的最终目标。铁凝对女性身份的深刻认同使她对问题的认识已经达到了这个水平，因此，她

① 戴锦华：《真淳者的质询——重读铁凝》，载《文学评论》1994 年第 5 期。

② ［法］西蒙娜·德·波伏瓦：《第二性·作者序》，陶铁柱译，中国书籍出版社 1998 年版，第 11 页。

在批判男权文化的同时，又致力于对女性主体形象的建构。如果说男权文化批判解决的是女性“曾经是谁”的问题，那么现在所要解决的就应该是女性“想成为谁”或“应当怎样”的问题；如果说前者是铁凝为寻找女性自我走出的第一步，那么后者则在“我是谁”的追问上又前进了一步，它构成铁凝表达其女性身份认同的真正内核。有人曾经指出：“妇女争取到了受教育的权利，女权主义者摧毁了旧式的女性形象，但不再屈从依附于男性的女性会成为什么样的人，女权主义者也无法描绘。”① 从这种意义上讲，铁凝以对女性主体形象的建构做出了明确的回答。铁凝特别讲究辩证法的运用，将女性的自赏意识与自审意识完美地结合起来。其身体书写不仅对以往忽视女性生命欲求的写作实现了超越（如新时期之初张洁、张辛欣的创作），而且启发了后来的女性创作（如20世纪90年代陈染、林白的创作）；而其对自审意识的开掘则又避免使女作家走向自恋的偏执。铁凝所表现出来的这种前卫和审慎的融合是中庸之道的又一显现，并且使其女性书写产生了重要的价值和意义。

一　女性生命本体的欲望诉求

在男权文化的视界里，不仅女性作为人的价值被忽略，而且作为女性本体，其生命的内在欲求也被一系列加之于女性身上的道德习俗等枷锁压抑和扭曲。这在一些男作家的作品中有着突出的表现。他们虽然对女性的心理、欲望等进行了描写，但无论是鄙夷或欣赏都终究处在男性的审美视野之中，即便是对女性美的表现也仅仅是男性审美观念的外化而非对女性本身的尊重和崇拜。在中国，即便是在新中国成立后，女性获得了前所未有的“半边天”的称谓和地位，但“‘男女都一样’的话语及其社会实践在颠覆性别歧视的社会体制与文化传统的同时，”却又

① ［美］贝蒂·弗里丹：《女性的奥秘》，程锡麟等译，北方文艺出版社1999年版，第77页。

构成了“对女性作为一个独立的性别群体的否认”。[①] 而事实上，男女作为不同的性别个体，他们之间不仅存在生理结构的差异，与此相连，他们对欲望、情感等与生命本体相关的感受和体验也存在着巨大的差异。这种差异不是由社会、习俗等后天因素养成的，而是与生俱来的先天性的客观存在。如果不能正视这一点，就从根本上否定了男女之间的差异。铁凝对女性主体形象的建构，正是在肯定性别差异与女性个体生命独特性的基础上进行的。其对女性本体生命的内在欲求的正面探寻就是一个明证。

这种正面探求首先是基于一种女性的自赏，只是这种欣赏一直被男性所压抑。对此铁凝曾表达过深刻的见解：

> 在人类历史的舞台上，女性领衔主演的剧目又有多少呢。且不说中国几千年的封建岁月淹没着女性的本相，一句“金屋藏娇”谁又知蕴藏了女人的多少悲哀。即使如尼采、叔本华这样的洋人，也对女性充满鄙夷。叔本华声言女性是无法感悟艺术的，而尼采则说，和女性交往时要带着一条鞭子。男性的自赏，可以有广阔的天地去发挥表现，那自赏就化作了行动去同整个社会碰撞；女性的自赏则只能在镜前、在井边、在灶间，在怀中的婴儿脸上。要是你稍不小心将你的自赏流露于大庭广众之下，那么你便是轻佻，便是张狂，便是太不规矩了。你那自赏，也因此变得格外碍眼，格外不合路数。而你那自赏意识，却因这种种限制与压抑，反倒倍加强烈、执著起来，好比一个无可扼制的恶性循环。[②]

铁凝无意于对抗，而只是一种反驳，由于是从自身对女性的理解出发，

① 戴锦华：《涉渡之舟——新时期中国女性写作与女性文化》，陕西人民教育出版社2002年版，第5页。

② 铁凝：《女性之一种》，载《铁凝散文》，浙江文艺出版社2001年版，第197页。

因此她作品中的女性形象既超出了本质主义对女性的先在性规定，而又没有陷入西方女性主义男/女二元对立的模式。她既对女性躯体之美和女性原欲这些所谓“出格”的生命体验予以赞叹和肯定，又将母性这一传统的女性本质重新光大。现代质素与传统因子融于一身正是女性复杂性的真实表现，也是铁凝创作不走极端的一个突出例证。

首先，铁凝对女性的躯体进行了大胆的描述。这种描述不是对躯体的自然主义的客观呈现，而是带有强烈的女性主观意识；它不只是一个带有性别特征的“肉身”，而是代表着女性的健康、自然和强劲的生命活力。铁凝毫不掩饰她由衷的赞美之情，在《麦秸垛》《玫瑰门》《对面》《无雨之城》《大浴女》等作品中塑造了一系列充满女性魅力的、健康的、自信的、清新的女性形象。

很多文章在谈到铁凝的躯体描写时，都不厌其烦地引述了《玫瑰门》中对竹西的描写，足见其经典性，因此笔者也将不惮于重蹈覆辙。请看竹西出浴时的美丽身姿：

> 乳房，当宝妹把它当奶吃时，它像一个仅有奶水的婴儿离不开的器皿。可现在它远远不是，它是球，是两个自己跳跃着又引逗你去跳跃的球。舅妈举起胳膊擦背时那球便不断地跳跃。
>
> 臀部，当舅妈坐着马扎抱宝妹时它们不过是人身上为了坐而生就的两块厚垫子。现在它们不再是为了坐而生。那本是引逗你内心发颤的两团按捺不住的生命。舅妈每扭动一次身子那生命就发生一次按捺不住的呼号。
>
> 脖子和肩你以为就是一根直棍接着一根横棍吗？那些衔接本身就流泻着使人难以理解的线。那是声音是优美的声音，你想看不如说是想听。
>
> ……
>
> 人的腹肌是八块，但当你把它画作八块时你才会彻底发觉你的

拙劣。那是八块，是八块的妙不可言是八个音符和谐的编织。①

难怪一个还没有性别意识的小女孩，都能为之激动，并认为这样的躯体最应该给人欣赏。而且它出自小女孩眉眉的视角，因此它的美更带有纯粹性和真实性。尤其是竹西对身体的那份自赏的坦然，因为从人类学上讲，“自赏”是人与生俱来的一种文化基因，它是个体自尊自爱的基础，懂得自赏才能更好地进行自我建构，所以铁凝说：“懂得欣赏自己本不是件坏事，你在欣赏之中享受到自己的价值，于人生的旅途上你才知道倍加珍重这价值。”② 竹西优美的身躯及其对躯体的欣赏，最早给了过早离开母亲的眉眉以性别的启蒙，由此她产生了对成为一个女人的向往并开始了作为一个女人的成长历程。

当然，铁凝对健美躯体的描写不只侧重于其合乎比例的完美，而且还注重它所蕴含的生命气息的动人和强劲。在她看来，健康的人体美代表着人类合乎自然的和谐状态，是女性与生俱来的自然天性和生命活力的表现。像竹西、唐菲（《大浴女》）、西单小六（《永远有多远》）等，她们迷人的躯体让同性都心生艳羡之情，她们对身体的自赏与同性的艳羡是女人爱美天性的自然流露。即便是在战争的非常时期，小臭子尽其所能地装扮着自己，乔将一条平常的皮带也扎出了英气；被人忽略了性别的仁义化身白大省，谁也不曾想到她会把西单小六作为心中崇拜的偶像。而像大芝娘、大模糊婶、婆姨等，无论从哪个角度讲，她们都不具备视觉的美感，她们一律是粗壮的身材、丰硕的胸脯、如口袋样的肥奶。或许它们近于丑陋，但不管怎样，都是女性生命自然成长的结果，是构成女性生命本体的所在，它们将女性的母性特征和母性强劲的自然生命力张扬到了极致。这种对身体自然美的认可在铁凝对人物母性情怀的书写中可以显见。

其次，以空前的胆识切入女性的原欲世界。之所以说是“空前的

① 铁凝：《玫瑰门》，春风文艺出版社 2003 年版，第 99 页。

② 铁凝：《女性之一种》，载《铁凝散文》，浙江文艺出版社 2001 年版，第 196 页。

胆识”是因为中国的传统是“谈性色变”的。中国的传统道德、伦理对社会成员的性需求持一种低调处理、压制、贬斥的态度。“性”对于中国人特别是女性而言是一个知识死角、心理禁忌、言说盲点。而在一些男性写作文本中即便写到了性，处在性关系中的女性也不过是作为物化的欲望对象而存在，拥有或征服女性的身体象征着男性的力量信心和生命力，如张贤亮的《男人的一半是女人》、贾平凹的《废都》等文本即是如此。女性被男性缴械到连性的权力都无法自主，正如孙绍先所说：“女子在男权社会已经被压向自己最后的一点领地——性的权力。而男子在这个问题上依然以自我为中心向女性横施禁令。”① 而“纯洁的爱、精神的爱，为爱牺牲欲望，都是为伟大男性编造的神话，而女人的肉体需要并未成为主体的一种需求”②。因此，铁凝对女性身体欲望的叙写，不仅表达了女性生命本体的内在欲求，而且也是对男性叙事中女性被物化处境的突围。在铁凝看来，“性”是人的天性，女性也同样有表达欲望的权力；女性对自身压抑已久的内在激情的渴望是以肉体觉醒为显现的，某种程度上，肉体的觉醒代表了女性主体自我的觉醒。

铁凝对女性身体欲望的表现贴近了女性生命的原生态。在《麦秸垛》中，铁凝第一次表述了女性渴望了解男性、渴望了解自己的欲望。在这里，“麦秸垛”已失去了本身的含义，它“从喧嚣的地面勃然而起”，历经雨雪“却依然挺拔”的形态成为女性永远不息的欲望的象征。老效媳妇、大芝、沈小凤等都曾在麦秸垛下体会过欲望释放的快乐，虽短暂却不失灿烂。还有《玫瑰门》中的司猗纹、竹西，《无雨之城》中的陶又佳，《大浴女》中的章妩、尹小跳、唐菲等，她们都蓬勃着旺盛的性欲和肉体的躁动。被司猗纹称作“像一块肥沃的无人耕种的土地”的竹西，始终处在一种生命饥渴而寻求释放的状态中。丈夫庄坦根本无法满足她的欲求，丈夫性功能的丧失更使其面临生命的荒芜，无奈之下她只好以解剖母鼠和抓“洋拉子”的方式寻求欲望的另

① 孙绍先：《女性主义文学》，辽宁大学出版社 1987 年版，第 90 页。

② 孟悦、戴锦华：《浮出历史地表》，河南人民出版社 1989 年版，第 56 页。

一种释放；丈夫的死对竹西简直是大幸，她终于有机会在与年轻力壮的罗大旗的交欢中释放激情，即便面对司猗纹的捉奸，她也并不羞愧。因为在她看来，这不是偷情，而是女性身体的正常欲求，与道德无关。陶又佳是竹西的现代翻版，在与普运哲的性关系中，她始终占据主动位并扮演着启蒙者的角色。从这种意义上讲，大胆主动追求性爱的沈小凤就要比自我压抑的杨青更具生命的自然本色。不过铁凝并不一味地对女性欲望持赞赏态度，同对女性躯体的描写一样，她重在强调其自然健康的形态。因此，对同样具有旺盛的身体欲望的司猗纹和竹西，她的态度是不同的。性的缺失及欲望的折磨使司猗纹消泯了对性的美好企望，反而将性作为一个计谋和工具，实施对他人的亵渎，更是对其作为女性的自我肉体和人生的亵渎。性的欲念已经失去了发乎生命本体的自然健康的本色，也就变得鬼祟和肮脏；而竹西无论得到或失去都能坦然面对，她对性的追逐绝不是无原则的纵欲，而是女性生命欲求的一种释放，因此充满了美感。从这种意义上讲，《棉花垛》的写作可谓别有深意。在这篇小说中，铁凝集中探究了女性在性爱方面的本原性存在。小说有一节写到三个十来岁的孩子——乔、小臭子和老有，在炕上玩性游戏。其中，老有并不重要，两个女孩才是主角，操纵着游戏的主动权，尤其是乔。乔要年长一些，所以有着更为清晰的性觉悟，她对老有早就萌生了朦胧的爱恋，这场游戏就是她表达内心爱恋的一种方式。小臭子虽然还不懂爱恋，但她对作为丈夫的老有的争取却是女性维护自己合法性权力的一个表现。他们模仿着成人说话、配对儿、偷汉，皆源于对男女之事的懵懂和对异性的倾慕之情，因此保持着性意识萌动下特有的纯洁和自然，而没有夹杂成人世界的复杂内容。游戏作为一个承载形式，表达了作品对纯洁自然的性爱的肯定。虽然她们还是孩子，但作为未来时态的女性，乔和小臭子对身体欲望的本色表达却成为女性理想化欲望模式的象征。其性爱理想与成人后她们在性爱方面的现实遭遇之间的分裂，构成一种张力，更凸显出健康自然的性欲作为女性生命本体欲求的合理性。

最后，对传统母性情怀的由衷赞美。"所谓母性情怀，是指对女性受孕、分娩、哺育、抚养、持家等传统的母性特质所表现出的强烈的颂扬和维护意向。"①《麦秸垛》中的大芝娘、《玫瑰门》中的婆姨、《青草垛》中的大模糊婶都是极具母性情怀的典型，不过铁凝对母性情怀的表现不同于男性作家。男性对母性的赞美主要从道德层面展开，母性并没有内化为女性的自我意愿而是对社会规范的一种无奈顺从，因此，母性往往被看作一种传统落后的意识，母性行为"完全是对女性不幸命运的一种浪漫解脱和诗意麻醉，其结果必然是使女性丧失自我理性，重新回到取悦男权的传统意识中"②。因此，对于叙写了母性情怀的女性写作被认为是一种回归和倒退。有人就曾经这样评价过铁凝的母性书写："铁凝笔下的女性更多的体现为一种善良的'母性'，其女性意识更多的是承载着某种道德、文化和社会内容，而其中的性本能、独立意识尚处于边缘位置。"③ 这是一种典型的男女二元对立的思维——凡是男性所欣赏的必然是有预谋的，因此女性必须予以颠覆和反抗。"母性情怀"固然是外部社会体制对于女性特质的规定，但为何不可以是女性自身的一种内在需求？为什么总是想当然地以为女性的母性行为就是对男权的迎合或寻求自我救赎的无奈选择？女性特殊的生理机制使她们可以独享男性所永远不可能有的、作为一个母亲的切实体会和感受，因此，在现实生活中，一个成熟的女性尤其是一个已婚的成熟女性总会天然地对成为一个母亲充满向往，那是来自女性肉身深层的生命呼唤。铁凝正是从这种意义上来书写母性情怀的。像大芝娘，她要求前夫让她生一个孩子，其中有以此寻求女性价值的成分，但同样也是为了满足自己孕育生命感受母性的内在渴望。要实现这种渴望，女性不可避免地要求助于男性，但所有的求助并不都是对男性的皈依和妥协。而一旦孕育过

① 李有亮：《给男人命名——20 世纪女性文学中的男权批判意识的流变》，社会科学文献出版社 2005 年版，第 223 页。

② 同上。

③ 于展绥：《从铁凝、陈染到卫慧：女人在路上——80 年代后期当代小说女性意识流变》，载《小说评论》2002 年第 1 期。

生命，她就会将母性由来自生理的欲求转化为情感的欲求，洒向众生，无私博大而充满温情。因此，大芝娘不仅关爱自己的骨肉，还能够将母爱无私地施予知青沈小凤和没了娘的五星；寡居的大模糊婶在孩子死后，将全部的母爱都给了一旱（《青草垛》）；离开母亲的眉眉更喜欢婆姨宽厚的怀抱和她温暖的肉的芳香。

几千年来，由于男权文化的遮蔽，女性失去了自我，如同杨青一样，女性对其性别的基本特质和内涵充满了困惑，铁凝却从女性生命本体欲求的角度给出了答案。她对女性躯体的自然呈现、对女性身体欲望的表达，冲破了传统的禁忌而对男权文化构成了带有先锋意味的彻底颠覆。然而，铁凝并无意颠覆男权，而只是以真诚的态度对女性的生命本体进行真实的表达，因此，她并不因母性情怀被视为传统的女性操守而一味地否定它，而是把它作为女性的本原性特质进行了彰显。铁凝集先锋性与传统性于一体，避免了女权主义的极端式书写，而没有陷入“女人中心论”的窠臼，同时也挣脱了纯粹的女性主义的狭隘。正是这种带有中庸色彩的文化立场使铁凝对女性主体内涵做出了深刻的阐释。

二　女性负面文化的审视

铁凝以一种自赏心态从正面勾勒了一个近乎完美的女性形象，这是她对女性主体内涵的基本界定，在很大程度上它应和了多数女性潜隐于内心的生命欲求。然而，如果女性把它看作自身的全部，那就有可能造成女性对自我的再次遮蔽而非男权文化的遮蔽，对此，铁凝曾在《女性之一种》中一针见血地指出过：“她们以她们那混乱不堪的价值观和畸形的自赏心态，将女人和男人逼上了尴尬的境地。她们在抬高自己的时刻，也彻底贬低了自己。”[①] 因此，要建构理想的女性主体形象，女性必须全面地认识自己，其中对缺点的清醒认知尤其意义重大。因为女

① 铁凝：《女性之一种》，载《铁凝散文》，浙江文艺出版社 2001 年版，第 200 页。

人也有很多弱点，如果女权主义的立场仅仅针对男性挑战，而无视女性自身的问题，那么它并不能达到妇女解放的真正目的。[①] 勇于自我审视，这是一个具备主体意识的女性必备的重要素质，也是铁凝走向女性身份认同的关键一步，是女性完成主体建构的重要一环。恰如铁凝在《玫瑰门》研讨会上的发言所指出的那样：“这部小说我想写出女性的生存方式、生存状态和生命过程。我认为，如果不能写出女人的卑鄙、丑陋，反而不能真正展示女人的魅力。”[②] 于是，铁凝由对女性生命的讴歌转向对女性隐秘世界和人性的审视，在继男权文化批判之后又对女性负面文化进行了冷峻的解构。

首先，女人间的“玫瑰战争”对女性自我的伤害。长篇小说《玫瑰门》是对母系族谱的纵向溯源，也是对女性之间“仿男性斗争”关系的逼真描写，是一家三代女人：祖系（外婆司猗纹）—母系（舅妈竹西）—孙系（苏眉）之间的一场“玫瑰战争”的纪实。磨难在不断遭受来自封建家庭秩序迫害和政治话语挤压的司猗纹那里，不仅没有使她对同性产生体恤相怜的情谊，反而化作压迫他人的动力，使她对儿媳竹西和外孙女苏眉不时地变相地实施着伤害，并进一步扩及身边的所有女人，在本已躁乱的“文革”岁月，女人之间展开了一场不动声色却惊心动魄的明争暗斗。在这里，虽然男性几乎全部退场或仅仅退化为背景，但他们却以“缺席的在场”的方式隐秘地参与了这场“玫瑰战争”。因为如果说男性曾经生产打造了不幸的女人，那么现在女人又依据男性的模式打造着其他女人，司猗纹对儿孙的斗争实质上就是男性规范的变相继续，这恰如铁凝所认为的：“在中国，并非大多数女性都有解放自己的明确概念，真正奴役和压抑女性心灵的往往不是男性，恰是女性自身。”[③]

---

① 参见董之林《辉煌世纪的女性写真——论当代女性小说的历史嬗变》，载《社会科学战线》1997 年第 3 期。

② 转引自盛英主编《二十世纪中国女性文学史》下，天津人民文学出版社 1995 年版，第 773 页。

③ 铁凝：《写在卷首》，载《玫瑰门》，春风文艺出版社 2003 年版，第 1 页。

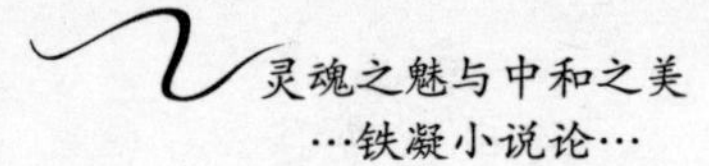

司猗纹与竹西之间是典型的“婆媳斗”关系。她们之间的争斗以儿子庄坦为媒介展开。尽管两人对体格和性情都很柔弱的庄坦都不满意，但司猗纹却不能容忍儿媳对他们母子的俯视劲儿，于是她总在夜里偷听这对夫妻之间的房事，并不断诅咒儿媳。这与其说是对儿子的维护，不如说是借此行使婆婆的权力。这权力是男权社会所赐予的，她借此实施对儿媳的压迫，作为她曾经受到压迫的补偿。这种压迫主要表现在她对竹西性事的控制上。先是偷窥两夫妻间的房事，后又设计捉奸的好戏，觊觎着竹西与另一男人叶龙北的交往。她对竹西一贯的性的控制，说到底更是出于心理的嫉妒和愤恨，因为自己几乎一辈子都没有享受过正常的性，所以她也不情愿子辈的竹西能够享有，而要让子辈重蹈自己的覆辙，同样备尝身体的欲望之苦。这一点早在她对儿子性无能所表现出的奇怪心理上就已经表露无遗。她觉得儿媳“像一块肥沃的无人耕种的土地，这土地的主人就是儿子庄坦”。“她甚至有点幸灾乐祸，她希望土地的主人和土地就这么厮守下去，任土地荒芜，任人束手。”对外孙女眉眉的改造和占有与此如出一辙。司猗纹不甘心就这样从儿媳那里败下阵来，她又从酷似自己的眉眉身上看到了重生的希望，她要借血缘之亲将眉眉改造成又一个自己，来证明自己的存在。于是她不断地将触角探向眉眉的私人空间，以爱的堂皇名义不断骚扰、窥视甚至跟踪盯梢。她穷追不舍，而眉眉却避之唯恐不及。除此之外，司猗纹对姑爸，罗大妈对司猗纹、姑爸，事实上也是一种女性之间的伤害。在其他小说中，铁凝对女性间冷漠抑或伤害的关系也有所表现，如杨青对沈小凤、小臭子对乔、尹小跳对唐菲。或许在作家看来，女性在谴责男性对女性的迫害时更应该首先打量一下自我，看看女性之间是否结成了同性情谊；如果没有，又怎么能理直气壮地去批判男性？这不是本末倒置又是什么！

在司猗纹对子辈的伤害中还涉及母性丧失的问题。在这儿，母性是相对于子辈而言的，不单纯指母亲形象的塑造。即如在对女性主体内涵的分析中所指出的那样，母性是一个成熟女性从生命本体出发产生的一种生理和情感需求，因此它应该是美好的。母亲对子辈的关系不是一种权力的行使而是一种责任义务的承当。在此我们要特别强调母女关系，因为母女间既是同性关系又具有血缘亲情，母亲如何对待女儿不仅可以折射出她对女性的认知状态，反映出其主体意识觉醒到怎样的程度，而且母亲应该是女儿女性成长的第一任老师，她的言传身教将直接影响女儿今后作为一个女人的形象及对女性的理解认知，因此她的角色非常重要。像司猗纹对眉眉的改造和占有，单身母亲张美芳对女儿韩桂心从小开始的“仇男教育”，以及借对女儿罪行的掌控试图控制要挟女儿（《午后悬崖》），庄晨（《玫瑰门》）及章妩（《大浴女》）在女儿成长的关键时期母爱的缺失，安静姐妹的母亲又是那么市侩和庸俗（《没有纽扣的红衬衫》）……这样的母亲显然是失职的。尽管其失职源于自己曾经受到过命运不公的对待，然而即便如此，一个真正的母亲也不应该通过在女儿身上的自我复制来发泄不满，而应该就此培养起自己及女儿对同性的体恤之情。否则女性的悲剧将在女儿身上继续重演，女性建构主体自我的理想将永远是那么遥遥无期。

其次，女性对自己身体资源的误用。随着现代化进程的不断推进，女性的境遇也获得了极大的改善，但是铁凝却从没有为此表现出些许的乐观，面对世妇会上的热闹景观她依然忧心忡忡：“虽然这些天来妇女们像获得了多大解放和权力似的，可我仍然在想，若是妇女果真同男人没什么两样了，为什么还要专门召开一个妇女大会呢?”① 她的质疑不无道理，仅从权力的掌控上就可以看出男女之间的不平等。在漫长的宗法社会中，女人从父从夫，毫无身份可言，男性优于女性的身份使他们在具体的原始资源的积累上自然也多于女性；“经济决定地位”，财富的多寡决定了权力的大小，反过来权力又可以影响对新的资源的分配和占有。难道女性真的毫无权力可言？如果有，她又是以什么方式获得的呢？从前面对司猗纹的分析中我们清晰地看到，她的家长权力是从男性

① 铁凝：《铁凝影记》，河北教育出版社 1998 年版，第 147 页。

那里以间接形式获得的，这可以说是长久以来女性最典型的权力形式。这正如一些女性学者所分析的那样：“女人被期待不像男人那么直率，并且更卑怯。这意味着间接的或操纵的而不是直接的权力形式被认为是对女人更典型的形式。”“间接的权力不是对女人平等、开放的数个方式中合理的一个，但它是女人能够运用的主要方式。”① 这种权力形式固然是历史所给女人造成的无奈选择，但是它对女性所起的潜移默化的影响，却使女性将其内化为自身的一种自觉行为方式。她们努力寻求着自身可资利用的资源去换取她所需要的东西，司猗纹利用的是她的替代性的男性家长身份，有的女性则利用的是美貌、身体等有形的具体资源，而后者尤其是女性对自我最大的亵渎。

《棉花垛》中，铁凝描写了历史语境中女性对间接权力的使用。米子利用自己的身体和色相与不同的男人做着物质的“交易”；这种生存方式又轮回到女儿小臭子身上，只是女儿不再换棉花而是直接委身于一个男人，用肉体换取自己的吃喝和她想要的政治荣耀。母女两人的下场都十分可悲，但是她们自己对于其出卖身体的事实似乎并没有任何痛苦，而是情愿让身体被男人收缴。这才是女性真正的可悲。对此，善良的铁凝还是给予了同情。因为在那个物质普遍匮乏的年代，为了生存，本就一无所有的女人除了身体之外可资利用的资源实在太少了，在这样的条件下要求她们具备独立意识或许太过超前。然而当时代进步到当下，这种生存方式的继续轮回却变得让人无法再生同情之心。《甜蜜的拍打》《法人马婵娟》中的女人都将身体的价值利用到了极致，但“这两个小说都是以形体上残缺的女人的价值实现为对象，也就缺乏对照女性文化负面的普泛意义”②。《青草垛》《小黄米的故事》却突破了这一限制。小说所描述的山村少女身体都很健康，但她们却像黏性很强的小黄米一样，靠黏附在男人身上来赚取金钱，由此表达了铁凝对现代文明

① ［美］弗雷泽等：《女人与性角色》，潘淏等译，天津人民出版社 1989 年版，第 255—256 页。

② 易光：《女性文学：文化反省的必要与限度》，载《文艺争鸣》1998 年第 2 期。

背景下女性自我存在的隐忧之情。任何文明进步都并不意味着与此前的落后彻底决裂，因此在女性的意识中必然是传统观念和现代意识并存，它们的两相竞争正表明女性在思想观念深处仍然没有真正建立起自己的主体意识。在这种情况下，她们又面对现代物质文明的召唤，传统意识很容易重新抬头，使她们对商业社会对女性的再次物化做出主动迎合的姿态。上述小说中，几乎没有一个女性是“逼良为娼”，她们全都是自觉自愿地主动将身体交付给男性以换取所需。而事实上，当下环境为“小黄米”们提供的生存机会要比米子们的时代进步得多，她们应该完全有能力真正做到自食其力。同时，她们在以此获利之时也将自身再次置于男性欲望和物化的境地，女性躯体又一次作为“空洞的能指”被历史静观欣赏。而一个情愿被物化的女人，又何谈主体建构？铁凝向女性自身提出了冷峻诘问。让我们看到，女性主体的建构还需要作精神层面的思考。

三　女性主体的精神超越

“对于一个女性来说，‘成长’意味着那丰富的潜能打开通途的过程，意味着一个获得自我的过程；意味着她在使自己成为自己。那需要不倦的努力，不断的自省，不断的改善与创造自由的健康心态，而这一切自始至终伴随着因正视自己被内化的事实而不可避免的心灵搏斗。”① 因此，女性主体的建构最终要指向精神。如果说，前述铁凝对女性生命本体的还原是女性建构主体自我的基础，而对女性负面文化的审视是以解构方式对女性主体的别一种修正，那么精神建构则是一种深层次的正面建构，指的是从思想观念和意识上把做一个独立自主的女人内化为女性自我的要求，从精神上真正完成对女性自我的超越和拯救。这是一个艰难的历程。

---

① 潘延：《对“成长”的倾注》，载《江苏社会科学》1997 年第 5 期。

大芝娘和沈小凤固守着女人“从一而终”的训诫，面对男人的遗弃逆来顺受，不做反抗，任由自己滑向更为悲惨的境地。到了司猗纹和姑爸，女性似乎前进了一步，她们开始反抗不幸了。司猗纹反抗的偏执已多有论述，她的浓烈色彩遮蔽了我们对姑爸的认识。姑爸的悲剧或许都导源于她那个生来不小的下巴。她有幸念了女校，有文化，对自由恋爱、对婚姻充满了少女特有的向往，但是就因为身体的小小不足，她省略了恋爱过程而直接进入婚姻。她以为婚姻的城堡会保护她，让她可以不再为身体的不足而担惊受怕。但这只是她的一厢情愿，结婚第三天她就被赶回了娘家，她甚至没有体味过做女人的滋味，这对任何女性来说都是一种致命的打击。当她做女人的出路被男人堵死后，她没有重蹈大芝娘的覆辙，而是要以“做男人”的方式试图做生命的突围。首先，她对自己进行了重新命名——姑爸，继而开始模仿男性的外部特征：剪掉了辫子，留起了分头；旗袍、长裙换成了西装、马褂；穿起了平底鞋，迈起了四方步，一根烟袋终日不离手；而且她那两个标志其女性特征的乳房也不见了，她故意弯曲脊背使平胸又变成了抠胸。她这一怪异的形象对男权社会形成了巨大的讽刺，她与司猗纹的偏执反抗一样可以说是“一种变相的对社会的挑衅”。然而她这一挑衅是以丧失女人之为女人的全部价值尊严与女性的欲望诉求为代价的，因此，她的“变性”与其说是用以保护女性使其免遭男权的继续统治，不如说是对女性身份的拒绝。而连自己的女性身份都不敢承认，又遑论女性主体自我？即便是作为一种女性出路，它也不具备科学性。以冒充男性的方式试图求得女性在男性社会的生存，但改装后的“花木兰”还是女性的花木兰吗？整个世界都成为男性或“准男性”，那女性还有存在的必要吗？即便是权宜之计，那么又期待何时女性才能回归自己的本来面目？因此，类似姑爸的女性反抗还没有上升到意识自觉的高度，它带来的毁灭要大于建构。

与司猗纹、姑爸相比，竹西和陶又佳无疑享有广阔得多也明媚得多的一方晴空。在她们身上，男权社会对女性赤裸裸的压迫和歧视基本解除，女性终于还原为女性自我和欲望的主体，但是这并不意味着女性从根本上真正确立了其主体意识。竹西对女性欲望的自由追寻虽然剔除了社会和文化的禁忌，还性爱以生命的本色，但是却又因精神性质素的空乏而使其难以摆脱欲望化的层面。除了和叶龙北似乎有“新粪新粮食”的生命气息外，与庄坛甚至与罗大旗之间，都给人以“将就”的窒息之感或寻求刺激之嫌。因此，虽然竹西是自己身体欲望的主体，但她却始终处于生命的流浪状态，关键就在于她一直没有找到女性精神的停泊地。《无雨之城》中的陶又佳却不是一个为了欲望而随便凑合的女性，如果没有一个在生命强力、智性等方面可与之对等的男性，她情愿让身体和情感自然荒芜。最初，她和普运哲之间可以说是达到了灵肉交融的境界；然而当她为了保住这份爱情而开始有意取悦普运哲时，两人之间精神上的平等和平衡就被打破，爱情也就丧失了原有的本色，而变成了维持和索取。尤其当陶又佳为了爱情而丧失了理智之时，其精神内虚的本质便暴露无遗了。可见，她们的行为并不真正具有“寻找女性自我”的意义。

到了《何咪儿寻爱记》和《永远有多远》，“寻找女性自我”才象征性地在女性的行为之中有所体现。前者名曰“寻爱记”，一个“寻”字意味颇深。小说描述了何咪儿的三次出逃和寻找的经历，虽然她的寻找并没有明确的方向和目标，每一次找寻的结果都是落荒而逃，并且付出了肉体和精神受损的双重代价。但就是在不断地寻找和磨砺中，何咪儿心中那个目标才逐渐清晰起来，她才逐渐意识到自己到底需要什么：原来人格和尊严才是一个女人一生中最重要的东西。《永远有多远》则通过主人公白大省的遭遇演绎了一个寻找自我而不得的故事。白大省被社会塑造成了一个“仁义”的化身和标本，但是她的宽厚大度和仁义并没有为她带来幸福。尤其是在爱情方面，她总是不断地追求又不断地被抛弃，她所深爱的男人也只是在走投无路的情况下才最终选择了她。因为仁义的她更多地被人们看作一个不讲究相貌和服饰的没有性别的“大好人”，而在两性关系中却又以女人的传统标准来衡量和要求她。

或许白大省自己是有责任的，正因为她总是自觉地接受着社会对她“仁义”的定位以至于人们忘记了她的性别。但事实上她对自己想要成为什么样的人有明确的方向——成为像西单小六那样被很多男人爱的女人，她现在所成为的这种人根本不是她想成为的。当她曾经的男友告诉她说“你永远也不会成为你想成为的那种人”时，白大省绝望地发出了“永远有多远”的追问。虽然她想成为西单小六的梦想不能作为理想意义上的女性追求，但她的这一声追问却至少表明她对自身作为女性的两难处境有着清醒的认识，即女性既不能摆脱性别世界的控制，又不能适应性别世界的要求；并且具有对这种困境做正面突围、寻找女性自我的意识。不过止于意识，女性到底应该怎样，何咪儿和白大省都无法做出具体的回答。《大浴女》对此做出了回应。

《大浴女》讲述了一部女性精神成长史，塑造了一位历经社会风雨和内心搏击而走向涅槃的理想女性。尹小跳的成长历经坎坷。少年时代，她面临着家庭和社会双重教育的缺失：“文革”时期，逼人吃屎的批斗场面给她幼小的心灵以极大的伤害；父母双双被下放农村使她缺少来自家庭的关爱，尤其是母亲伦理道德的堕落及母爱的缺失，构成了尹小跳精神成长的障碍。爱的缺失及对孤独的体验使成年后的她对爱充满渴求，因此，她轻易地就坠入了已婚男人方兢所编织的初恋情网中。这份爱，是以迷失自我、放弃自我为代价的，以至于方兢所有的反复无常、荒唐放纵都被尹小跳愚昧地合理化。固然这或许是爱的一种极致化的表现，但却隐含着其潜意识中受制于男性本位思想的统治，就如同司猗纹的逻辑一样：“难道女人能声讨男人吗?”因此最初阶段，尹小跳并不比司猗纹具备更多的女性主体意识。她与方兢的关系就如同陶又佳与普运哲的关系一样——女性魅力的性启蒙和名人魅力的情感慑服。不同的是，当找回了男性尊严的方兢面对逐渐长大的尹小跳心生恐惧而疏远了她时，她没有走向陶又佳式的褊狭疯狂，向一个不再值得女人去爱的男人继续索要和乞求爱情；更没有走向司猗纹式的阴鸷扭曲，向男性和女性同类实施报复以作为对自己所受伤害的补偿。方兢的背离，反而使尹小跳变得清醒、成熟起来，她开始审视自己和对方，在洞悉了对方的灵魂之后，最终决定舍弃这份变质的爱情重新开始新的人生。人生经常在破碎中走向完满，正如文中那句颇具意味的话：“人生是追求完整的，而这个世界上最完整的东西莫过于一颗破碎的心了。”因为破碎，才更为清醒；因为破碎，才会承载更多，涵纳更多，拥有更多。童年的苦难记忆和现实的破碎爱情成了滋养她的养料，使她获得了开启新的人生的心灵力量，走向了一个博大雄浑的人生境界。她以其镇静的、挥洒自如的成熟形象在精神上最终战胜了曾经不可一世的男人方兢，同时也使她收获了与陈在的真爱。尹小跳之所以能够做到这一点完全是出于对女性自我的珍爱，而不像司猗纹、陶又佳，因为不懂得自爱，不仅没有获得最终的幸福，反而留给自己难言的痛楚和永远的伤悲。这种建立在女性自爱基础之上的人生选择是女性主体意识确立起来的标志。

更为可贵的是，她还将自爱进一步引向他爱，对所有人都给予理解和宽容。尹小跳向往灵肉结合的真爱，然而她更懂得即便是不爱，婚姻家庭对一个女人来说都意义重大，因此，面对与陈在之间因为迟来而弥足珍贵的爱情，她走出了女性惯有的偏狭，最终选择了“逃离”和“不爱”。这充分体现了她对女性自身的理解和体贴。面对妹妹尹小帆的刻薄和刁蛮，她“一笑泯恩仇”，继续充当妹妹的保护者；她放弃了对母亲的不满和嫌恶，而对母亲当年和现在的行为予以体谅和宽容，唯独对自己的“无知犯罪”不能原谅。不过她相信“爱是可以医治苦难的”，于是她用更多的爱去关爱他人，以实际行动弥补着自己的罪过。这种爱的发现正是她对自我发展、自我完善所进行的执着求索，求索使她最终走进了内心深处的花园，美与善冉冉升起。心灵花园的重建，表明了女性精神境界已接近于大爱的生命形态，女性终于完成了自我精神的蝉蜕成长。她挣脱了男性的依附和束缚，洗净了人生中的污浊和破碎，走上了女性自尊、自爱、自立和自强的道路，最终超越了女性生命的本体而从精神上寻找到了女性生存的支柱和坐标。从铁凝对尹小跳形象的塑造过程中，我们不难看出作者对女性如何走出困境寻找女性主体自我所做的严谨而有效的思考，它是铁凝对理想女性呼唤与热望的明证。

如果说《大浴女》是一部女性成长的小文本，那么上述小说则构成了有关女性成长的“大文本”。这是一个女性从被塑走向自塑的渐变过程。从女性认同男性原则而无视自我，到女性以自戕的方式与男权世界对抗，再到女性与自我抗争，女性从男权文化的后台逐渐走向了自我的前台，将女性的命运交付到自我手中去掌控。当然这种掌控并不完全放弃与男权文化的对抗，而是更讲究在智性上优于男性；同时也不是放弃女性立场，而是更讲求女性自我的正面突围和自救。女性以健康的人性方式书写自己的人生，善待自我和他人，实现精神的自主和完善。这是一种最高境界的女性自主意识。乔以钢曾经指出，“女性意识发展的最高指向是人性的全面丰富和完善，是人的价值的全面实现，这一点与人之发展的最高指向是一致的”①。从这种意义上讲，铁凝所构建的女性主体不仅达到了女性理想的高度，而且达到了人性理想的高度。

第三节　继承与开启

在考察了铁凝女性写作的具体情况的基础上，我们有必要思考一个问题：铁凝作为中国新时期女性写作领域的一个重要作家，其女性书写又有怎样的独特价值和意义？

要回答这个问题，需要追溯到“五四”时期。因为中国女作家以群体性的姿态登上文坛是从“五四”时期开始的，“五四”女作家开启了中国女作家性别认同的起点，她们所留下的一些有关认同的盲点和误区成为我们继续思索的起点。“五四”吹响了女性解放的第一声号角，但这号角不是由女性自发吹响而是裹挟在“人的解放”这一现代性启

① 乔以钢：《论中国女性文学的思想内涵》，载《南开大学学报》2001 年第 4 期。

蒙话语下由一批男性知识分子吹响。因此，从一开始女性解放就不是作为目的，而是作为促使中国步入现代文明的一个手段被纳入国家民族的宏大话语之中。“五四”女作家自觉地与男性知识分子结成精神的同盟，开始追求女性作为人的价值，发出了与他们别无二致的声音。然而“女人是与男人一样的人”这样的抽象表述，事实上并没有赋予女性任何区别性的实质内涵，它只不过是以主流话语对女性价值的规范轻巧地取代了对女性全部内涵的认知。这种性别认知在中国女作家中流行了很长一段时间，及至新中国成立，更加走向极端。女作家再次顺应社会主流，进一步取消男女之间的差异，女性特质在国家行政干预机制推行的男女平等政策的保护下遭到了合法性的压制。这是以“五四”为源起的中国妇女解放运动的特点所决定的，即如王政所说：“西方女权运动来源于欧洲启蒙运动对女性的排斥，而中国妇女解放运动的出现则是中国启蒙运动包括女性的结果……西方的启蒙运动既不让女人享受男人的特权，也不要女人做男人，中国的启蒙运动既让女人享受男人的特权，也要女人做男人。”① 由于中国妇女运动一开始就被纳入了国家民族自立救亡的历史运动中，尽管中国女界的精英（包括女作家）普遍受到西方进步思想的影响，却不像西方女性主义那样把实现女性自身利益作为终极目标，而是其反叛和救赎的目的总是服从于主流意识形态的要求。受其影响，女作家的自我身份确认表现为以国家民族的现代化想象来作为对自我的想象和定位，而自我的性别身份则很大程度上被认为是可以忽略的。

新时期女性写作正是在此基础上开始起步的。在它们停止思索的地方继续前行，在关于性别的表述上对此前的女性写作既有承继又有所超越，逐渐剖析建构女性主体自我的秘密。根据女作家性别身份认同的情况，目前中国新时期女性写作大致可以划分为这样四个阶段或类型：其一，新时期之初以张洁、张辛欣等作家为代表的女性写作。在人的觉醒

① 王政：《“女性意识”、“社会性别意识”辨异》，载《妇女研究丛刊》1997年第1期。

的主流话语呼唤下，她们热切地表达了女性渴望走出家庭迈向社会，实现作为人的价值的愿望和追求。虽然对性别的表述继续渗透于国家—民族现代性想象的表述之中，但对女性随即面临的家庭和事业之间的矛盾现象的揭示，却戳穿了“男女平等”的神话，并且朦胧地将“做女人”的问题提了出来。其二，20 世纪 80 年代中后期以王安忆、铁凝为代表的女性写作。作品对男女对抗有所消解甚至对男权文化表现出局部的认同，开始从女性本体角度对女性进行建设性探索，大胆呈现了女性在性爱及身体欲望方面的主动性姿态。其三，20 世纪 90 年代以陈染、林白等为代表包括新生代女作家在内的创作。作品回避了规定性的社会现实情境，专注于对女性个人化的隐秘经验进行描述，表现出对性别身份的坦然。其四，20 世纪 90 年代中后期以来以王安忆、迟子建为代表的女性写作。她们一改陈染们对抗式的激进做派而变得平和起来，甚至表现出妥协和倒退，以一种敞开的姿态书写着普通女性的日常生活状态。或许是得天独厚的中间位置使然，铁凝的创作对前后几个阶段既有继承也有所启发，在整个新时期女性写作中起到了重要的桥梁作用。

一　铁凝与“二张”：面对女性走向社会的尴尬

女人走出家庭走向社会，做和男人一样的人，一直以来被看作男女平等、女性获得解放的标志。然而，即如前述所指出的那样，“男女都一样”并不一定意味着男女真正实现了平等。就像新中国成立后出现的“铁姑娘”“女铁人”现象，现在的社会学家已经指出这种平等忽视了两性之间的生理差异，女性体力上的超负荷造成了表面平等之下的更大的不平等。但是在文学作品中却一直没有揭破这个谎言，直到新时期之初，张洁和张辛欣（简称其为“二张”）才从“女性雄性化”现象中最早揭破了掩盖在“男女都一样”的平等神话下的不平等事实；而铁凝继其之后再次识破了这一神话的虚妄，没有走向“二张”的“雄性化”歧途。但不管怎样，她们对“平等”神话的质疑表明她们已经从国家集体意志的同盟者开始向困惑中的女性自我转变。

新时期之初，在“人”的又一次觉醒的社会思潮中，女性意识也开始全面复苏，女作家们在作品中表达着女性渴望实现女性作为人的价值的愿望和追求。这里的“人”的价值具体表现为追求事业，“事业追求是女性解放的重要条件”的命题在新时期女作家的作品中普遍存在，“二张”也不例外。当然，她们的创作并不停留于此，而是在此基础上进一步指出在事业追求的过程中存在着性别的鸿沟。这首先表现为社会生存及对人生价值的追求使女性在事业这个雄性的竞争场上拼杀，然而，社会又并没有真正给她们足够的展示才华的机会。《在同一地平线上》中，妻子被丈夫要求只可做他事业的后盾，却不被允许和他一样参与社会竞争；《方舟》中的导演梁倩对自己的摄影组调遣不灵，纵然她很有能力，也不予以承认，都因为她是个“女人”。更大的不平等隐藏在“女性雄性化”的现象中。既然不被认可导源于女性的性别身份，那么索性就做个“男人”，因此，《方舟》中的三个女人彻底走向了“雄化”。她们变得毫无传统意义上的“女人味”：嗓音没有一点儿女性的甜润，胸是干瘪的，脸是暗黄的，没有一点儿光泽。她们还具有通常是男人才有的行为和本领：会抽烟、喝酒，会打家具，还会梗着脖子与那些混混儿吵架嚷嚷。她们自动消灭了外形上的女性特征，在工作中免去了男性的骚扰，增强了与男性对抗的力量，然而她们随即又面临来自另一方面的冲击：被男人指责为没有女人味。于是，走向社会的女人陷入了两难境地：女性接受社会意识的召唤，要像男人一样追求事业的成功，为此不得不走向“雄化”；但走向“雄化”的结果是又被男性指责为“没有女人味”。就像《我在哪儿错过了你》中的“我”，“男子”式的性格使她获得了事业上的成功，但却成为爱情道路上的一大障碍，即便是在倾心于她的那个男性面前，还是遭到了拒绝，错过了爱的机会。而男人却不必面对这样的尴尬，因为“男人就不存在公共和私人生活的割裂问题：在行动和工作上他对世界把握得越紧，他就越有男子汉气……而女人自主的胜利却与她的女人气质相抵触”①。对女人而言，时代选择与男性对其不变的角色态度、角色期待之间发生错位，使其必然深陷“做人”与“做女人”的两难处境。难怪张洁借人物之口不无痛心地说道：“你要事业，你就失去做女人的许多乐趣；你要享受做女人的乐趣，你就别要事业。”这实质上反映出社会对男女角色期待的差异。同样追求事业，性别的差异却赫然显现，“男女都一样”显然只是个理想化的谎言。基于这种不平等，张洁进而发出了“你将格外地不幸，因为你是女人”的呼告。

通过对比研读，我们发现铁凝的创作继承了“二张”对男女事实上的不平等现象的揭露与批判。以《玫瑰门》为例，铁凝并不想把司猗纹作为一个纯粹的恶女人来写，她所有的“恶”行只不过是凭着一个女人的智慧谋得在社会中生存的权力，她的一生是渴望进入秩序、进入社会而又总是不断遭到拒绝和排挤的一生，正如荒林所言：“司猗纹的经历不仅仅是一种女性的从身体到身体的经历，而且是女性与社会、身体的纠织关系，在其中如何确认自己。她的故事可以说总是惊心动魄的，她总是积极投身而不肯、不愿脱离具体历史场景、具体历史事件、具体政治经历，她几乎与中国的几个历史阶段息息相关、风雨与共，可是她又从来没有成为这些历史阶段中真正的主人公。”②

概括起来说，司猗纹的一生有三次进入历史和社会的努力：第一次是学生时期参加学潮，第二次是 1949 年后参加社会工作，第三次是参加“文化大革命”。然而，每一次进入都必然遭受被拒的打击。第一次进入由于家庭出身和社会秩序的不能容忍而以失败告终，“出走的娜拉”重又回到传统女性的老路上来；第二次进入又因为庄家大奶奶的封建家庭出身而又一次回到了家庭。接连的失败使她越发抗拒着“家

① ［法］西蒙娜·德·波伏瓦：《女性的秘密》，晓宜、张亚莉等译，中国国际广播出版社 1988 年版，第 221 页。

② 荒林、王光明：《两性对话——20 世纪中国女性与文学》，中国文联出版社 2001 年版，第 180 页。

庭妇女”的身份和命运，于是有了第三次进入。其中，她与罗大妈之间的明争暗斗似乎削弱了对她进入社会描写的程度，而事实上，这依然是对其进入过程的寓言式书写。罗大妈的得势不过是借助当时的权力意识形态，因此，两人之间的争斗与其说是女人间的争斗，不如说是一个急于进入社会的女人与权力意识形态、与传统秩序之间的较量。不明就里的司猗纹必然要遭遇又一次失败。她“从前是什么，现在还是什么”，而为了被接纳，她亵渎着自己，也亵渎着他人，付出了灵魂被扭曲的惨重代价。

从“五四”到新中国成立，再到“文革”，司猗纹走过了中国现代历史上所有重要的历史时期，她的一生几乎是中国女性解放历史的一个缩影。而这个历史尤其是在细节之处与正史的表述有很大出入，因此荒林认为铁凝是通过对司猗纹故事的叙述“去书写历史、质疑历史乃至解构历史”。[①] 这个被解构的历史是以往女作家所书写的那个女性被国家民族的现代性想象所同构而翻身解放做主人的“光明”历史，它只让女性分享现代化的喜悦却有意忽略了女性独特的历史经验、心理经验和生理经验这些独属于女性的个人体验。显然，铁凝在有意识地向以往女作家的性别认同予以质疑，在解构了这种女性历史的过程中逐渐建构起自己的性别认同体系。我想这正是铁凝在小说中设置如此广阔的时空的良苦用心所在。从这种意义上说，铁凝的书写比“二张”更有历史的针对性，也更加深刻。这是在揭破男女不平等事实方面铁凝与“二张”之间的区别之一。

另外，在性别身份的认同上于细微处显现出差别。“二张”把女性在家庭/事业、做女人/做人方面的角色冲突作为作品关注的焦点，但由此，“二张”并没有将思索引向女性自身，而是更多地指向外部世界，表达的是一种社会批判。如同作品中那些被“雄化”的女性，即便遭遇性别尴尬仍坚持对事业的追求，“二张”的性别认同也依然表现为对

---

① 荒林、王光明：《两性对话——20 世纪中国女性与文学》，中国文联出版社 2001 年版，第 180 页。

社会身份的强烈渴望，在以大写的“人”作为自我想象定位的过程中性别身份再次被遮蔽。而司猗纹，她所有进入社会的努力和行为都缘于她内心始终膨胀着的欲望和不甘心，诚如铁凝所言：“司猗纹身上有‘恶’的光彩，‘恶’的背后是强烈的被认可，被承认，有着女人的、人的一面和极为强大的生命力。她的一辈子 80 多年的跋涉历练，为了生存，挖空心思，卑微的、扭曲的都做过。她的魅力和恐怖都体现在她的‘不甘心’上。”① 她走向社会只不过是奢望在社会这个“大家庭”中感受被承认的威严，弥补如今她在“小家庭”中失落的权威。正因此，小说写到，在对司猗纹极尽虐待之能事的丈夫死后、她完全可以走出这个封建家庭的情况下，她却依然选择了留下，因为她太留恋“家”所给她的权力和身份。这段叙述是很有意味的，它作为一段前奏为我们理解司猗纹之走向社会起到了重要的提示作用。在这里，“社会”与“家庭”是同构的，她走向社会时的尴尬遭遇也同样是作为“女人的本相、本真的一面”② 来描述的。因此，虽然铁凝有意规避自己的性别，但是在其对女人别样人生的叙述中，我们可以看出，她还是对性别身份表示了部分的认同。

面对男女不平等的事实，铁凝为女性找到了出路，把希望寄托在新一代女性竹西和苏眉主体精神的成长上。而“二张”只是把男女事实上的不平等作为一个社会问题提出来，却无力解决，并且对待“雄化”现象她们陷入了悖论，走进了误区。一方面“雄化”作为男女不平等事实的根据是被否定的，但同时她们又把“雄化”当成了对抗男权的唯一途径。“二张”想当然地把传统上男性对女性的一些规范要求全部看作男权文化的标志，凡是对这些规范要求的认可就等同于对男权文化的认可，因此它们要被“俱乐部的女人”抛弃。她们变得蓬头垢面、她们逃离家庭不再做传统的“贤妻良母”。而事实上，正像本章第二节所指出的那样，美、爱情、家庭、母爱等恰恰从生命本体的角度标志了

① 《铁凝访谈录》，《两性视野》，http：//www. culstudies. com。

② 同上。

女性与男性本质的不同，对它们的向往源于女性生命深处的呼唤，并非都与男权、男性相关。正因如此，三个女人在将“雄化”作为反抗男权、寻求价值实现的唯一途径时，她们内心对自己的行为选择也充满了困惑：梁倩对钱秀瑛那千娇百媚的嗓音又鄙夷又羡慕，柳泉也感到“女人和男人不一样，她总要爱点什么……否则她们的生命好像失去了意义”。然而，对这种差异的省悟只是一闪而过，她们并没有因此停止“雄化”，回归女性的本我，反而继续坚持以“雄化”方式对抗男性，实现女性的社会价值。可见，她们不是从女性本体的情感需要去认识差异，而是把差异看作阻碍自我发展导致男女不平等的原因，因此才毅然舍弃。这种决绝曾被看作是女权主义的表现，但“对性别差异性的更完整的女权主义理解不否认两性之间可能存在的深刻的差异，但它不假定这些差异是妇女处于普遍明显的不平等和从属地位的确凿原因”①。可见，虽然“二张”最早发现了“男女都一样”神话遮掩下的不平等，但对女性不平等现实的理解却存在偏误。既然差异并不必然是导致不平等的原因，那么“雄化”也并不必然换来女性事业上的成功，并且女性还要为此失却其内心所在乎的诸如美丽、爱情、家庭等女性天性所钟爱的内容。从这种意义上讲，女性得到的是一种更大的不平等。如果连自身的性别本体都不敢承认，她们又怎么可能真正建构主体自我呢？当然，这种现象的产生与当时的文化语境有很大关系，它是社会理想主义的产物，即如新时期之初女作家们笔下的爱情，都停留在精神之爱的高度，而规避甚至贬抑了来自身体的感性欲求，“这为女性自身解放、女性意识的真正独立留下了后遗症”②，“二张”作品中的“雄化”现象就是这“后遗症”的一个表现。

虽然如此，但毕竟“二张”最早以其对女性困惑的书写引出了有

---

① 王政、杜芳琴主编：《社会性别研究选译》，生活·读书·新知三联书店 1998 年版，第 202 页。

② 李有亮：《给男人命名——20 世纪女性文学中的男权批判意识的流变》，社会科学文献出版社 2005 年版，第 174 页。

关“差异性”的话题，而“差异性”正与王安忆、铁凝等作家的性别认同相遇合。从这种意义上讲，“二张”对更新、完善女作家对性别身份的理解起到了不容忽视的潜在作用，进而使新时期女性写作对女性主体意识的探索更进一步。

二 铁凝与陈染们：身体书写

提到“身体书写”，我们都会自然地想到活跃于20世纪90年代女性写作领域的陈染、林白等女作家，因为在大家的印象中“身体写作”就是用来特指她们的创作，陈染们似乎就是“身体写作”的开创者。而实际上，对身体的书写早在她们的前一辈作家王安忆、铁凝那里就已经存在了。只是直到90年代，伴随西方女性主义理论的倡导，“身体写作”才作为一种潮流集束式地出现在文坛。但是我们依然不能否认，前辈女作家对身体书写的尝试对陈染们的创作产生了重要的影响。尤其是铁凝的《玫瑰门》，极力推崇女性健美的躯体，并以空前的胆识突入女性的原欲，从性的角度考察女性本体，从而对女性的探究上升到了性心理层次和潜意识层次，这对80年代致力于女性纯精神世界探索的“二张”实现了成功的超越。其以性为视点对女性生命本体欲求的描写，也成为90年代以陈染、林白为代表的以“躯体写作”为主要特征的个人化女性写作的前驱。她的创作对新时期女性写作具有不可忽视的价值和意义。

让我们还是从她们的创作出发去进行论证。由于对陈染们的“身体写作”现象如今已形成共识，因此，我们主要对铁凝的文本进行“身体”的寻踪，而后与陈染们的创作稍作对比。

仅以《玫瑰门》为例。小说采用交叉叙述的方式，一方面记述了外婆司猗纹的一生，另一方面记述了少女苏眉成长的经历，中间杂以舅妈竹西的人生经历，老中青三代女性遥相呼应。而前辈女性的人生经历几乎都是借助苏眉的眼光来展现的，苏眉也正是从她们身上获得了关于自我性别确认的启发，完成了从少女到女人的个体成长历程；同时苏眉成为司猗纹一代女性宿命实现突破的希望所在，以她作结完成了由司猗纹而竹西而苏眉三代女性的整体成长历程。因此，说到底，小说主要通过苏眉的成长经历来触摸女性独特的生理和心理体验，由此开启了从身体开始认识女性自我的写作历史。而陈染们也同样以对一个少女成长经历的叙述时时地回应着铁凝对女性经验的挖掘。

首先，两者都表现了少女对性别自我的发现，那首先是从身体开始。少女时期的苏眉处在“文革”和司猗纹的双重阴影下，这让她每天生活在恐惧和战栗之中；同时，母亲的缺席及其“怎么着都行”的行为处世态度，又使苏眉对性别的认识一直处在暧昧不明的状态。本无性别意识的苏眉是通过经常帮助舅妈搓背洗澡这一反复的日常行为，得以架构起通向“女人”的桥梁，经由身体获得了对性别身份的最初认同，因为“身体不仅仅是我们‘拥有’的物理实体，它也是一个行动系统，一种实践模式，并且，在日常生活的互动中，身体的实际嵌入是维持连贯的自我认同感的基本途径”①。竹西裸露的身体对苏眉而言不仅是一个绝美的审美对象，而且唤起了她肉体的觉醒和女性生命意识的萌动。她在反复观看和欣赏的过程中，想象性地把自己和竹西进行了形象的置换，把自己变成了竹西，竹西就是她未来的形象。终于在12岁那个“特别玫瑰”的春天，苏眉感受到了由身体的变化而带来的莫名其妙的兴奋和欣慰，这标志着她由想象性的女性认同开始向真实的女性迈出了坚实的一步。“她的胸脯开始膨胀，在黑暗中她感觉着她们的萌发，她知道有了它们她才能变成女人变成母亲。”而白天她则透过衣服前襟和穿衣镜不厌其烦地看着它们，那隆起及侧面形成的弧线使她又慌张又满足，甚至使她特别想到街上去走一走。苏眉对身体性征的这种神圣而激动的内心情感，是她对女性身份的期盼，由此，她终于挣脱“文革”和司猗纹的双重阴影蓬蓬勃勃地走向女性的成熟。由身体开始

① ［英］安东尼·吉登斯：《现代性与自我认同》，赵旭东等译，生活·读书·新知三联书店1998年版，第111页。

发现性别自我在陈染、林白等作家的小说中也有所表现。《一个人的战争》中，孤寂的小女孩多米在黑暗中通过自慰来获得安全感，从而认识到自己的身体，对性别自我有了最初的认识，《私人生活》中的倪拗拗在阴阳洞受到了T老师的诱惑，黛二在男邻居的引诱下初试云雨（《无处告别》），《末日阳光》中的13岁女孩从初潮的恐惧中感受到了自己的性别……尽管她们的成长都携带了某种伤痛、恐惧而少了苏眉的喜悦，但却通过身体的异样感觉，懵懂地意识到自己已从少女蜕变成为一个有性别的女人。

其次，都表达了来自女人身体深处对欲望的向往。《玫瑰门》以两个小节的篇幅特意叙述了竹西力图从肉体和心灵的双重流浪中突围的缘由和过程。无论是与庄坦，还是与罗大旗，甚至叶龙北，在两性关系中，竹西都占据中心，充当着欲望的主体角色。竹西对欲望的毫不遮掩的坦荡姿态显示出女性对自身生命及性别身份的正视和尊重，标志着女性躯体意识的觉醒，也因此，作为先行者的竹西对苏眉作为女性的成长产生了重要的启蒙作用。同时，小说以对竹西身体欲望的书写，勾起司猗纹—竹西—苏眉三代女性的成长经历，她们对身体认知态度的逐渐清晰坦然显示出女性代际式的不断成熟：司猗纹的身体携带着男权文化的痕迹，因此她以身体为手段的反抗并不能改变她欲望流浪的悲剧命运；竹西已能坦然面对自己的身体及欲望，逐渐成为自己身体的主人；到了第三代女性苏眉那里，身体不仅成为欣赏的客观对象，而且成为促成其性别自我形成的契机。这样，铁凝以身体和性为视点，以三代女性的不同经历历时性地勾画了女性突破宿命走向主体自我的道路并点燃了希望。而对欲望的坦诚，在陈染们的小说中更为常见，这也是陈染们的创作引人诟病的最主要原因。她们毫不讳言女性对欲望、性快感的追求，陈染曾经宣言说“性从来就不是我的问题”。没有男性的激赏，她们甚至可以通过自慰的方式去抚慰那生命的躁动，身体的狂热，在生命闸门突然敞开的瞬间惊悸中感受生命的快慰，当然还有无名的创痛。拗拗、多米、卜零（《双鱼星座》）都曾经揽镜自赏，自慰。在由“他要”向

“我要”的施动者转换过程中，女性建立了欲望的主体地位。

最后，都表现了女性“拒绝成长”的心理。女性成长小说在女性写作中并不少见，但是直到铁凝的《玫瑰门》才改变了以往中性化的写法，开始从性别立场出发来展现女性人物的人生体验，因此，“拒绝成长”才作为女性成长过程中的生命体验和心理得到了表现。这种“拒绝成长”的心理与生理年龄无关。长大成人并已成家立业的苏眉，即将分娩而获得母亲的崭新角色，但是当女婴终于降生之后我们却看不到她做母亲的喜悦。在她艰难生产的同时，小说还叙述了两个情节。一是竹西家鼠害成灾，她到处寻找灭鼠良方，再三思忖后决定还是先药死“女鼠”。二是苏眉接到在美国的妹妹苏玮的来信，信上说她为那只新买的德国纯种母狗起名“狗狗”，并给它做了绝育手术。三个情节分别对应着生育与绝育，几乎同时出现在文本之中，很有意味。动物及人，生为“母性”都要面临生育之痛。受妹妹的启发，苏眉在接到信后便想给女婴也取名“狗狗”，这反映了她潜意识中希望女儿不再继续承受生育之痛的心理。或者更确切地说，是苏眉借对女儿绝育的想象来表达她试图阻断自己继续向母亲成长的路径。这是苏眉在经历了生育之痛后的心理感受，而事实上，这种拒绝成长不仅具象地指因生育之痛而拒绝走向成熟，从实质上更是指对女性轮回式命运的抗拒。难怪在苏眉刚刚走向生理成熟之时，她就本能地逃离着自己与司猗纹两人从姿态到神态的酷似，因为在她看来，或许这种外形的酷似正喻示了自己会重蹈外婆的覆辙，她因为担心而拒绝成长。然而，当苏眉终于送走了外婆那已经僵死的生命而内心的恐惧也随之消失后，新生女儿头上与外婆相同的疤痕，又让她看到了无可规避的女性命运的轮回。或许男权秩序的“馈赠”、性别秩序的阴霾从女性一出生就如影随形般地成为女性成长途中的必然，她幻想通过“绝育”来终结这种虚妄的历史，然而却无力抵挡生命的自然延续，所以面对自己曾经蓬勃的成长，面对新生命的到来，她处在一种希望与失望相互交织的矛盾状态而难以自拔。小说以“她爱她吗？”作结，可谓意味深长，这是苏眉对自我的追问，更是对所有女性宿命的追问。“在三代女性人生之路的悲剧中，她（作家）交织起女人的清醒与迷惘，背负与绝望，逃脱与罗网。”① 因此，从根本上说，女主人公“拒绝成长”的心理反映了铁凝建构女性主体时的困惑及对女性前路的无所适从。

陈染们小说中的女主人公也都是这种拒绝成为和未能顺利成为“女人”的女性。虽然这些女主人公在年龄上已为成年，但在心理上，青春的经验却挥之难去，她们是一群已经成年却并未成长为“女人”的人。她们之拒绝成长也缘自对女性未来命运的恐惧，正如波伏瓦所说，“一方面，与生俱来的权利允许她成为主动、自由，充满活力的存在；另一方面，她的性欲和社会压抑却将她塑成被动的客体。她的自然倾向是将自己看作本质的，她怎么能下决心去变成一个非本质者？但是，如果我只能以另一自我的身份完成我的命运，我将如何放弃掉我的自我？这就是未成年女性必须在其中挣扎的痛苦境地”②。在成为“女人”即所谓“长大成人”与“少女”之间，她们宁愿选择永远停留在同样带着伤痛记忆的少女时代，因为比起“做女人”的永恒伤痛来，童年的伤痛要轻得多。因此，对时间的不停回溯，对往昔的执着沉迷，成为她们最内在最基本的人生方式，也是陈染们的写作姿态。小说中频繁出现这样的字句：“时间流逝了，而我依然在这里。”（《巫女与她的梦中之门》）“过去的时光渗透在每一个事物中，它们飘动、旋转，我于寂静中一次次闻到以往岁月的芬芳。”（《青苔》）时间流逝，体验却定格在某一特定时刻，对纷纭往事的回忆成为一种生存的感悟，一种空茫而执着的女性精神的坚守。回忆使她们虽然长大但却无法真正“成人”，而这正是她们所希望的。

经过分析，我们发现，在对身体及有关身体经验的描述上，两者存在着惊人的“同谋”关系。她们的创作有意或无意中成为对身体写作

---

① 戴锦华：《时报·开卷》1993年3月12日。

② ［法］西蒙娜·德·波伏瓦：《女人是什么》，王友琴、邱希淳等译，中国文联出版公司1988年版，第117页。

的最好诠释，那是“关于她们的性特征，即它无尽的和变动着的错综复杂的性，关于她们的性爱，她们身体某一微小而又巨大区域的突然骚动。不是关于某种内驱力的奇遇，关于旅行、跨越、跋涉，关于突然的和逐渐的觉醒，关于对一个曾经是畏怯的既而将是率直坦白的领域的发现”①。这足以说明，在铁凝那里已经开始了女性的身体书写，而内容的相似之处更显示出铁凝的前驱作用。不管铁凝与陈染们之间是否有必然的师承关系，不可否认，她们以对女性身体的独到发现掀起了一场文化和文学创作的革命。

“身体”这一概念不单纯指人的肉体，只有被视为生理学、解剖学的对象时它才指向肉体。按照社会学家约翰·奥尼尔的理解，身体是历史的一部分，它既是他者的客体，又是本人的主体，这是一个“被体验的身体”，身体和思想精神之间的对立应该被看作社会权力的一个方面。社会权力专制控制的目的就是使欲望屈从于理性。因此，社会解放的前途就是身体及其激情脱离社会的控制而得到解放。② 对女性来说，她们几千年来被压迫的历史其实就是身体被压迫的历史，男权文化正是通过对女性身体的控制来控制女性的。通过压制和贬抑女性的身体，女性自身的存在，她的精神、经验、文化、情感、位置等都相应地被压抑和贬抑。从这种意义上来讲，铁凝和陈染们的身体写作对女性解放具有重要的现实意义，可以说它以一种精神启蒙的方式参与了女性解放这一“宏大叙事”工程。另外，对女性写作自身而言，她们通过对女性身体的书写夺回了女性对自己发言的话语权，从而不仅颠覆了男权文化的表述中心，而且完成了一次女性写作的革命。由于“文学史上男性叙事人的传统已经根深蒂固。她们联手创建了女性躯体修辞学……文学史上的女性肖像却完全同历史脱钩了。女性躯体成为历史的局外人。‘历史

① ［法］埃莱娜·西苏：《美杜莎的笑声》，黄晓红译，载张京媛主编《当代女性主义文学批评》，北京大学出版社 1992 年版，第 200 页。

② 参见［美］约翰·奥尼尔《身体形态——现代社会的五种身体》，张旭春译，春风文艺出版社 1999 年版。

人物’这样的解码器对于女性躯体形象无效”①。躯体被历史放逐的同时，女性对自己躯体发言的话语权也一同被放逐了。而铁凝尤其是陈染们的创作通过返回女性自己的身体，以对隐秘的生命体验的感性书写放逐了男性的话语权，获得女性写作的自由和地位。身体写作作为一种策略发动了一场对男性叙事中心的策反。她们相信，身体写作具有这样的强大力量，“妇女的身体带着一千零一个通向激情的门槛，一旦她通过粉碎枷锁、摆脱监视而让它明确表达出四通八达贯通全身的丰富含义，就将让陈旧的、一成不变的母语以多种语言发出回响”②。总之，铁凝和陈染们的身体书写明确地表达了这样的意识：对女性来说，身体不是异己的存在，而是女性自我认同的起点和最终归宿。这种女性认知不再以社会文化身份自居，而是回到了女性生命的本体，因此实现了对“二张”的超越。

由于从20世纪80年代到90年代，中国的整体文化环境经历了从公共空间到私人空间、从群体认同到个体体验、从关注社会历史到关注生存、从关注外部世界到关注自我内心等极大的变化，同时由于铁凝和陈染们所面对的可资借鉴的女性写作资源不同，因此她们女性创作的起点也不相同，加之用以援引的理论资源也不尽相同，这使得她们性别认同期及性别的敏感度出现了早晚及程度的差异，进而对身体经验的书写也呈现出差异和不同。首先，相较于铁凝，陈染们对女性身体经验世界的展示有意回避了特定的历史情境和现实故事场景，而完全是在女性“喃喃自语”的内心独白和心理分析中得以展示。《玫瑰门》中的故事则在中国现实的历史场景中展开，人物的经验世界也在其中得到了展现。而陈染、林白小说中的人物，如拗拗、卜零却始终怀揣着逃离的冲动，她们逃离了社会，逃离了男人，逃到只有一个人的“自己的房间”。阻断了与世界及他人联系之后的她们表现出明显的自恋倾向，正

① 南帆：《躯体修辞学：肖像与性》，载《文艺争鸣》1996年第4期。

② ［法］埃莱娜·西苏：《美杜莎的笑声》，黄晓红译，载张京媛主编《当代女性主义文学批评》，北京大学出版社1992年版，第201页。

如波伏瓦所说：“一个迷恋于自我的女人完全失去了对真实世界的控制，她不关心与他人建立任何真实的关系。”① 而这必然带来另一种区别，即相较于铁凝，陈染们对身体经验的挖掘更为隐秘也更为个人化。一些极为边缘化和非伦理化的个人身体经验，比如：女性同性之爱、强奸、诱奸、手淫、幽闭症、抑郁症等视为禁忌的经验也被大胆地搬到文本之中。铁凝远没有这么通透和极端，其笔下的女性经验更近乎一种常识。再次，相较于铁凝，陈染们笔下的女性身体感觉和体验更具有自在自足的意义。两者对女性作为欲望主体的形象都进行了书写，然而欲望的实现在铁凝那里还要依赖于一个对象化的男性，即如竹西之于庄坦、罗大旗、叶龙北；陈染们笔下的女主人公却可以在揽镜自赏、自慰及与想象性欲望对象的“对弈”中得到欲望的满足，这是她们自恋的表现。因为自恋，在她们的独身生活中，“窗帘”是必不可少的道具，拉上窗帘就可以自在地进行自我欣赏；而“镜子”则起到更大的作用，在无休止的关于认同的自我对话中让自己可以停留在初获认同的镜像阶段。“镜子”意象，作为一种物质存在，客观地映现了女性还未被男性社会调教规约为“第二性”时的本来面目，没有偏见与歧视，没有变形与夸张。倪拗拗、卜零等在镜前的自我欣赏，“将主客体双重身份融入一炉，使得女性既是美的创造者，又是美的载体；既可以是美的关照者，又可以是审美对象”。② 在自赏之中，她们被自己的欲望所燃烧，进一步走向了自慰。虽然有时她们也不得不依赖于男人来达到快感的效果，但仅是借助于对男人的想象来完成，而不需要现实的男性实体。如倪拗拗借助于对朋友伊楠的身体想象实现自我的快感，卜零则把自己想象成正被武士占有的舞伎，在受虐中获得快慰。虽然那轻抚的双手、自赏的目光作为男性他者的具象代码，在深层上完成的是对男性的性别“代偿”，但是毕竟她们的欲望世界里没有男人的真实身影。而她们与另一女人间的同性之恋不过是自恋的对象化的投射，在一个与自己相同或相

---

① ［法］西蒙娜·德·波伏瓦：《第二性》，陶铁柱译，中国书籍出版社 1998 年版，第 717 页。

② 李小江：《女性审美主体的两难处境》，载叶舒宪主编《性别诗学》，社会科学文献出版社 1999 年版，第 49 页。

似的个体身上她们看到了自我，且将自我投射出去时又能够保持不失去自我。“实际上自恋是认同的既定过程，在这一过程中自我被看作绝对目的，主体从自身遁入其中”①。在“自恋”情结的描述中，陈染们走向性别主体认同的方向。而这些女主人公们据以逃离这个世界，感受各种深层次的体验，获得自足性的满足全部在于“身体”，即如陈染曾经骄傲而自豪的宣言：“躯体作为我个人全部的所有，也是世界的所有。我需要的一切就在我身上，我是一个自给自足的世界。”② 可见，陈染们将铁凝所开启的性别认同进一步强化落实到了躯体认同，因此，从总体上来说，铁凝对身体经验的书写相对温和一些，而陈染们则更要激烈些、极端些。这从深层次上反映了她们性别认同的程度或对性别差异意识的强调不尽相同，陈染们比铁凝走得更远一些。在铁凝看来，身体是女性认识自己性别的一个自然通道，女性只有感受到自己的身体才能正确理解性别差异这一事实。当然铁凝不是一个性别本质主义者，因此，她认为性别差异的认知只是女性自我发现的第一步，是女性建立主体自我的基础，除了身体之外女性还有更其广阔的世界，但是有了对身体的尊重女性就不会在自我与社会之间产生人格分裂；而陈染们却将身体看成一切问题的本源：女性要通过身体完成对自我的最初认同，同时身体作为欲望化的他者对象，又使女人必然要承受来自男人及外部世界的伤害，因此，女人只有怀抱着伤痛和自恋的欢喜退回身体，用身体保护自己且与世界抗衡。因为，女人只有身体！因此，我们才看到，苏眉由身体完成性别认同之后，虽然成长过程“扭七歪八”，但毕竟蓬勃地成长起来了，并且成家立业，做了母亲，只在偶一时刻才对自己的命运产生困惑，但那困惑不是来自自身，而是来自对前辈女人不尽完美的命运的认识。她怀着困惑又充满希冀地活着，显示出一种女性的强韧，一如司猗纹，一如竹西。而拗拗、卜零等则只好选择了逃离。不过，陈染们的

① 李小江：《女性审美主体的两难处境》，载叶舒宪主编《性别诗学》，社会科学文献出版社1999年版，第711页。

② 唐亚平：《我因为爱你而成为女人》，载《黑色沙漠》，春风文艺出版社1997年版，第220页。

写作却收敛了铁凝对女性出路的乐观情绪，看到了女性前路的崎岖。从这种意义上讲，陈染们的决绝证明其女性意识更其鲜明、纯粹和自觉。如果说张洁她们是以与男权合谋的形式来争取自身社会权益在男权社会的有限收获，那么她们则是试图以与男权社会的背离来重构一个自足的女性精神世界。不管是哪种方式，目的都在“反抗”，只不过后者是以一种拒绝的姿态来反抗。拒绝被男权同化，拒绝社会对女性角色的规范，就像徐小斌所说：“我的女主人公虽然仍然向社会选择了逃离的方式（作者注：相对于五四时期女性的逃离），却是以逃离的形式在进行着反抗。”① 看来，陈染们这种逃离社会据守身体的做法却有着以守为攻、以退为进的积极作用。

然而，她们在将性别差异强调到如此极端之时，就注定了其中必然潜藏着矛盾和危机。其女主人公如此执着于个人的世界，或许在她们看来，只有逃离社会退回自我她们才是安全的，而身体是她们最可信赖的“伙伴”，身体既是身体，又是她们自身。根据克里斯托福·勒施的研究成果，大多数人把自己封闭起来，把活动集中在私人化的“生活策略”上，以忘却较大的危险场景。但在历史感消失的场景中，事实上人们会更渴望心理的安全感，因此，自恋人格对虚幻的感情有一种夸大的自鸣得意感，他需要通过连续不断地输入崇拜与偏爱的信念来勉强维持一种不确定的自我价值的感受。② 故而，我们不得不怀疑她们各种快感的真实性。同时，女性受到的伤害是现实的，而她们的反抗和重建却是通过语言在想象中完成，又未免有些自欺欺人。再者，她们逃离男权社会另谋出路，却在不期然间再次落入男权的陷阱——男人原本就喜欢这种只要身体而远在社会话语之外的女人，她们的逃离可谓正中男人下怀，就像贺桂梅所说：“刻意强调女性与男权社会之间的疏离和差异，最终会使女性将自己再度涂抹为一个美丽而神秘的女巫，一个高贵而孤绝的他者。正是女作家这种激进姿态潜在地迎合了商业操作中大众阅读

① 徐小斌：《逃离意识与我的创作》，载《当代作家评论》1996 年第 6 期。
② 转引自王艳芳《女性写作与自我认同》，中国社会科学出版社 2006 年版，第 240 页。

的角色期待”，因此，“出于女性主义反叛立场而建构的表意文本，最终要么成为父权制的一部分，要么成为女性主义中无现实意义的‘乌托邦’”[①]。或许这是陈染们始料未及的吧！相比而言，铁凝笔下的女性却向世界和他人敞开着。竹西、苏眉既生活在自己的身体及性别之内，又生活在它们之外，从来不拒斥来自家庭生活的世俗快乐和幸福。这种姿态弥补了陈染们的不足，并暗合了新时期第四阶段女性写作的召唤，从而又显现出铁凝身体写作的某种前瞻性特点。

铁凝以对女性性别身份的深刻而全面的认同投入了对女性世界的探寻之中。她对历史和现实语境中的女性命运的书写，揭示了女性作为类存在的生命本相，在对父权制文化的批判中开始了对女性性别身份的辨识。当然，铁凝没有陷入“女人中心论”和男女二元对立的思维，而是表现出对女性的批判性认同，因此，她在批判男权文化的同时也审视女性自身，以更好地修正女性的主体形象。她以其对女性生命本体的发现和尊重带动女性写作由 20 世纪 80 年代“人的发现”转向了 80 年代中后期“性别的自觉”，同时启发了 90 年代女性写作对性别差异性的想象和重视，而她对世界的敞开姿态又及早地预见到了陈染之后女性写作向世俗的转向。她对女性的体己情怀、对女性的全面建构及承前启后的女性写作方式无不渗透了“中庸”的思想和智慧。这也让我们彻底理解了，为什么在她的作品中有女性主义的东西，但她却说：“我对女性主义这个话题一直比较淡漠。”[②] 笔者认为，她是在以此表达其对极端性的女性主义的调和姿态，同时也提示人们对自己的创作要做全面把握而不可执其一端。正是这种适度调和与审慎的姿态，使铁凝的女性书写达到了全面而深刻的境界，也使她在中国新时期的女性写作中做出了“非她莫属的贡献”。

---

① 贺桂梅：《有性别的文学——90 年代的女性话语的诗学实践》，载《北京文学》1996 年第 11 期。

② 铁凝、王尧：《文学应当有捍卫人类精神健康和内心真正高贵的能力》，载《当代作家评论》2003 年第 6 期。

第二章　精神与心灵的追问

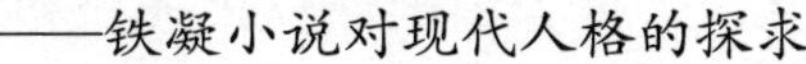

——铁凝小说对现代人格的探求

“现代性”是目前学术界的一个热门话题。它的缘起与西方资本主义起源密切相关，是产生于西方社会的一个概念。对于何为现代性，从其产生时起各派学者就从不同的角度对其进行了论述，比如吉登斯认为现代性首先是指社会生活或组织模式。① 他的观点虽然很有代表性，但他只指出了现代性内涵的一个方面，即社会的组织结构方面；另一方面它还指思想文化，诸如以启蒙理想原则对社会历史和人自身的反思性认知体系的建立、各种学科和思想流派的持续产生等。不管怎样，正如吉登斯所说，现代性在其产生之后的岁月里，程度不同地在世界范围内产生着影响，现代性也成为考察中国 20 世纪文学的一个理论基点。它不仅表现为 20 世纪中国文学由古典向现代形态的转变，实现了文学形式的现代化；而且现代性又成为 20 世纪中国文学所表达的历史内容和价值追求，其中对人格的现代性的描写是其延续性的主要内容，从而使得 20 世纪中国文学以其特有的方式记载下了中国社会的现代化进程。在这条主线上我们可以列举出这样一些作家的名字：鲁迅、废名—沈从文、萧红—孙犁、茹志鹃—汪曾祺、铁凝等。虽然他们各自所处的时代不同，个人的经历和遭遇有别，但有一点却是共同的，即都善于表现人

① 参见［英］安东尼·吉登斯《现代性的后果》，田禾译，译林出版社 2000 年版，第1 页。

的精神和情感，表达对人性真善美的向往和追求。而现代化的发展归根结底应该以人为中心，以人的全面发展和人格的完善健康为最终目标，这与中国“五四”启蒙思潮所倡导的人的解放和个性自由从根本上讲是完全一致的，也因此“五四”成为中国现代化进程和现代性生长的起点。比如20世纪初的废名，其受佛教禅宗影响而创作的诗话小说似乎离现代较远，然而其笔下所描画的那些几乎是处于自然状态下的生活和人性，恰恰是他对于未来社会和理想的生活与人性的一种向往。再比如沈从文，他以“反现代的现代性”在现代文坛获得独特的地位和极高的声誉，其创作理念中即已明确了文学是表现人性的，作家应该是“人性的治疗者”。[①] 他反对文学的政治化、商品化，但并不否认文学的社会作用；相反，他也认为文学是改造社会人生的“工具”，但他所谓的文学改造社会的内容，主要是指对人性的改造，即通过生命的智慧美、情感美和意志美的培养，促进“人格的自觉”，从而焕发整个国家和民族的生命活力，求得社会的生存和发展。这种独到的认知是其有感于现代都市文明对人的精神戕害而发，因此在他的小说创作中“城乡”两个生命世界截然对立，具有对抗都市文明的“反现代”倾向。他的理想是以“乡下人”的原始生命形式为基础培养理想的人性，即理想的生命形式，并把它作为其创作宗旨，致力于建造供奉“人性”的“希腊小庙”（沈从文：《从文小说习作选·代序》）。可见，他所对抗的并不是现代化作为一种文明形式本身，而是现代化所带来的负面效应，因此，他的“反现代”倾向仍然是属于社会的现代化和文化的现代性的范畴。汪曾祺的创作始终与主流话语保持着一定的疏离，坚持民间的价值立场，致力于对民间世界的建构。他对民间的向往同沈从文一样不是一般意义上的“返璞归真”，而是通过表现“一种优美、健康、自然，而又不悖乎人性的人生形式”，含蓄地表达他对理想世界和理想人性的追求，这是一种民间的文明。这种“民间”同样包含了可以转换

① 沈从文：《给某教授》，载《大公报·文艺》1931年9月13日。

现代性思想的资源，具有现代性的特征。

上述作家对现代人性的建构，为中国新文学的发展提供了宝贵的资源。作为一位伴随新时期成长起来的年轻作家，铁凝自觉地继承了这一创作传统，继续对现代人性进行着不懈的探求。然而由于所处的历史文化语境不同，铁凝的探求表现出不同于上述作家的某些新质。上述作家更多的是从与现代物质文明疏离或对立的立场出发去描写人性，因此他们笔下的人物都生活在一个“自足自为”的相对独立的“原始”世界，或许他们缺少文明的教化，但却葆有生命原有的自由自在的本色。作家们“以退为进”，在挣脱文明束缚，寻求人性回归和解放的意义上向现代化突进。而铁凝并没有再次陷入类似的“世外桃源”，而是多了一些社会性的因素，因为铁凝处在一个激进的现代化进程所造成的历史断裂之后，重续现代化而不是抗拒现代化成为铁凝一代作家共同的使命，因此才有了香雪对山外文明的向往。当然，铁凝也意识到作为现代化象征的火车在带来物质文明的同时，它也以一种“温柔的暴力”的形式使香雪们的品质受到了污染，这正是现代化的矛盾和悖论所在。但是铁凝并不因此而拒绝机械文明，像沈从文他们一样退守乡野民间，而是深刻地认识到了现代化的双重作用：现代化在把人变成现代化的主体的同时，也把人变成现代化的对象。因此，我们首先要肯定现代化的积极作用。而且因为“温柔的暴力”的存在而对现代文明进行抵抗，在铁凝看来，“其实是含有不道德因素的，有一种与已无关的居高临下的悲悯”[①]。因此，铁凝并不回避现代化，而是将现代化作为人类生存不可逃避的既定的历史文化背景，在这种背景下来探讨人的各种存在状态，如受物质文明的诱惑出现的道德滑坡，现代化的社会规范制约下生命本性遭受的压抑，人与人之间表现出的关系紧张，等等，它们从不同侧面反映出了当下社会的人格现状。其探讨的目的就是实现人格现代性与社会现代化的同步，即如铁凝所说，“渴望精神发展的速度和心灵成长的

① 铁凝：《文学·梦想·社会责任——铁凝自述》，载《小说评论》2004 年第 1 期。

速度能跟上科学发明的速度”①。既然不能靠逃避和疏离现代化的社会来解决现代化对人的异化问题，那么，铁凝的创作就不仅像废名、沈从文等作家那样注重对自在自为的生命本性进行彰显，而且更注重对人的批判和反思，而生命意义及文化意义上的双重建构才真正实现了人的健康发展，这才是完整意义上的现代性的人格。它指向道德伦理，但又不仅限于此，而是上升到对人的精神价值确认的高度，这与铁凝“捍卫人类精神的健康和心灵的高贵”的创作意识和追求是一致的。她曾在很多场合表达了这一思想，她说：“巨大的物质力量最终并不是我们生存的全部依据，它从来都该是巨大精神力量的预示和陪衬……作为一个写作者，我更愿意关注火车以后乃至现在的磁悬浮列车以后的人类的精神动向；关注怎样阻挡人在物质引诱下发生的暴力——比如富裕起来的某些香雪的坑骗旅客之行为即是一种新的暴力；关注怎样捕捉人类精神上那高层次的梦想：唤醒这些梦想或表达这些梦想，并且不回避我们诸多的焦虑与困惑。”② 为了实现这一梦想，“我们必须有能力不断重新表达对世界的看法和对生命新的追问；必须有勇气反省内心以获得灵魂的提升”③。而反思性、批评性正是现代性重要的精神品格，同时“人格的现代性是社会现代性的一个内在尺度”，从这种意义上讲，铁凝可谓是一个具备了现代意识的作家。受现代意识的影响，铁凝着重从批判角度对现代人格进行了多方位的探求，由此表达了一种现代性的焦虑。当然，某些人格缺陷的最初产生有其必然的外在原因，铁凝对此也并不回避。但是，既然是人格探求，它更侧重于对人的精神本体的反思和建构，因此更强调人的自觉性和主动性，也因此我们的论述着重突出在外界条件已然如此的情况下，人如何保持高度的自省意识，抗拒压力，充分展现一个精神健康、心灵高贵的现代人的人格魅力。

---

① 铁凝：《文学·梦想·社会责任——铁凝自述》，载《小说评论》2004 年第 1 期。

② 同上。

③ 铁凝：《无法逃避的好运》，载《铁凝散文》，浙江文艺出版社 2001 年版，第 267 页。

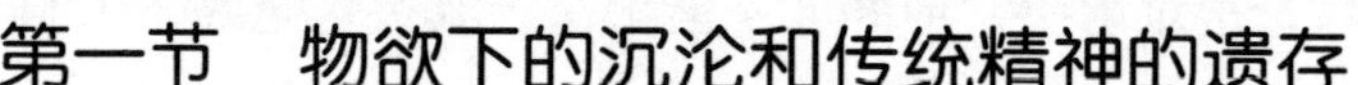

第一节　物欲下的沉沦和传统精神的遗存

在写作了短篇小说《哦，香雪》的同一年，铁凝又创作了短篇小说《东山下的风景》。当时因为人们专注于其诗意风格而津津乐道于她对连云册山下淳朴民风的书写，却忽略了另一个情节——当年的扎根知青即现在的会计夫人的庸俗表现。或许铁凝也只是把它当作一个起反衬作用的情节来处理的，但却无意中预示了其小说未来创作的一个趋势，那就是对人们在物欲引诱下所发生的精神沉沦现象的关注。而随着中国现代化进程的日益推进，香雪们的愿望逐渐变成现实，物质利益与人的传统精神之间的矛盾就从一种潜隐状态走向显现，成为一种有目共睹而又触目惊心的现实。可以说，自现代文明产生以来，这似乎就成为一对始终难以解决的矛盾，而且是一对最大的矛盾，因此一直以来就被不同时代的作家所关注。最明显的例子就是沈从文。他较早地意识到了金钱权力统治之下市侩人心的蜕变，因此他曾在《长河·题记》中明确而尖锐地指出："表面看来，事事物物自然有了极大进步。试仔细注意注意，便见出在变化中堕落趋势。最明显的事，即农村社会所保有的那点正直素朴人情美，几乎快要消失无余，代替而来的却是近二十年实际社会培养成功的一种唯时唯利庸俗人生观。敬鬼神畏天命的迷信固然已经被常识所摧毁，然而做人时的义利取舍是非辨别也随同泯灭了。"在这一点上，铁凝表现出与之相同的认知。因此，从 20 世纪 80 年代中后期开始，尤其是进入 90 年代，伴随中国经济的日益发展，铁凝越来越多地关注起这个问题，创作了一系列有关小说，如《峡谷歌星》(1992)、《大妮子和她的大披肩》(1992)、《甜蜜的拍打》(1992)、《法人马婵娟》(1993)、《小黄米的故事》(1995) 等。因此，人们还没来得及细细体会由香雪这一形象所传递出的文明向往的喜悦之情，就遭遇了物质文明与其所产生的精神暴力之间的冲突所带来的困惑。这也一直被看作现代性自身所滋生的一种矛盾现象或者说是现代性内部的一种悖论。这种矛盾或悖论很难解决，但并非不能解决，其关键全在于人自身。一个具有现代主体意识的自我是能够分辨这种矛盾，并能自觉抵制物质的诱惑而做到“君子爱财取之有道”的。反之，则是一种现代人格的沦丧。

铁凝创作于80年代末期的短篇小说《浮动》，第一次将她在《东山下的风景》中所无意触及的类似现象作为小说重点内容，进行了正面叙述，并且在叙述中表达了明确的批判立场。小说叙述了不知名的山区老农“他”由淳朴到物欲熏心的蜕变过程。他的蜕变似乎源自“我”的好意暗示，他不计较有无报酬和报酬的高低，让出自家的房屋院落让摄制组拍电视，“我”因为过意不去而暗示他可以向摄制组提些报酬方面的要求，而这却无意中启发了他以此获利的“智慧”。于是他又接连两次找到我，想通过我向摄制组继续提要求，而且一次比一次要求高，甚至发展到以停拍相威胁。如果说，最初向摄制组提要求还遵循了经济交换的公平原则——对此，铁凝通过由“我”向他暗示这一情节的书写表达了认可，肯定了其利益追求的合理性，但当公平交易变成了以要挟相逼，那么其对利益的追求就有失合理，其获利的方式就不再是一种智慧而标志了人的精神的沦落。从“我”不再帮他过问的变化中，不难看出作家对老汉的失望。在铁凝对人物蜕变过程的一步步详细描述中，我们切实地感受到了淳朴正直等传统精神怎样难以抵制物欲的诱惑而一步步悄然消失的过程。作为通向铁凝90年代以后小说创作的一个过渡，这篇小说构成对80年代中后期人们还处在由前现代向现代状态转变过程中的一个形象化的言说，此时，他们刚刚接受现代文明的启蒙，还曾经有过淳朴的过去。这之后，铁凝对这一问题的表达变得更为直接和尖锐起来。

在《甜蜜的拍打》《法人马婵娟》及《小黄米的故事》中，人物身上原有的美好品质已经荡然无存，小说为我们展现的是已经发生了裂变之后的人的精神沉沦状态。一旦人物面对沉沦和美好人性选择了沉沦，那么在追求利益时就会变得不择手段，而这就更加强化了他们的沉沦。

四岁侏儒女孩利用自己的生理缺陷牟取暴利，弱小的躯壳中隐藏着面目可憎的灵魂（《甜蜜的拍打》）；马婵娟也利用自己外形的劣势，以装神弄鬼的方式招揽生意。这两个女人都充分利用了自己的身体残疾为自身获取了生存的资本和利益，虽然她们的自我生存拯救带有某种实现个体价值的意味，但这种价值实现也只能是“消极的社会实现”，正如王绯所指出的，小说“让我们看到了商品经济下无奇不有的负价值转换和实现的真面目，看到了这一切对人性和人道主义的戳伤”①。可谓一语中的。尽管她们都先天具有身体残疾的劣势，属于社会的失语阶层，但却不能因此而逃避对其人格的谴责。如果说这两篇小说属于特例因而不具有典型性的话，那么《小黄米的故事》却有极强的针对性。小说将现代化的对象物锁定在了女性身上，强大的传统男权文化一直将女性置于男性欲望的客体位置，当以商品经济为主要特色的现代化降临之时，女性自然无须改造地成为现代化视野中的畅销商品，对此，戴锦华曾这样评说：“作为商业化大潮的首当其冲者——女人，她们不仅仍是中国社会现代化的主体与推进者，而且无可回避地成了商业化的对象；商品社会不仅愈加赤裸地暴露了其男权社会的本质，而且其价值观念体系的重建，必然再次以女人作为其必要的代价与牺牲。”② 她这番话从女性的立场和角度指出了现代性的虚妄，然而我们却不能把一切过失都推给抽象的现代性。如果说在文明程度还很落后的过去，女性被商品化还可以理解，那么现在再一概以此来解释这种现象则近于狡辩。几乎与香雪同龄的小黄米，在把自己的身体当作商品零售给过往的司机与乘客时，她是主动自愿的；在接待各种嫖客时她的神态是坦然自若的；甚至她似乎还很“敬业”，当画家老白没有像其他嫖客那样行事，只是为拍了一些展现农村女性健朗之美的裸照而付给她钱时，她却感到不安与失落。这种蒙昧愚蠢之态更将小黄米在物欲下的精神沉沦揭示得淋漓尽致。这

① 王绯：《铁凝：欲望与勘测——关于小说集〈对面〉》，载《当代作家评论》1994 年第 5 期。

② 戴锦华：《拼图游戏》，泰山出版社 1999 年版，第 109 页。

是现代化的失败，更是现代人格的失落。

然而，她们却不以为然，以为自己是在按照自我意愿追求想要的东西。他以为他自身是目的，不是工具，他“坚信自己是受自利动机的驱使”①。从这种角度来讲，她们的确实现了自我的价值。然而，其不择手段却遗失了作为人的高贵品格，其在收获利益的同时却丢失了自我，将自我沦为工具。事实上，在她们准备伸出欲望的双手之时，已经先在地将自我人格交付了出去，否则，她们就不会这样无所顾忌。同样，对那些保持了自我人格的人来说，他们在做出最终选择之前，其实也并非没有犹疑，只是最终他们用高贵的人格战胜了物欲的诱惑。比如《峡谷歌星》中的少年歌星，他从那些用谎言和廉价的眼泪换取游客同情和钞票的不耻中，看到了如若沉沦的自我形象，因此，他选择了宁愿少挣钱也要保持诚实守信的个人形象。《大妮子和她的大披肩》中，大妮子为了她那条心仪的大披肩也动了要高价的念头，然而她又觉得如果那样，那么她与那个靠依傍有钱人而围上了同样披肩的姑娘就没有两样了，因此她及时放弃了这样的念头。虽然她失去了有形的披肩，却收获了无形的精神财富。从这类形象的对照中不难看出，在此，铁凝强调了一些传统文化精神在对抗物欲诱惑方面所具有的价值和意义；同时，也让我们看到，其实，在沉沦与人格坚守之间仅一线之遥，正因为如此，歌星和大妮子对传统精神的坚守行为才更难能可贵。然而，与此同时它也预示了形势的不容乐观，尤其是少年歌星失声的最后结局，象征性地说明传统精神在如今的现实生活中已经变得很不合时宜。这也是铁凝最大的困惑所在。因此，一方面她对物欲下的沉沦进行了批判，另一方面她又让传统精神遭受现实的失败。而这种矛盾态度同时又显现出铁凝清醒的意识：她既保持了作家的良知责任，同时又为传统精神唱出了一曲曲挽歌，而挽歌正是她对传统精神回归的强烈呼唤。

《树下》对知识分子的传统文化精神进行了表现。身为中学老师的

---

① ［美］埃里希·弗罗姆：《逃避自由》，刘林海译，国际文化出版公司2002年版，第81—82页。

主人公老于是一个追求精神富有的传统知识分子，面对长期得不到解决的带暖气的房子问题，他终于决定放弃其做人的原则去找当副市长的女同学帮忙。然而，眼见着只要一张口问题就能迎刃而解时，他却退缩了。知识分子的传统文化人格最终还是使他选择了放弃，他与老同学之间全是高雅的话题而距离现实的房子问题却越来越远，最后他只能向一棵树倾诉自己的心事。老于在现实生活中的困顿以及他必须求助于权力才能解决这种困顿，都强有力地显示出知识分子人格和价值信仰在当下语境中的虚妄与贬值，然而越是这样，他的坚守才越发可贵。或许他现实的无助正源于他的迂腐，但不正是这迂腐、这清高才抵御了物欲的侵蚀和走后门的歪风邪气吗？如果人人都像他一样用传统的文化精神来规范自己的行为，约束自己的内心，这个社会就不会出现人的精神滑坡。《永远有多远》更是为传统的善良品质撰写了一份伤残的诉讼书。小说中的白大省身上集聚了好人所拥有的全部品质——善良、仁义、厚道。她是老北京人精神的缩影，是东方精神和传统美德的硕果仅存。她的善良和仁义表现在处处迁就别人，即便是明知他人以不仁义的方式回报了她的仁义她也毫不计较，而是继续释放着她的热情并心甘情愿地被他人所利用。她几乎是无可救药，但正因此才被铁凝所欣赏，所以铁凝曾经在这篇小说的创作谈中说："惟有她不变，才能使人类更像人类，生活更像生活，城市的肌理更加清明，城市的情态更加平安。"① 然而为什么如此善良的人却不能获得幸福反而要为此遭遇更多的生活挫折呢？对此，铁凝通过对其他人物的描写向世道人心提出了质询。追根究底，依然逃不过人们膨胀的物欲。它将人们掩藏在心底深处的私心彻底给"激发"出来，使他们为了与切身利益相关的一切变得无情、冷漠、势利，甚至不惜利用他人的善良。郭宏与他并不爱的白大省恋爱只是为了实现留北京的目标，而当有了更好的机会时又随即将其弃之不顾而另攀

① 铁凝：《永远的恐惧和期待》，载《铁凝散文》，浙江文艺出版社 2001 年版，第 270 页。

高枝。当同样遭受他人欺骗的郭宏重又回到白大省身边时，并不是出于良心发现，只是权衡利弊之后的故伎重演。白大省与关朋羽情感的失败固然部分地缘于她缺乏男性所期待的柔美特质，但是表妹的第三者插足也是重要原因，而她的插足不在于爱情是自私的，而在于她明白白大省不会计较她的横刀夺爱。小黄米们尚且利用的是自己的固有资本，少年导游牟取的也无非是有形的金钱，而他们却隐秘地利用了人的情感。他们表面上维护着与白大省的亲朋关系，而事实上却将亲朋关系转化为一种商品交易关系；商品交易尚且本着公平原则，而对白大省全无公平可言。从中铁凝看到了人的友善真诚等传统品格的缺失，这种缺失以获利为前提，因此同样属于物欲下的精神沉沦。

在现代化的市场经济社会，物欲、私利等各种利益追求都不再是不可告人的话题或秘密，这也是铁凝探讨问题的基础，正如铁凝所说："我愿意拥抱高科技带给人类的所有进步和幸福，哪怕它天生具有一种不由分说的暴力色彩。"[①] 不过，铁凝又说："作为一个写作者，我更愿意关注火车以后乃至现在的磁悬浮列车以后的人类的精神动向；关注怎样阻挡人在物质引诱下发生的暴力。"[②] 因此，如何使人不受物质引诱下的暴力的伤害，成为一个不可回避的现实问题，也是铁凝所要探讨的问题所在。铁凝提出了问题，也意欲以某些传统文化精神的坚守来解决问题，正所谓"我们必须有放慢脚步回望从前的勇气，有屏住呼吸回望心灵的能力"[③]。然而，她又对其有效性表现出了一定的怀疑，并对传统文化本身不无隐忧。这种怀疑和隐忧正警示我们，物欲下的精神沉沦现象已经发展到了令人担忧的地步，因此，只有将阻遏精神沉沦内化为个人的一种自觉意识，才能在现代化的物质世界中保持现代人的尊严。

---

① 铁凝：《文学·梦想·社会责任——铁凝自述》，载《小说评论》2004 年第 1 期。
② 同上。
③ 同上。

第二节　角色意识的匮乏

任何生活在现实世界中的人，不管意识到与否，事实上都在自觉或不自觉得扮演着一定的角色。“角色”，“是社会和团体给人们规定的权利、义务和行为规范，是对人们行为的期待，是社会地位的外在的、动态的表现形式，是社会、团体和个人之间的联结点，它综合表现为一种行为模式”①。从这一定义中我们可以看出，角色从根本上说是人的一种社会属性，角色的赋予及角色的具体内容很大程度上是由外界力量决定的。当然，在社会、团体与个人的结合点上，它还是体现出个人的因素在其中。因此，角色又不是抹杀自我的表演，即“并非角色代替了自我，人不是机械地履行角色规范，满足他人的期待，而是渗透着自我意识的创造性的角色表现，是在满足他人的需要的同时，自我价值得到肯定”②。从这种意义上讲，一个人是否具备一定的角色意识，首先表现为他对自己所“想要”成为的角色是否有明确的认知，有了这种认知他才能在满足社会和他人需求的基础上自主地选择自己的角色，才能进一步认识到自己“所是”与“想是”的角色之间是否存在差距。其次，在角色确定之后，他能将其内化为一种自觉意识，去实现自己的这种角色价值；同时能不为既有的角色成规所束缚，及时调整方向，避免走向角色分裂。只有做到上述两点，才能说他具备了自主性的角色意识，反之则是角色意识的匮乏。也由此看出，角色意识与人的主体性密切相关；而主体性又是现代性的一个重要特点，因此，对人的角色意识的考察是现代人格建构的一个重要方面。铁凝的很多小说，像《安德烈的晚上》《省长日记》《永远有多远》《有客来兮》《小嘴不停》《晕厥羊》等，都表现了由角色意识匮乏产生的非自主性人格及由此带来

---

① 温泉信：《角色：人的行为选择》，军事译文出版社 1992 年版，第 6 页。

② 同上书，第 37 页。

的人生悲哀，从反面角度表达了对现代人格的深切关注。

首先，小说主人公普遍对自己“想要”成为的角色没有一个明确的目标而是认知模糊，这是自主性匮乏的首要表现。他们放弃了个人选择的自由，接受了外界力量的角色塑型，从而失去了个性。像《安德烈的晚上》中，安德烈的父母生活在一个思想文化高度整合的社会氛围当中，受社会理想的集体召唤，他们才作为当时成百上千的城市拓荒者中的一对，来到了现在所生活的城市。他们是“微不足道的数量化的个体”①，而当个人成为数量化个体的时候，个性或人格也就隐匿了。这种情况继续在安德烈身上上演。当然它的上演不再表现为被社会理想所整合，而是父母的意志代替了社会成为左右安德烈人生的一种新的力量。“他的父母从没问过他有什么打算，他的打算对他们也许并不重要。”他就读的小学、中学都是父母选择的，就连报名参加学校业余朗诵小组一事，也因父母的反对而作罢，而他却没有丝毫反抗的意识。学业上如此，婚姻上同样如此。如果说学业上的顺从是因为年龄尚小，还不具备自主选择的意识和能力，因此对“做怎样的自己”，也即角色，还没有明确目标，那么成年后的他则完全具备自主选择的能力，然而，他却再一次顺从地接受了父母的安排。这就证明，事实上成年后的安德烈也同样不具备自觉的角色意识，他只是糊里糊涂地被外界力量推动着向前，没有方向、随行辄止。正如克尔凯郭尔所说，如果一个人不选择他自己，别的人就会替他选择。那些不选择他们自己的人是被推着走的；他们是被规定的。② 因此他的生活平淡无奇甚至于机械刻板，“上班，下班，照顾妻女，买菜做饭”是他日复一日的无变奏的生活主题。只要没有外界力量要求他做出改变，他就会按部就班、一如既往地这样生活下去，他甚至担心变化，逃避改变。最后他有幸进电台做了播音员，完全是应付好友先斩后奏的安排而无意收获的结果。《永远有多

① ［瑞士］荣格：《未发现的自我》，张敦福等译，国际文化出版公司 2001 年版，第 28 页。

② 转引自［匈］阿格尼丝·赫勒《现代性理论》，李瑞华译，载周宪、许钧主编《现代性研究译丛》，商务印书馆 2005 年版，第 227 页。

远》中的白大省与安德烈有些类似。如果说她小时候的仁义表现还是源于她作为人的本性，那么，成年后她的不合常理的仁义之举显然就是囿于角色之限的一种表现。邻家奶奶那句“这孩子仁义着呢”的褒奖是外界对她的一种角色认定，但这种褒奖如今已变成了对她的羁绊和束缚。尽管她也有“想要”成为的角色偶像和理想、对自己“所是”的角色不满意且有改变的愿望，但每次突围又都以更深的沦陷结束。她的无可救药只能说明，说到底她还是缺乏明确的角色意识，缺乏足够的主动性去对抗社会对她的角色定位。而“当我自己决定什么东西与我有关，而不是被外部影响所左右的时候，我才是自由的”。也即一种“自决自由”[①]。从这种意义上讲，其个性的泯灭反映了自由人格的缺失，同时，“主体的自由人格预设了一个前提，那就是主体的特殊性要求”[②]。而安德烈和白大省即便有特殊性要求，也处于一种自我遮蔽的状态。“现代人格结构是一种自由人格模式。他或她是一个尽可能自由的人，是一个尽可能独立和本真的现代人。”[③] 因此，他们的表现共同反映出现代人格的残缺。

对自己的角色没有明确认知似乎还并不是自主性匮乏的最明显的表现，因为很多时候角色是经由多年的生活习惯于无意识中养成的，并不必然是先有了角色设想而后再去扮演角色。日复一日的日常生活对人的角色定位具有一种隐形的作用力，即便是对自我有明确的角色定位，有时候也无法阻挡外界对个体的强大塑型力量。因此，当一个人的角色形成之后，他是否能够依据自己对角色的满意程度来调整或改变既定的角色，才真正标志其角色意识及自主性人格的养成。因此我们看到，铁凝对角色意识的叙述有这样一些特质：首先，或许角色的最初产生受非个人因素的影响，但当角色形成之后，外界因素就被剥离出角色主体，也

---

① ［加拿大］查尔斯·泰勒：《现代性之隐忧》，程炼译，中央编译出版社 2001 年版，第 32 页。

② 顾红亮：《人格认同危机与自由人格建构》，载《浙江社会科学》2005 年第 6 期。

③ ［匈］阿格尼丝·赫勒：《现代性理论》，李瑞华译，载周宪、许钧主编《现代性研究译丛》，商务印书馆 2005 年版，第 227 页。

即既定角色已经失去了其必然生成的外部环境；其次，正因如此，对角色何以处之完全成为自我可以自主决断的事情；最后，对待角色的态度将给生活带来持续性的影响。这样，铁凝就启示我们：角色对生活具有很强的现实影响力，人只有发挥主体的能动性才能挣脱角色对自我的束缚。因此，铁凝的叙述重心往往放在了主人公角色确定之后。或许，最初主人公对其角色是不自知的，但是他行为的反复却表明他事实上已经接受了外界所赋予他的这种角色，并且将最初的无意识的角色行为变成了一种有意识的角色行为，认为自己“应该这样”。这个时候矛盾就产生了。因为不知道“自己是什么”的时候，也就没有比较，因此也就没有矛盾；但现在，他们会意识到这个角色是否适合自己，是否符合自己的本真意愿。不过，也仅此而已。因为当他们意识到目前“所是”与“想是”之间的差距后，他们已经无力自拔，变成了既定角色的奴隶，即便不情愿而极力想反抗它的束缚和限制也不可得，于是出现一种介于角色束缚与自主要求之间的分裂。而这种想要改变却无力改变的矛盾已与外界力量无关，完全表现为自我的心理斗争，因此更加暴露出其自主人格的缺失。《安德烈的晚上》中，安德烈对父母意志的一贯顺从使他已经习惯于扮演服从的角色，婚姻问题上的再次服从只是一种惯性使然。长期的隐忍顺从排斥自我的生长，泯灭个性的独立品性，使他成为封闭、稳定而僵化的自我。希望与工友姚秀芬能独处一段时间而向她发出偷情信号，是安德烈对自己生活轨道的唯一一次主动偏离，然而这唯一的一次却不能如其所愿地实现。平日里对李金刚家轻车熟路的他，在那一天却突然发生记忆短路，忘记了门牌号。他记忆的丧失不是来源于生理的故障，而是潜存已久的突发性心理障碍。具体而言，是其固有的非自主人格使他在“新生活”面前表现出惶恐和无法自持，这正是其既定角色已经内化而使他难以改变的一个最显著的证明。再如《树下》中的老于，他从小引以为豪的就是自己出众的才华和学习成绩，这似乎已经注定了老于将来的知识分子角色；而且他身上也保持了洁身自好、安贫乐道的传统知识分子的精神品格：他生活拮据却精神富足，

他家徒四壁却有一双品学兼优足以骄人的儿女；即便深处现实困境，但面对如今要么升官要么发财的昔日同学，他却依然保持了知识分子的独立品格而没有变得钻营取巧。一方面，这固然是物欲横流之下知识分子身上某种可贵的传统文化精神，然而另一方面，于细微之处我们会发现他的某些行为带有角色使然的刻意之感，其对知识分子角色的理解走向了僵化。老于自知在物质生活方面无法与他那些升官发财的同学相比，但是却不愿当众承认这一事实，因此他以同学们才智平庸且话题琐碎无趣为由而不屑与之为伍；然而他又没有真正做到为做一个知识分子而自豪，为自己的精神财富而骄傲，否则，当如今发了大财的同学小狼夸他是班里的高才生时，他就不会产生“这好像是对他的讥讽”的想法；当小狼再次邀请他参加类似聚会之时，他也不会受了伤似地予以拒绝。他的这种敏感心理正是其遭遇新生活时，僵化的知识分子角色对他的一种精神扭曲。时代的变迁要求包括知识分子在内的人都要做出相应的改变，当然知识分子的身份可以不变，改变的只是对其角色内涵的重新认识。老于的症结就在于他承认社会变化，但又依然以传统知识分子的价值立场去看待这种变化，因此，他即便想要调整自己的角色，但已是积重难返。因此，他的所作所为有时不是在维护知识分子的传统精神而是造成了对知识分子形象的某种污损，或许这正是僵化的角色对其扭曲的一种结果吧。尤其是他与老同学项珠珠交谈那一节，将他受角色支配而致扭曲的情状表现得淋漓尽致。他先是为自己的“屈尊求人”寻找遁词，以维护知识分子那脆弱的自尊心；在真正的会面中，他海阔天空滔滔不绝，但话题却离他的目的越来越远，直到最后也没有说出他的请求。是什么支配老于的嘴巴这么不听使唤？是老于的自尊心以及由此衍生出来的不平感、示威欲和报复欲。当然这不是有预谋的，而是固有的知识分子角色意识不由自主地变异化流露。对项珠珠本有爱恋之感的老于，由于自己的“屈尊求人”使他自觉地与项珠珠划清了界限，甚至把她置于对立的位置：项珠珠已然是世俗社会权力和有钱阶层的一个代表或象征，而他则属于贫弱的知识分子阶层。他的“演讲”不是请求而是卖弄或挑衅，“是在向这客厅这市长挑衅，拿他读过的书看过的电影听过的奇闻向他不可企及的这房子和主人叫板”。此时的老于已经变得不那么可爱了，知识分子的自尊里掺杂了迂腐和狭隘，结果，他只能深陷角色的窠臼做奋力挣扎而对变化了的现实无能为力。

无论是安德烈还是老于，事实上，主观上他们都想要做真实的自我，但客观上却又不由自主地朝向角色自我。安德烈几乎在一刹那间明白了过去生活的无意义，并生出了改变这种生活的念头，他情感出轨的打算可以看作他挣脱既定角色限制的一个努力。然而当真正付诸实施时却意外地发生记忆短路，看似意外实则必然，多年的积习使他深陷其中以致“心有余而力不足”。老于尽管表面维护着知识分子的尊严，但内心深处却意识到了那尊严的可怜，而他对知识分子角色的过激式维护无异于欲盖弥彰，难以遮掩他对小狼这样的新时代“骄子”的羡慕之情。就这样，他们带着角色的面具在角色自我与真实自我之间痛苦挣扎。而所谓“真实”向来被看作现代文明所独有的一种伦理规范，对此很多人都进行了论述。比如笛卡尔把它看作不受约束的理性观点（disengaged rationality）的个人主义，要求每个人自负其责地为他（或她）自己思考；赫尔德则把每个人所具有的独到的做人（being human）方式归属于真实性范畴。[①] 不管是哪一种观点，他们都把真实性与做人及人的主体性联系在一起。从这种意义上讲，尽管老于等也有做真实自我的想法，并且为此经受了心灵自我撕裂般的痛苦，但撕裂过后的重蹈覆辙证明，他们最终还是被真实自我所抛弃，意味着远离了主体自我。可见，真实性是主体自我的应有属性，对主体自我具有重要的意义，正如赫勒所说：“本真性是忠实于自己。本真性已成为现代性惟一最崇高的美德，因为本真的人是忠实于其存在性选择的人，他们是被牵引而不是被推动的人，他们是有人格的人。这也意味着他们在一个现代人所可能

① 参见［加拿大］查尔斯·泰勒《现代性之隐忧》，程炼译，中央编译出版社 2001 年版，第 29、33 页。

的最大程度上接近完美。”① 他还说：“完美的自我（做自己）是‘中心点’，是人格的中心。为一个人自己的命运所牵引意味着宿命。但这不是来自外部的宿命，相反，是来自内部的、一个人自己选择的宿命。”② 因此，他们对真实自我的遮掩暴露出一种人格的残缺，从根本上说是一种现代自主性人格的残缺。

以上，我们分别从自由性和真实性两个方面对角色意识进行论述，事实上这两个方面不可分割，它们互为因果，相互影响，共同统一于人的自主人格。不能真实地选择自己的角色必然是不自由的，而不是自由选择的角色肯定是不真实的，不能自由地选择自己真实的角色，必然是缺乏自主性的人。这些人，在现实中生活在角色规约之中，而内心却生活在对真实自我的想象中，因此他们长期处在一种现实和心理的分裂中，心灵备受压抑。当这种压抑积累到一定程度时，就会在刹那间自动爆发。不过，此刻却是其真实自我第一次得以现实化显现的时刻，然而这刹那间的辉煌因为是以一种扭曲的过激的行为方式表现出来的，因此并不能代表他实现了真实自我，他们获得选择真实角色自由之时同时却也永远失去重获真实自我的机会。《小嘴不停》中，当户老先生第一次向包老太太提出离婚时，包老太太历数他的种种美名，这历数以“密不透风，噎得人喘不过气”的态势使得户老先生一时无法反驳。如果说，户老先生这次离婚的失败是因为包老太太以出人意料的方式打了他一个措手不及，那么为何后来伴随他一生的离婚请求同样都没有实现呢？因为包老太太第一次的成功解围使得庄老先生再次面对她“小嘴不停”的言说时，内心深处先已充满了胆怯，更关键的是他已经习惯于作为一个无奈的听者任由对方言说。听者的角色使他在不知不觉间放弃了发言权，于是他距渴望离婚的真实自我也就越来越远。虽然他一直没有放弃过要离婚的请求，但这一请求更像是一个仪式，因为只有这样

① ［匈］阿格尼丝·赫勒：《现代性理论》，李瑞华译，载周宪、许钧主编《现代性研究译丛》，商务印书馆 2005 年版，第 314—315 页。

② 同上书，第 314 页。

他才能激起包老太太的言说，他也才能有机会扮演其听者角色。随着他的临终，随着包老太太对其印在搪瓷口杯底部的橡皮膏上“我想和你离婚”字句的意外发现，庄老先生一直无法实现的理想终于得以借这句无声的言语表达出来；而且这次离婚请求也终于可以不用再面对老伴的言语围攻了。这句话不仅是对包老太太的抗议，更是他对自我的一种抗议，反抗听者角色对自己的精神压抑。然而，他为获得这种真实角色却付出了一生的代价。《晕厥羊》中的老马同样如此。他在老伴面前谨小慎微地遵从着不许吃蒜的命令，然而，对“不许”指令习以为常的他却出奇地向陌生的“水工”发火、发号施令。这绝不是老马要“重新做人”。从他对“水工”不讲情理、变本加厉的味道中，从他事后虽心有余悸却宁愿相信那贼的害怕是真正的自欺欺人中，从他虽损失了钱财却仍不后悔的表现中，我们不难发现，实际上他的一反常态是对长期处于被禁状态所造成的精神压抑的一种情感发泄。他并无意于让别人听命于自己，而只是想实现他能够无所顾忌地吃蒜这一生中既卑微又热切的愿望。惯于听命的他无法在现实中实现这一想法而走向了极端，走到了真实自我的反面。《有客来兮》中的李曼金，在表姐一家就要离开之时终于表达出了她讨厌他们的真实想法，然而痛快过后，她很快就为自己的做法后悔了。可见，角色的养成并非一朝一夕，而它对人所产生的影响力更其深刻持久。

或许人每时每刻都生活在其中，所以对自己的角色并没有一个明确的认识，正所谓“不识庐山真面目，只缘身在此山中”。在分工逐渐细化的现代社会，每个人无论在哪个层面都必然扮演一定的角色，角色已成为证明个体存在的一个很重要的方面，因此，是否具备正确的角色意识也成为一个人是否具备主体性的重要标志。铁凝也正是从此出发展开探讨，虽然这种主体性主要着眼于个体人格的建构，但是铁凝却把它作为一个普遍的社会问题来予以关注，体现了作家强烈的问题和社会意识，这也是铁凝对世界不变的爱与体贴的一种表现。

第三节　“关系”的断裂

马克思曾经说过：“人的本质并不是单个人所固有的抽象物。在其现实性上，它是一切社会关系的总和。”① 从这句话中，可以看出“关系”之于人的存在的重要性。通过对人与人之间关系的考察，可以透视人的心灵和精神世界，就如铁凝所说“通过对各种关系的表现，达到发掘人的精神深度的目的”②。随着现代经济的发展，利益的驱动使人与人之间逐渐失去了最起码的真诚，而变得彼此对立、冷漠，缺乏信任，人与人之间表现为断裂的畸形“关系”。铁凝有感于此，因此其很多作品对这种断裂关系进行了表现，目的就是打破隔膜，沟通断裂，建构和谐关系，让人性回归爱与真诚。

这种断裂关系首先表现为人与人之间缺少真诚和友善，彼此提防猜忌，相互之间不信任。写于1980年的《罗薇来了》是最早触及这一话题的一部短篇小说。小说从罗薇要来而未来时写起：同事老文、林淑慧“好像最熟悉罗薇的一切”，他们对罗薇的非议让“我”对她产生一定的拒斥心理。然而从“我”与她的初次见面和谈话中，“我”发现罗薇并不像他们所说的那样丑陋。其实，无论具体真相到底怎样，他们对罗薇不怀好意的猜测议论本身就暴露了人的缺乏友善。而“我”也并不比他们更崇高，“我”受传闻左右对罗薇先在的偏见在实质上与他们如出一辙。而且在罗薇与他们及“我”之间并无先在的矛盾，他们没有理由去中伤她，而这种中伤的没有目的比事出有因更反映出人心灵的丑陋。《我的失踪》《蝴蝶发笑》，则以人物的反常之举反衬出人们之间的缺乏信任。它具体表现为对他人言语的不信。或许是世间谎言太多，这

---

① 《马克思恩格斯全集》第3卷，人民出版社1974年版，第5页。

② 铁凝：《“关系”一词在小说中——在苏州大学“小说家讲坛”上的讲演》，载《当代作家评论》2003年第6期。

种唯恐受骗的心理发展到极端，以至于使人们难以分辨真假，很多时候甚至错把假话当作真话，而对真话却充满怀疑。《我的失踪》叙述了“我”在追回被盗钱财的过程中与小偷之间和平相处的离奇经历，这段经历虽离奇却真实，然而却没人相信“我”的讲述。还是一位同事一语道破了天机：“其实谎话才没破绽，越是实话破绽越多。”对“没有破绽的谎言”的信任其实是一种自欺，从实质上反映了对他人的一种心理防范意识。这种防范固然可以保障自身的安全，但也截断了彼此之间情感交流的通路。《蝴蝶发笑》与之类似。杨必然把手伸向少女，其本意是想告诉少女她衣服后背的蝴蝶图案破坏了她的美，应该把它去掉。可是没人相信他的这一真实动机，而想当然地对它做出了图谋不轨的常规理解。照此发展下去，世界将变成怎样一个“假作真时真亦假”的可怕模样！

另外，断裂关系表现为人与人之间缺乏相互的沟通和理解，充溢着自私和冷漠。《杯水风波》的故事发生在火车上的三组旅客之间：一对新人、中年妇女和老头。除了老头保持着淳朴热情的本性之外，另两组旅客则相当冷漠。矛盾首先发生在中年妇女和这对新人之间。老人牺牲自己的利益为他们行着方便、化解着矛盾，然而他们并没有被老人的行为所感化而彼此相让一步，反而是将老人夹在中间充作他们彼此伤害对方的媒介和工具。他们甚至将自己扮演成正义的化身，借替老头伸张正义而彼此实施报复。而当老人遇到喝水困难真正需要帮助时，他们却彼此推诿，佯装自身亦有困难，全然忘记了自己都曾经受惠于老人。更为滑稽的是，在老人喝水无意间侵害到他们的利益时，他们反而暂时结成了联盟，将愤恨的矛头共同指向老人。这一笔极具反讽意味，让他们自己撕去了在此之前虚假的正义面孔，从而将他们自私冷漠的灵魂剥蚀得透彻透明。难怪《马路动作》中的杜一夫会有那样怪异的行为举止，这是他对这种人情冷漠现状恐惧所致的心理幽闭。在现实生活中，他封闭自我，拒绝与他人交往，即便是儿子也无法走进他的生活，他以这种行为表达着对这个冷漠世界的抗拒。然而在他心灵深处却有一种强烈的与人交往的欲望，这欲望使他每晚都在无人的马路上做着迎来送往的虚拟表演，虽然是虚拟的，但他却做得那样认真和煞有介事。或许只有在这样的虚拟世界中他才能掌握主动，避免遭遇现实世界的虚假做作，不会受到心灵的伤害，而一旦面对现实他又缩回了自己的狭小天地。其严重的精神分裂表现，表达了文本对充满温情的和谐人际关系的强烈呼唤。《穿过大街和小巷》中，女作家的亲切使电报邮递员牛小伍良知发现，而最终放弃了用以对抗用户对他的不理解和冷漠的以怨报怨的消极方式，《杯水风波》中，老人的热情以及面对冷遇虽寒心却无怨恨的表现，让我们所身处的这个世界多少有了些温暖，也使我们看到了重建人际间和谐关系的希望。

铁凝还进一步将对“关系”的探讨放置在了不同阶层之间。因为在原本充满隔膜的人际关系之外，它又多了一层阶层间的天然壁障，因而人与人之间的断裂关系在这方面表现得就更为突出。所谓阶层，并没有一个明确的划分标准或依据，从实质上讲，它就是人的一种社会身份的归属。它无须刻意标榜却天然存在，而且一个阶层的存在往往必然有另一与之呈相互参照之势的阶层相伴而生，比如知识分子与非知识分子的普通百姓的阶层划分、城市与农村之间的阶层划分、高雅与庸俗的阶层划分，等等。它们往往呈对立之势，彼此之间隐藏着一定的矛盾。说是矛盾，而事实上，人物之间并无实质性的冲突纠葛和利益之争，而是一种情感的难以融合。因为分属不同的阶层，其人生追求和思想观念等也就不同，因此，这种难以融合首先是由阶层间必然的差异产生的。虽然彼此之间也曾试图向对方靠近，但积习难改，最终还是无法打破阶层的界限走向融合。像小说《豁口》，住在 A 区的工人最初接纳了 B 区的知识分子，在以后的日常生活中，他们在服饰、生活小常识等方面互有所取，倒也相得益彰，但最后却因一件微不足道的小事，使看似和谐的关系走向破裂。他们关系破裂缘于彼此难以适应对方的习惯而互不认同，而更多时候却源于阶层之间的不平等。具体表现为优势阶层对劣势阶层予以鄙视而拒绝认同。而优劣的划分就如同阶层的划分一样，约定俗成而已。《寂寞嫦娥》中的农村寡妇嫦娥，虽然通过与城里的佟先生结婚成了佟先生家中的一员，也成为这个城市的一员。但是她与这个家庭以及佟先生所生活的“院里”始终存在着矛盾：一种是乡村与城市的矛盾，一种是普通百姓与知识分子之间的矛盾。两种矛盾实则一体，因为按照常规，城市和知识分子代表文明和进步，而乡村和普通百姓则代表愚昧和落后，因此作为乡村农妇和普通百姓的嫦娥自然受到了城市和知识分子的排挤，而佟先生的三女儿和院里的女家属也耻于与她为伍。《谁能让我害羞》中的送水工与女主人之间的矛盾则是农民工与城市高级白领之间的矛盾，是贫困群体与有钱阶层之间的矛盾。“院里”的女家属和女主人据以拒绝对方的都是一种身处优势阶层的心理优越感，“优越”的具体标志物是城市身份、金钱、知识等有形的事物，这些恰恰是嫦娥和送水工所没有的。因此，他们对此充满了向往，如送水工穿的蹩脚的西装，以及他非要以喝矿泉水来解渴的执拗。但向往与其说是为了得到这些，不如说是试图通过得到来消除这种显在的差异，从而达到与优势阶层在人格和精神上的平等，也因此，他们和优势阶层之间的矛盾是有关认同与拒绝认同的斗争。而“根据一个普遍的现代观点，拒绝平等认同会危害那些被剥夺了这种认同的人。将一个低级或贬损的形象投射到另一个人身上，如果这个形象到了深入人心的地步，实际上能够成为歪曲和压迫”①。送水工就是一个典型例子。一边是热切地希望获得认同，一边是强硬地拒绝认同，两相对峙终于导致送水工无意识中竟然采取了武力对抗的方式，这种极端行为即是拒绝认同对人所造成的歪曲和压迫的反映。阶层的划分源自差异，但差异却不能成为划分人格等级的理由，在人格上人与人之间是平等的；而且真正的平等认

① ［加拿大］查尔斯·泰勒：《现代性之隐忧》，程炼译，中央编译出版社 2001 年版，第 57 页。

同是不排斥差异的，而是在承认差异的基础上寻求一种价值的平等。[①]卢梭曾经在《论人类不平等的起源和基础》中指出，在所有人都能平等分享公共注意力的共和社会里，他看到了健康的源泉。[②] 据此而言，这种不同阶层间的拒绝平等认同反映了整个社会群体人格的不健康。尤其是对那些所谓的优势阶层而言，他们对劣势阶层拒绝认同，也是对他人的不尊重。而尊重他人同时也是对自我的一种尊重，因此，他们的行为从实质上来说也构成了对自我人格的亵渎。因此，不同阶层的人都要学会彼此尊重，接受平等的价值认同，只有这样才能打破阶层界限，消除由阶层差距造成的心理隔膜，在彼此的相互理解沟通中实现健全人格的建构。

当然，这一要求不仅针对不同阶层的人而言，而是扩及普泛意义上的人际关系。因为如果仅仅局限于不同阶层领域的关系探讨，那么就无法解释当社会进步到诸如城乡、文化、财富等有形差距完全消失的程度之时，人与人之间为何依然不能建立和谐的关系。如果真是这样的话，那么在铁凝看来，即便是人们具备了其他所有的美德，他们的人格也是不完善的，因此他们也不是具备了现代人格的人。同时，“任何一种解放都是把人的世界和人的关系还给人自己”[③]，从这种意义上讲，人与人之间关系的和谐不仅是衡量人格健康的一杆标尺，而且还涉及人的解放的重大问题。如果说，人的角色意识与自主人格着重于个体解放的话，那么和谐的人际关系则注重的是人类群体的解放和发展。只有处于关系之中的每一个个体都能够具备这种关系意识并努力去建构这种和谐关系，才能实现马克思主义所说的全人类的共同解放。铁凝对“关系”问题的探讨于此显示出重要的价值和意义。

---

① ［加拿大］查尔斯·泰勒：《现代性之隐忧》，程炼译，中央编译出版社 2001 年版，第 59—60 页。

② 转引自［加拿大］查尔斯·泰勒《现代性之隐忧》，程炼译，中央编译出版社 2001 年版，第 56 页。

③ 《马克思恩格斯全集》第 1 卷，人民出版社 1974 年版，第 443 页。

第四节　人性罪恶与精神救赎

早在几千年前，诸子百家就对人是“性本善”还是“性本恶”争论不休。至今我们仍无以考究人性的本原到底怎样，但是有一点是得到公认的，即从本质上讲人都具有两面性，就像歌德笔下的浮士德一样，既是天使又是恶魔；或者如波德莱尔所说：“在所有人身上，在任何时刻，都有两种吁求，一种是对上帝的，一种是对撒旦的。”① 其中，罪恶的一面尤其是有关人性的最深层次的问题。铁凝以其特有的敏锐对此进行了表现，并对罪恶人性提出了严肃的质询。小说《对面》《午后悬崖》《玫瑰门》《大浴女》等就是这方面的典型代表。

铁凝小说世界中的罪恶是一种人性的罪恶，与通常的法律维度上的罪不同，它属于道德伦理的范畴。当事人在实施罪恶行为时都有着不可告人的目的，虽然他们不是直接犯罪而受到法律的制裁，但他们却必须接受道德的审判，其罪恶是一种道德的归罪。尽管罪恶行为的实施一般都有某种外在的或心理的原因，但是这也不应该成为他们逃脱罪责的理由，因为在他们付诸实施之初，其实已经预料到了结果必然会对他人带来伤害，这种“明知故犯”只能反映出人性之丑陋。《对面》中的主人公本为躲避爱情的麻烦，却无意中发现对面住着一位美丽神秘的女性。随着他对“对面”与两个男人暧昧关系的发现，他对“对面”的窥视就由欣赏变成了嫉妒，进而因自己无法跻身于其情人的行列而心生怨恨，于是，在一个深夜，当女人又与其中的矮个男人幽会之时他心怀叵测地制造了突如其来的声响和光亮，导致女人心悸而亡。《玫瑰门》中的司猗纹，为了能跻身主流意识形态群体，不惜逢迎、欺骗，无情地践踏着他人的尊严。小姑子姑爸、外孙女眉眉、儿媳竹西都曾经作为她实

① 转引自［美］马泰·卡林内斯库《现代性的五副面孔》，顾爱彬、李瑞华译，商务印书馆2004年版，第60页。

现个人私欲的工具而受到伤害，尤其是她的出卖使同父异母的妹妹在“文革”中受尽肉体虐待和精神创伤，给人触目惊心之感。《麦秸垛》中的杨青出于报复心理而告密，使沈小凤与陆野明的丑事公之于众，进而致使沈小凤因他们关系的崩溃而走向绝路。《午后悬崖》中，五岁的韩桂心认为自己不如其他小朋友生活优越，她由妒忌而心生怨恨，进而将小朋友陈非推下滑梯致其意外死亡。《大浴女》中的唐菲故意揭开污水井的井盖，以一种“不在场”的作案方式使尹小荃偶然坠井身亡；幼年尹小跳姐妹目睹妹妹尹小荃走向死亡却没有采取任何救援措施。《玫瑰门》中的眉眉在妹妹还在妈妈肚子里时就向她发起了进攻。这些都属于幼童的无知“犯罪”，因此她们可以不受法律制裁，公众也可以对她们网开一面，但这些罪都是有意识的、故意为之的；而且不管行为的结果是导向死亡还是导向一般的肉体或心理伤害，虽然伤害程度有别，但性质却一样，同前述成人的作恶一样，都暴露出他们灵魂的罪恶。对此，铁凝是怀着深深的批判意识的，正像她曾经说过的那样：“写作本身是自我审判之一种。”①

由于主客观原因的存在，每个人心中都或多或少地存在关涉道德伦理的隐秘事件的可能，当这种可能成为现实时就显现为人性的罪恶。然而人性的集罪恶和善良于一体，又使我们看到了人性向善的可能和希望。克尔凯戈尔曾经说过：“人的内心两个世界的存在，决定了每个人都有永恒的拯救和永恒的沉沦的可能性，前者是迷人的，后者是恐怖的。”② 他除了表达了人性集善恶于一身的观念外，同时也为克服罪恶人性指明了出路，那就是拯救，这是作家和文学言说罪恶的最终目的之所在，由此反映出对人性并不绝望的温热情怀。因为罪恶本身固然是关乎人性道德的问题，但是一个人如何面对自己的罪恶更能反映出他的道德意识；如果一个人连承认自己罪恶的勇气都没有，就意味着这个人真

① 铁凝：《写在卷首》，载《玫瑰门》，春风文艺出版社 2003 年版，第 2 页。

② 《西方历史哲学译文集》，转引自吴义勤《中国当代新潮小说论》，江苏文艺出版社 1997 年版，第 83 页。

的是已经无可救药了。因此，罪恶并不真正可怕，关键在于人是否能够认识到自己的罪恶，是否敢于面对罪恶勇于对自我进行道德审判，如果是，那么即便这个人曾经有罪但却并不妨碍他成为一个具有灵魂的人，就像鲁迅先生说过的那样："凡是人的灵魂的伟大的审问者，同时也一定是伟大的犯人。"① 如果说，前述对罪恶的揭示表达的是来自文本之外的批判之声，那么，现在我们要把批判的权力交给当事人自己，看看他们是如何毫不留情地对自我进行道德审判的。《对面》中，女人生命的消亡固然源于主人公的行为，但他的行为并没有直接构成对女人的他杀，因此，他完全可以认定自己无过，就像什么都没发生过一样继续生活。如果是这样的话，他就真正是一个罪孽深重的人了。当然，他也曾为自己寻找过开脱的理由，但终没有逃脱道德的自我谴责，他深刻反省道："当我有意惊吓她时，与其说是要张扬正义不如说是出于私欲，我是什么？我不过是在那一高一矮两个男人后面，对他充满欲望的第三个男人罢了。那个深夜，我采取的那貌似光明的'措施'本身不也是一种假象么。"他这种道德上的自我归罪和负疚，使他不再那么面目可憎而变得可爱起来。《玫瑰门》在成年苏眉与幼年眉眉的对话中，对眉眉也是对自我进行了灵魂的拷问。这种拷问不是一般地批评她"不应该"，而是不留情面地将眉眉内心的隐秘完全撕裂敞开，字字见真，酣畅淋漓。请看这一段：

> 我一直惊奇你在五岁时就能给自己找出这么真实完美的道理眉眉。你滑过了那最重要的关节重要的不是肚子难看而是你恨它，因为恨它所以才难看了。你滑过了最重要的环节你知道那肚子里生长的是什么，你知道那里有个将与你共同存在的生命……假如你成功了你也不会负担法律责任——自然，你五岁时还不知道什么是法律，法律对人类又有什么意义。你灵魂深处的恶劣利用了你的年龄，你

① 鲁迅：《〈穷人〉小引》，《鲁迅全集》第7卷，人民文学出版社1981年版，第104页。

不谙世事虽然你无所不知。[①]

事实上，在将人物的行为定性为人性的罪恶时，我们已经明晰了其动机的卑劣，而现在由他们自己说出来，性质就大不一样了，它不是被迫交代，而是负疚心情的真诚表白，这需要巨大的勇气。所谓“负疚”，“是个人对自己生命的欠缺的道德承负”[②]。由此可见，他们对自己罪恶的勇敢承当；也可见，不仅罪恶本身具有隐秘性，而且铁凝将道德的归罪也完全还原为一种纯粹的自我心灵事件。所以，她的有关罪恶的道德伦理叙事表现出这样一些特质：其一，它剥离了主体所要承受的来自外界的压力，如法律制裁、他者的道德谴责等；其二，正因为切断了与外界的联系，于是只剩下孤绝的个人，罪恶的承认与承担与否完全成为当事人个人的问题；其三，“罪”这一事件造成当事人心中永远的伤痛和心理阴影。[③] 在此，铁凝强调了良知的自我发现的重要意义。首先，在剥离了其他外界因素的审判而只有主体一人的情况下，他能够主动承认自己的罪恶，实属难得！其次，他承认罪恶的勇气和良知让人们看到了人性走向纯洁和善良的可能。《大浴女》中，尹小帆、唐菲与尹小跳之间的差异就提示了这种可能和希望。应该说，不管是否有预谋，她们三人的行为间接地共同促成了尹小荃的死，因此她们对尹小荃的死都负有道德上不可推卸的责任，然而面对这一罪恶事实她们却表现不一。尹小跳完全可以像尹小帆一样为自己的行为找一个合法的理由，事实上她也曾试图逃避，但终不能够，反而罪孽感越来越明确深重。虽然她从未向谁坦陈，但她内心的搏斗和行为上的善举却是她自我道德归罪和渴望救赎的明证。而尹小帆不仅为自己的行为寻找到了合法性的理由，甚至把自己想象成救人的英雄，只是因为当时姐姐拉住了她的手使她未能当成英

① 铁凝：《玫瑰门》，春风文艺出版社2003年版，第38页。

② 刘小枫：《沉重的肉身——现代性伦理的叙事纬语》，上海人民出版社1999年版，第313页。

③ 参见赵艳《罪与罚——关于铁凝小说的道德伦理叙事》，载《小说评论》2004年第1期。

雄。这样，本为同谋的她不仅解脱了自己，还把审判的矛头指向了尹小跳。唐菲则始终没有再提及此事，更不会承担她的罪过。这种有意识的对比，足见铁凝是把自审作为一种可贵的人格精神来予以倡扬的。

在此，铁凝提出了一个如何面对自己罪恶的问题。作为事实，罪及其所造成的后果并不会随着人一时的良心发现而消失，对于一个真正具有品格的人来说，它会化作一种罪感作为生的一部分伴随其一生，就像铁凝所说："从前的一切我可以不再提起，但我却永远不会忘记。"[①] 这种终身性的心理阴霾和罪感意识随时随地噬咬着人的心灵，成为对人的最大的惩罚。当然，这种心灵惩罚是主体自我的主动承当，而不是被迫拘囿于罪恶事件所造成的心理阴影；它不应该表现为自我人格的再次扭曲，它应该是基于向善渴望的一种心灵忏悔和精神炼狱。从这种角度讲，很多人认罪的态度有失真诚反而近于"作秀"。《麦秸垛》中，告密的杨青随即觉出脸上发烧，并且想起宗教故事里有个叫犹大的人。把自己和犹大作比是她良知自我发现和忏悔之情的流露，然而这一切都只在脸红的一瞬间发生和完成，随着女生们对沈小凤的咒骂，她很快就从这种忏悔情绪中走了出来。"杨青从来不愿弄清、也不愿回忆她在大队部到底说了什么。"可见，报复的罪恶并没有在她心中留下任何阴影，她的忏悔也仅仅是为了寻求一时的心理安慰。因此，杨青很快就回复到从前的欢乐中了。司猗纹对妹妹的探望也可视为她良心发现的证明，但是这种良知发现也转瞬即逝，她又开始了新一轮的对他人的继续伤害。这不得不让人怀疑她的真诚。在受虐与施虐的往复中，她逐渐成为一个灵魂扭曲和人格分裂的人也就在所难免。与杨青、司猗纹不同，韩桂心的内心一直被强烈的罪感意识笼罩，幼年杀人成为她一生走不出的心理阴影。事实上，她属于幼童"犯罪"，而且事情真相并不为外人所知，因此，其行为无论是否造成灾难性后果，都不会受到来自外界的惩治或道德的审判。然而罪感意识却牢牢盘踞在她的心中，这至少表明她对自

① 铁凝：《写在卷首》，载《玫瑰门》，春风文艺出版社2003年版，第2页。

己的罪恶是自知的。但也仅此而已，她并没有将忏悔进行到底。对任何人来说，生活在某种阴影中总是让人不痛快的，但如果他把这作为一种自我的精神炼狱，那他就会为能获得一种心境的提纯而情愿接受这种惩罚。但韩桂心却不愿承受被惩罚的痛苦，总幻想着通过外力拒斥惩罚的来临。对于目睹了她的罪行但出于私心隐瞒了真相的妈妈，她不仅不报以感激反而反复地施以精神折磨。而她借以施以折磨的方式就是重提往事，尽管每一次重提对她自己也是一种痛苦。她不惜以自己承受痛苦为代价去故意伤害母亲的做法，从实质上来说是一种罪恶的转嫁，在对母亲痛苦的鉴赏中幻想自己的清白；丈夫“这世界上不为人知的事件太多”的历史发现让她感到“一种前所未有的轻松”，而这不过是通过自我向群体的道德趋同来获得一种虚假的心理安慰。那么，成年的韩桂心对童年往事的真实追述和诉说应该是她直面自我的道德审判吧？非也。她之所以不顾一切地说出当年的秘密，不是认罪，而是逃避上帝对她的惩罚，目的只是为了怀上子嗣以保住现有的家庭和荣华富贵的生活，与悔过和救赎无关。为此，她甚至毫不顾及真相的揭示将对死者亲人再次造成巨大的伤害。可见，她实际上依然没有真正认识到自己的罪恶，而是继续深陷罪恶的泥潭，这样的灵魂是永远无法得到救赎的。她和杨青、司猗纹等一样，她们偶一瞬间的良心发现仅仅是一种欺骗自己和蒙蔽他人的假象，其面对罪恶的缺乏诚意使她们自己阻断了灵魂走向崇高的通路。相反，苏眉、尹小跳她们不留情面的自审才是正确的态度。然而，铁凝的探讨并没有就此结束。她探讨罪恶问题的最终目的是引导人洗净罪恶走向善良，自审品格自然可贵，但它只是实现心灵救赎的基础，表明了向善的可能。一个人，只有当他在自审和心灵惩罚的过程中体会到了为人的原则，培养起了善良的品性，他才真正完成了自我灵魂救赎的过程，他才真正脱胎换骨，成为一个具有高尚品格的人。在这种意义上，我们更深刻地理解了鲁迅先生的话：“凡是人的灵魂的伟大的审问者，同时也一定是伟大的犯人。审问者在堂上举劾着他的恶，犯人在阶下陈述他自己的善；审问者在灵魂中揭发污秽，犯人在所揭发的污秽中阐明那埋藏的光耀。这样，就显示出灵魂的深。”① “犯人”之伟大不仅在于他审判了自己的恶，而且更在于他接受了善的指引，从此弃恶从善。如果自审是面向罪恶的过去，那么向善的信念和行为则指向未来。

《对面》中的“我”，“有时被深夜的光亮偶尔惊醒时，回想起那个被我扼杀的女人，一种久违了的让自己变得好一些的愿望，在这时犹如远空的闪电嚓亮地划过我的心胸”。这是由负疚而生的向善信念，而且在实际生活中他以自己的行为自觉实践了这一信念。当他再次面对个人的隐秘时，他选择了小心的离开而不是再次的窥视，他学会了尊重他人的生命空间，并珍惜所有的美好事物。他以一颗向善的心面对生活和曾经的罪恶，尽管这种罪感还不时袭扰他心头，但他终究获得了内心灵魂的安宁与澄明。“对面一片清明”，是他面对罪恶因心生善感而心境坦然的真实写照。《大浴女》中的尹小跳一度也曾像韩桂心一样，她不反省自己反而怪尹小荃把她变得鬼鬼祟祟，让她丧失了清白的可能。如果再往前走一步，她就会变成第二个韩桂心。然而由于赎罪的欲望如此强烈和真诚，她没有走向歧途。她一次次地把自己置入当年的情境中，一次次反省着自己的灵魂，终于认识到了自己不可饶恕的罪恶。并且在不断反省的过程中她还学会了对他人的宽宥和理解，哪怕宽宥和理解的结果是自己受伤也毫无怨言。她宽宥了玩弄其情感的方兢，也宽宥了一直和她做对、与她争夺一切的自私的尹小帆，也宽宥了失职的母亲，唯独没有放过自己，所有的隐忍和受伤都被她看作对自己罪过的应有惩罚。不过她的宽宥没有因为要尽快实现救赎而变得毫无原则，而是基于内心深处对他人真诚的理解和体贴。母女间的紧张关系一直是铁凝小说经常关注的细节，但是在《大浴女》中它却出现了由紧张到缓解的变化，而促成关系缓和的就是尹小跳的宽宥情怀。当然，对母亲的宽宥之情并非突然而降，那是长久的向善渴望和积淀在此刻的顺势而自然的流露。

① 鲁迅：《〈穷人〉小引》，《鲁迅全集》第7卷，人民文学出版社1981年版，第104页。

尹小跳的善举和心甘情愿的受难终于使她抵达“内心深处的花园”，完成了其“灵魂在场的精神洗浴”，而这也正是这篇小说的主旨所在。也因此，她对在她脑中挥之不去的尹小荃由恐惧转向感激：“是这个死去的孩子恐吓着她又成全了她。她想象不出一个死的孩子，能养育她的活的品格。她这品格是无人能够说出不好的，那应该是人类的文明所向。”

人性善恶一体的特性使我们不能回避人性的罪恶，同时又让我们看到了救赎的希望。而铁凝则为我们指出了由罪恶走向灵魂救赎的具体道路：承认罪恶—勇于自审—心生善念—力行善举—灵魂救赎。这是人性的艰难的蜕变过程，但正因唯其艰难，才更显示出一个人灵魂的深刻和高尚。

弗罗姆曾经说过：“今天的道德问题，是人类对自身的漠不关心。问题在于，我们丧失了对个人之重要及个人特性的认识能力，我们使自己变成了实现外界目标的工具，我们把自己当作商品来体验并加以处理，甚至我们的力量也从我们自身中远离而去。”[①] 这句话可以用来描述当下这个时代的特点：一方面，这是一个人类精神充满危机的时代；另一方面，这又是一个对人的精神信仰普遍失语的时代。在这种时代背景下，铁凝对现代人格的探求显现出其极大的勇气和胆识。她的创作不仅触及了社会现实，而且面对人类精神这一重大问题她不再保持沉默，而是发出了带有审视甚至是挑剔意味的尖锐声音。说到底，它不过表达了铁凝希望通过批判来重建人的精神信仰和现代人格的一种热切愿望，正如她自己所说，“有些故事可能有那么一点失望感，对生活的不太恭敬”，“但却有一种希望它更神圣的内心渴望和焦灼在里边”[②]。铁凝对

---

① ［美］埃里希·弗罗姆：《人性的追求》，王建康译，上海文化出版社 1989 年版，第 200 页。

② 铁凝、王尧：《文学应当有捍卫人类精神健康和内心真正高贵的能力》，载《当代作家评论》2003 年第 6 期。

当前社会的精神现状不无担忧，但她还是对人类满怀信心和希望，就如弗罗姆所说，结局的好坏“其决定者是人类。它决定于人类能否真诚地对待自己和自己的生命、幸福，决定于人类能否主动面对自己与社会的道德问题的意志，同时，它还决定于人类实现自我以及为自我而生存的勇气”①。铁凝的创作首先表明，至少她自己具备这样的意志和勇气。而意志和勇气产生的前提当然还是铁凝的人文情怀，因此，她对人类精神和心灵的深刻剖析，是其“对人类对生活永远的善意、爱和体贴”这一不变的创作核心的再次显现，又一次接通了中庸之道追求人的和谐这一内在的精神旨意。同时，她对人类精神问题的关注不仅挑战了自己，而且挑战了整个中国新时期文学。中国新时期文学至今走过了三十多年的历程，一直少有对于精神和心灵的冷峻追问，缺少在人性和形而上层面上的怀疑和追寻。20 世纪 80 年代，文学基本上延续了“五四”文学的传统，继续承担着启蒙和拯救的社会职责，其思想政治的意义大于精神文化的意义。进入 90 年代，文学虽然挣脱了政治话语的束缚，但是商业化和市场化的兴起，又使得文学顺应和迎合消费时尚的需求而呈现出休闲化、娱乐化的面目，因此文学又陷入形而下的层面。而从某种意义上说，文学最深刻的力量就在于对人的精神境界的拷问，对人的心灵世界的深度展现。铁凝对现代人格的探求目标所指就是人的精神和灵魂，因此，她的创作改变了中国新时期文学一直以来精神失语的现状，起到了使文学重返心灵和精神殿堂的作用。

---

① ［美］埃里希·弗罗姆：《人性的追求》，王建康译，上海文化出版社 1989 年版，第 202 页。

第三章 悲悯审视

——铁凝小说的悲剧意识

从第一本小说集《夜路》开始，到《哦，香雪》和《没有纽扣的红衬衫》，再到《村路带我回家》《麦秸垛》《近的太阳》《玫瑰门》，一直到当下的创作，善良纯净作为铁凝小说的“底色”一直没有改变。无论是评论家还是普通读者对其小说的善良“底色”，对作品的诗意情调达成了共识，比如孙犁曾评价其小说“从头到尾都是诗”，“是一首纯净的诗，即是清泉，它所到的地方也都是纯净的境界”（孙犁 1982 年 12 月 14 日写给铁凝的信）；其艺术特质是“天真的、单纯的、真诚的”（王蒙）；20 世纪 90 年代初期，有人把“寻找并表现生命长河中的纯净瞬间”看作铁凝作品的灵魂[①]；近 20 年后，谢有顺再次发现铁凝小说中的“善良”，并指出了它在当代文学中的重要意义。

这些对铁凝艺术个性的评价可谓一语中的，但也给人一个印象，即铁凝的小说与深刻、悲剧无关。而事实上，如果细细体会，透过铁凝诗化的语言、欢快明朗的情调，我们分明可以感受到小说中所隐含的悲凉与忧伤。只是长期以来，这些悲剧意蕴某种程度上被人们极力称道的纯净诗意的风格遮蔽了，而且由此所形成的思维惯性也限制了人们的思维，使人们忽略了其作品背后的悲剧意蕴。显然，这与铁凝作品的实际

① 丁帆、齐红：《寻找生命的纯净瞬间——论铁凝的短篇小说》，载《长城》1995 年第 3 期。

内蕴是不相符的，某种程度上反映了学术界对铁凝的隔膜和误读。悲剧是现实生活中的一种现象，是社会冲突的必然产物，对一个具有强烈现实感和社会责任意识的作家来说，当然不能回避悲剧。尽管铁凝笔下塑造了一系列美好的人物形象，比如香雪、安然、大芝娘、孕妇等，但她并没有因此而美化现实，而是对生命的悲剧性质有着清醒、充分的认识。在这一点上，铁凝与前辈作家沈从文境况相同。汪曾祺曾为恩师沈从文作品遭遇的不公正评价进行辩解，他明确地否定了沈从文的“牧歌”之说：“沈先生写农村的小说，大多是一些抒情诗，但他不是使人忘记现实的田园牧歌。他自己说过：你们能欣赏我故事的清新，照例背后蕴藏的热情却忽略了；你们能欣赏我文字的朴实，照例那作品背后面隐伏的悲痛也忽略了。”“说他美化了旧社会的农村，冲淡了阶级矛盾。旧社会的中国农村诚然是悲惨的，超阶级的剥削，灭绝人性的压迫，这样的作品当然应该有人写，而且这是应该表现的主要方面，但不一定每篇作品都只能这样，而且各地情况不同。沈先生美化的不是悲惨的农村，美化的是人。”① 同样，铁凝也认为美好和沉重共存于生活之中，她美化的不是沉重的生活而是美好的人性，因此，她曾这样明确地表述说：“生活是那么美，又那么沉重；没有沉重就无所谓美，美就是寄寓在沉重之中的。”② “写生活的美，不等于美化生活。”③

对生活的沉重性质的认知，使铁凝以一种悲悯情怀对人的各种生存困境进行了真实呈现和理性沉思。这种生存困境不单指具象的现实，而且拓展到存在主义的哲学层面。对生活美的发现，又使铁凝对悲剧的表达不像西方传统悲剧一般表现为矛盾冲突的截然对立，而是同沈从文一样，其“悲痛感情是含蓄的、潜在的”④，是给人淡淡的暖意的。美与沉重共存于她的小说，达到了一种和谐的艺术境界。

---

① 汪曾祺：《一个爱国的作家》，《汪曾祺全集》第 4 卷，北京师范大学出版社 1998 年版，第 249 页。

② 铁凝：《真诚地去寻找真诚》，载《长城》1983 年第 4 期。

③ 蔡葵：《寓变于不变之中——铁凝近作漫评》，载《当代作家评论》1987 年第 2 期。

④ 铁凝：《真诚地去寻找真诚》，载《长城》1983 年第 4 期。

第一节　小人物的生存悲剧

朱光潜从西方传统悲剧理论出发，认为“崇高”是悲剧的主要美学特征。首先，就悲剧主人公来说，“崇高”体现在地位的重要上。“被轻蔑的爱情的惨痛和悔恨的痛苦，在一个农夫和在一个帝王都是一样地动人，这当然都对，但是不可否认，人物的地位越高，随之而来的沉沦也更惨，结果就更加悲剧性。一位显赫的亲王突然遭到灾祸，常常会连带使国家人民遭殃，这是描写一个普通人的痛苦的故事无法比拟的。”① 其次，“崇高”意味着悲剧主角往往是一个非凡的人物，无论善恶都超出一般水平，他的激情和意志都具有一种可怕的力量，“心灵的伟大”是悲剧中关键之所在。不同于朱光潜，铁凝的悲剧主人公都是一些最平凡、最不引人注目的小人物。几十年前，鲁迅曾用“几乎无事的悲剧”来命名这些由处于社会最底层的小人物所演绎的悲剧，他说：“这些极平常的，或者简直近于没有事情的悲剧，正如无声的言语一样，非由诗人画出它的形象来，是很不容易觉察的。然而人们灭亡于英雄的特别的悲剧者少，消磨于极平常的，或者简直近于没有事情的悲剧者却多。”② 从这种意义上说，铁凝的悲剧意识接近于鲁迅。这些小人物是不幸的，但大多是善良的，即便有些缺陷也不是所谓的坏人。因此，他们的悲剧虽然不能唤起所谓的“崇高感”，但是却能够唤起读者对他们的同情和对社会的悲愤之情。

这些小人物，如《灶火的故事》中的灶火，《明日芒种》中的文昌老汉，《晚钟》中的退休老夫妇，《远城并不陌生》中的郁南妮、苏怀胄，《村路带我回家》中的乔叶叶，《麦秸垛》中的大芝娘、沈小凤，

---

① 朱光潜：《悲剧心理学》，安徽教育出版社 1996 年版，第 120 页。

② 鲁迅：《几乎无事的悲剧》，载《鲁迅全集》第 6 卷，人民文学出版社 1981 年版，第 371 页。

《闰七月》中的闰七月，《玫瑰门》中的司猗纹、姑爸等，无论是农民、城市平民，还是曾经的革命者，抑或插队知青，都是些地位卑微、本性善良的人。他们的愿望也十分平常，并无非分之想。文昌老汉儿孙满堂子女孝顺，然而他却出人意料地在芒种的前一天自缢身亡，原来是他一时无法接受火葬所以要赶在允许土葬的芒种前死去。老人要土葬的愿望几乎算作卑微，可在现实生活中却难以实现，最后虽然实现了，却付出了生命的代价，读来让人心酸。从事革命事业多年如今退休的老夫妇要收养一个孩子，为的是要亲自体验一次抚养生命的艰辛，以弥补以往因忙于革命工作而留下的遗憾，但是却不被儿女理解。铁凝 20 世纪 90 年代之后的一些作品更是谱写了小人物的悲欢。《棺材的故事》中的肥肥和大宽借以享受幸福生活的自由空间竟是一个水泥棺材，这种难得的幸福却又因棺材突如其来的被卖而结束，同时结束的还有他们正在熟睡的生命。《小嘴不停》中的户老先生和《晕厥羊》中的老马经受着来自家庭的温柔暴力的身心折磨；《树下》的老于、《逃跑》中的老宋在贫困中挣扎。透过平淡冷静的叙述，我们不难感受到铁凝对小人物的苦难人生和生存困境的微弱抗议，对于挣扎着的生灵的无奈叹息而又温热的悲悯。具体来说，这些小人物所面临的生存困境有这样几种：

物质困乏的悲剧。按照马斯洛对人的需求层次的划分，满足人体生长发育的生存需求是最为基本的。因此物质的匮乏和生活的贫困是人所面临的最为根本的生存困境，它是导致人生悲剧产生的最大根源。任何时代尤其是在以物质财富的多寡衡量人的社会地位的当下，这些物质困乏的人群都始终处于社会的底层，是真正意义上的确确实实的“小人物”。铁凝的很多小说对这类人物的生存困境进行了叙述，比如《哦，香雪》《闰七月》《青草垛》《小黄米的故事》《秀色》《砸骨头》《逃跑》《省长日记》等。对于《哦，香雪》的在此出现，大家一定感到意外。它诗一样的抒情气息以及香雪单纯明朗的性格，使人们无论如何无法把它与悲剧联系起来。然而，如果对作品进行深入的分析和感悟，香雪的塑造却流露着淡淡的悲剧意味。香雪 17 岁时才作为村里唯一考上中学的人有幸第一次走出大山，第一次认识了什么是自动铅笔盒。父亲为她特意制造的小木盒的相形见绌，使她为了得到一个铅笔盒而做出了星夜独自沿铁路走回家的大胆举动。这固然是追求未来和希望的一种美好象征，然而，将香雪的希望和追求具体、简化为一只自动铅笔盒的获得，还不够令人心酸吗？它只能更加反衬出现实生活的极度贫困，这使得她为了这样一个小小的心愿竟然费去了满腔的热情和浑身的力气。香雪的悲剧性就在于："青春活力与美好向往在特定社会物质文化条件下的畸变。"① 香雪付出的还仅仅是热情，而有的人为此却付出了身体和尊严的代价。闰七月（《闰七月》)、一早（《青草垛》)，"小黄米"（《小黄米的故事》)，秀色村的女人们（《秀色》)，这些女性都曾为了摆脱某种贫穷而遭受过身体的屈辱。当然除了闰七月以外，其他几位女性的"出卖身体"都带有更多自觉自愿的成分，这曾经被作为女性的负面文化受到批判，但是如果换一个角度，从外在环境去考察，不是可以反映出她们生存条件的恶劣吗？如果不是穷得走投无路，谁会情愿以自己的身体作为换取物质保障的资本？闰七月自不必说，为了活命她不得不接受来自陌生男人的身体骚扰；一早怀着摆脱贫穷的美好愿望踏入城市，却落入了可怕的陷阱；17 岁的小黄米灵魂几近麻木，这麻木完全来自对连酱油都没见过的穷日子的体验。对穷日子的恐惧填满了她的心，使她没有闲情去考虑灵魂、尊严的问题，而且对一个 16 岁才见识了酱油的女孩子来说，这些问题也许太深奥和悬虚，酱油所代表的温饱生活才是与其利益最为切近的东西。然而，从她对玻璃门上女明星照的爱惜中，可以看出她心中并不是只有"酱油"而是还有很多梦想。只是物质的过于贫困使她不敢设想未来而只想过好眼下的日子，这日子是否体面她是不在乎的。对于《秀色》中女人们的行为，有人看到了女人精神的畸变，有人读出了壮烈和豪迈，然而我却从所有这一切里感受到了贫穷带给人们的无奈和心酸。如果不是秀色因缺水而面临存亡的危

---

① 方伟：《论铁凝审美意向与艺术个性之流变》，载《河北学刊》1988 年第 6 期。

机，张品的母辈们怎能放下至为高贵的尊严，用身体勾引和贿赂打井队员？男人们又怎能眼看着自己的女人去卖身而能忍下这份屈辱？张品又怎能连女儿身都不顾惜而重蹈母亲的覆辙？恶劣而贫穷的生活就是如此折磨着善良无助的人们。《省长日记》中的孟北京不是“不爱吃菜”，而是因为家庭拮据舍不得买菜。为了守住这个荒唐的“谎言”，他付出了因营养失衡而身体遭罪的惨重代价。《逃跑》中，老宋完全可以靠募捐而来的钱款治好腿疾，却又出人意料地选择了截肢，只是为了省下钱来补贴家用。老宋那空悬的左腿，孟北京失却健康的皮肤，以生命残损的方式无言地诉说着他们的穷困，并透视出他们为摆脱贫困所做的令人心酸的痛苦挣扎。

新时期的“新写实”小说同样书写了小人物为摆脱物质困乏而“奋斗、挣扎”的人生，但与铁凝的叙述又不尽相同。在“新写实”的部分小说中，维持基本的生存对人物来说已不成问题，所谓“困乏”，只是相对于其所追求的更高的物质目标而言。在此，物质与世俗、享乐等大众文化理想同义，因此，他们的所累是为俗世所累，进而才产生了精神的迷失，如《单位》《一地鸡毛》中，小林的人生蜕变经历；而铁凝小说中的人物却大多还在为基本的生存而挣扎，“享受”对他们而言简直是奢侈。人物所有的挣扎都以生存为出发点，即便是其堕落也传达出更多心酸的人生况味。因此，如果说“新写实”小说中的小人物已然处于边缘底层，那么铁凝笔下的小人物更是一种绝对意义上的边缘、底层。从这种意义上讲，铁凝对物质困乏现象的关注可谓触及了当下另一种真正的现实；她的叙述是一种真正意义上的底层叙述，是其平民姿态和悲悯情怀最为真切实在的体现。

传统文化和伦理的悲剧。雷蒙·詹姆斯曾经用共存的三种不同的文化形态——“主导的”（dominant）、“剩余的”（residual）和“崛起的”（emergent），来说明同一时刻社会文化的非单一性。他指出，三种文化不仅彼此之间互相产生影响，而且还各自对当前的社会产生影响作用。按照詹姆斯的看法，这儿所说的传统文化和伦理应该属于其中的剩余文化，即那些往日有效地建立起来的意义和价值观。这些剩余文化，有些对当前社会依然发挥着积极作用，而有的却成为历史发展的桎梏，给人们制造着无尽的伤害。由于这些传统的文化和伦理经历了长期的存活发展，如今已经成为积淀在人们行为模式、思维方式、情感态度中的一种根深蒂固的文化心理和无意识，因此它们发挥影响的方式虽然比较隐秘，但是它所构筑的舆论空间却具有强大的笼罩力和导向力，令人难以抗拒。如果说物质困乏所造成的悲剧侧重表现为对人的肉体的伤害，那么传统文化和伦理对人的伤害则侧重于对人的思想意识的禁锢；前者是有形的，而后者却近于无形，但这种无形的力量所制造的伤害较前者却更为惨重。

小说《那不是眉豆花》，叙述了一个农村姑娘因生活所迫嫁给一个呆傻男人的婚姻悲剧。然而姑娘的悲剧并不在于传统的包办和买卖婚姻，而更多地在于她对不幸婚姻的默默忍受。尤其是当她在丈夫的弟弟那里寻找到她想要的爱情时，她却选择了逃避，是传统伦理的道德防线使她难以跨越，而只得把对弟弟的爱情转化为合乎伦理道德的亲情关怀，以此来宣泄她的爱。然而当弟弟离别之后，她又将怎样面对自己孤寂的心灵呢?《麦秸垛》经由对大芝娘和沈小凤两代女性的轮回式悲剧命运的书写，揭示出传统生命方式和生存方式的残酷性和顽固性，即便是有文化的沈小凤也在劫难逃，甚至走向了绝路。《灶火的故事》中的灶火，在和女性身体偶然的一次接触中，在对女性裸浴的无意窥见中，产生了对爱情和性的向往，这本无可厚非。然而他却不能正视，而是对自己的行为和想法产生一种罪恶感和恐惧感，这成为它永久的心理负担，最终导致他在革命胜利后立即“复员为民”，并且一直独守空身。归根结底，乃是传统伦理文化压抑了他身体及生命的觉醒，制造了其本不该成为悲剧的人生。以上人物的悲剧固然有其自身的原因，他们的愚昧无知、自动妥协加速了其悲剧的到来，然而这并不能使传统文化和伦理的惰性力量逃脱罪责。即如司猗纹的抗争，结局也不过如此。对于她，对女性审丑文化的强调曾一度遮蔽了其作为一个鲜活的生命所遭受的心灵伤害。司猗纹悲剧的开始首先源于她接受过“五四”文化的洗礼，具有了初步的自我认识。就像冰心从中西文学的对比中所认识到的那样，西方人的“自我”认识，是一切悲剧艺术的起源。有了自我认识以后，“就有了自由意志，有了奋斗去追求自由，而一切悲剧就得产生”[①]。尤其在一个传统文化还十分强大的环境下，更加注定了自我抗争的悲剧结局。司猗纹的抗争不足以抗拒传统封建文化的强大力量，她最终还是被迫接受了父母对她婚姻生活的安排。继而，婚前的不洁行为又使她在婚后承受了来自有关贞节的世俗观念的惩罚。说到底，她虽然貌似强大但依然是传统文化伦理的一个牺牲品。而牺牲品又岂止她一个，庄少俭和齐小姐不同样是封建婚姻的受害者吗？在此，铁凝实际上斩断了悲剧人物个体的文化意识与其悲剧命运之间的必然联系，像司猗纹、庄少俭、齐小姐，都受过新式教育，但他们不都没能逃过来自传统文化和伦理的沉重打击和伤害吗？因此，这更加暴露了外部生存环境对小人物的强大制约力。

社会历史和政治的悲剧。铁凝的很多作品都涉及“文化大革命”，虽然她没有正面描写“文革”历史的重大政治冲突和斗争，但是却表现了“文革”这一特殊历史所给人们造成的伤害。她曾经创作过几篇以知青为主人公、以插队生活为题材的小说，像《村路带我回家》《麦秸垛》《醉年》等，这些作品并不以表现“文革”悲剧为主，但是在其平静和貌似轻快的叙述中，仍然能看出作家对那段不堪回首的历史的复杂心情。《村路带我回家》是铁凝较早描写插队生活的小说。或许，相比于其他女知青，优柔寡断的乔叶叶是幸运的，她既得到伙房师傅盼雨的照顾，同时还有一同下乡的知青宋侃的爱情滋润。然而，最后她却阴差阳错地嫁给了她并不爱的盼雨。她之所以嫁给盼雨，固然起因于男青年金召无意中的一场恶作剧，但更多的还是政治使然。一些人出于政治的需要由恶作剧顺势将乔叶叶作为扎根农村的榜样推上了惹人注目的位

① 冰心：《中西戏剧之比较——在学术讲演会上》，《晨报副刊》1926年11月18日。

置，即便她有心辩解却迫于政治形势的压力而不得不接受现实，变成了盼雨的媳妇。不幸接踵而至，先是盼雨过早地离开了她，后是同伴们陆续回城或考上大学，唯有她无望地留在了农村。宋侃对她的真诚许诺又被她自己食言，而嫁给了金召。就这样，她把自己一生的赌注都押在了农村。乔叶叶是不幸的，她的婚姻一波三折。这与她没有主见的个性自然相关，但如果没有“文革”，没有下乡，她就不会受历史的无情捉弄而违心地嫁给她并不爱的盼雨，而会按照正常的逻辑，与彼此相爱的宋侃结婚。《麦秸垛》中知青沈小凤的悲剧除了传统文化的原因外，也同样是场历史的悲剧。在那个不正常的年代里，她、陆野明、杨青三个知青产生了人的正常欲望，但革命的严明纪律却不允许他们正常地表达欲望；而且在物质生活和文化生活贫乏、单调、枯燥的农村环境中，这种正常欲望又无法通过其他健康的方式得以转移，因此才产生了无爱的性关系，酿致了沈小凤的死亡惨剧。而与此有关的陆野明甚至杨青，他们的心灵又何尝快乐轻松过？沈小凤的死亡在他们心中留下的阴影以一种持久性的力量形式影响着他们回城后的生活，使他们本应轻松的生活变得沉重起来。《大浴女》中，章妩所受到的伤害与之相同，而且它还构成了其一生悲剧的源头。《死刑》中的林先生、《色变》中的于伯伯、《玫瑰门》中的姑爸等所受到的伤害都来自“文革”中的革命暴力。革命暴力所施之于他们身上的伤可以疗治，而由此所产生的心灵创伤却难以化解。《灶火的故事》和《胭脂湖》大胆地揭示了特殊时期所谓的革命原则、革命事业的非人性化的一面，它们压抑了人的正常欲望，无视人的生命尊严。面对所谓的革命、政治，人都不具备了生命的内涵，而成为社会历史和政治的一个符号化的对象，在它们面前，人比在任何时候都更加无助和渺小。或许只能感叹生不逢时，命该如此吧。

日常规范约束的悲剧。所谓日常规范，是指在日常生活中逐渐发展起来的并被公众所普遍认可的一种行为方式或价值规范，简而言之，就是约定俗成的东西。它没有明确的所属范围而是广布于生活的各个角落，潜藏于人的潜意识而无须人们的刻意遵守或标榜就先已存在，并且一经形成就开始发挥作用。从这种意义上讲，它与前述传统文化和伦理有相似之处，但又不完全相同。传统文化和伦理通常具有某种深刻的历史渊源和文化积淀，因此很难从根本上改变；日常规范的产生却是一种习惯的养成，这种习惯既可以指向集体，以一种集体无意识的抽象形态存在；又可以产生于个人，以个人无意识的具象形态而存在。不管怎样，它发挥作用显现力量的对象都指向日常生活中的细枝末节，因此，它更贴近于小人物的世俗人生。身处其中，人们可以从自身符合常规的行为中获得一种安全感，然而，日常规范同时也限制了人的自由行为空间，消磨着人突破自我的意志和勇气，构成了对人的约束力量。有谁若试图反抗它，却又有如步入无物之阵找不到对手。从悲剧冲突的不易觉察性的角度而言，由它所引发的悲剧比其他任何悲剧都更贴近小人物的“几乎无事的悲剧”的特质。虽然几近“无事”，但它的力量却无处不在，而且十分强大。从这个层面而言，它有些类似于法国思想家米歇尔·福柯所说的“权力”。他曾经对“权力”做过这样的解释：“权力无所不在，不是因为它包容万物，而是因为它来自所有的地方。”① 在他看来，无处不在的权力组合成一个网络系统，任何人都受制于这种深层的、复杂的权力关系之中，无法逃脱。它代表着一种普泛化的优势力量，支配着人的活动。铁凝笔下的日常规范就具备这样的威力，只不过它是以一种貌似温柔的力量形式发挥着自己的效力，是一种温柔的强制力量。如果说传统文化和伦理发挥效力更多来源于其极具宏阔统摄力的社会制约性，那么对日常规范而言，则来自其日常普泛化的世故性。

《没有纽扣的红衬衫》中的女中学生安然有着强烈的个性意识和自我意识，而缺乏被日常规范所认可的世故，因此她在生活中处处受挫。她不徇私情，给班主任当面纠错，被认为是爱表现自己，自不量力；她不懂得掩饰，在作文里指名道姓地批评班长的虚伪，被认为是爱贬低同学，丑化班干部；她性情直率，喜欢和男孩子一起玩，喜欢穿没有纽扣

① ［法］米歇尔·福柯：《性史》，姬旭升译，青海人民出版社1999年版，第81页。

的红衬衫，这也不符合日常的世俗规范。她以一颗真诚的赤子之心同生活中的荒谬和虚伪做着坚决的斗争，然而她这种可贵的自由个性却被世故观念所压抑，她挂满忧愁的脸庞诉说着她的困惑也诉说着她的悲剧。《蝴蝶发笑》中，行事方式与日常规范处处相左的杨必然，终于将手伸向了骑车的姑娘，这又一次突发奇想之举，只是为了帮姑娘除掉上衣背后的、在他看来有碍观瞻和健康的“蝴蝶结”，结果却被看成欲施非礼而名誉扫地，丢了工作。他的悲剧就在于“与众不同”，幻想完全依照内心生命的要求自然而然地生活，却因不符合日常社会规范而被宣判为“异类”，终被社会正常体系所拒绝。《我的失踪》同样书写了主人公的荒诞行为，它们都极具象征性地表达了人物对日常规范、常态世故的对抗，但像《没有纽扣的红衬衫》《遭遇礼拜八》一样，人物的反抗都遭致失败的惨状；而《有客来兮》《省长日记》《晕厥羊》《小嘴不停》等小说中的人物则自觉或被迫地遵循着某种日常规范，即便有反抗之心却也很少表现出反抗的行为。而且，在这些小说中，日常规范并不单纯指世俗观念，而是更为具象化地指代某种既成规范的角色意识。《有客来兮》中，出身和贫富之间的差距，使得李曼金在出身高干家庭的表姐面前一直有种自卑感。如今时过境迁，表姐的家庭在改革的大潮中也已经“没落”。表姐一家的到来，正好为李曼金提供了借助周到的接待来改变其自卑心理的机会。她尽职尽责，然而表姐百般挑剔，说话做事依然带着一贯的心理优越感，这让李曼金很不舒服甚至产生厌恶情绪。不过她依然在隐忍中保持礼貌周到，这除了遵循中国人“爱面子”的普遍规范之外，更反映出她难以改变在表姐面前已成惯性的卑微的心理定式。也因此，在表姐马上要离开之际李曼金终于说出了“讨厌”，但却不过几分钟，她就又为自己的行为开始后悔了。如果一开始微笑式的待人处事方式是他人对李曼金的一种角色认定，一当她要背离这种角色就会遭到公众的不满；那么后来，这种角色已经内化为她的一种自我意识，使她自觉地在公众面前一直扮演着这样的角色，而内心的真实想法只能在幻想中表达——幻想于再无须有所顾忌的退休之时，当着单位全体人员的面痛快地把自己的爱憎讲出来。可见，角色意识已经成为她的一种精神负累，它对人实施着一种比外在的日常规范约束更为强大和内在的压抑。《省长日记》中的孟北京和《安德烈的晚上》中的安德烈则受到某种集体无意识的潜移默化的影响，自觉或不自觉地消磨着自己的特征和个体意愿，外部环境一旦发生变化，他们因为无法改变已有的角色而表现出精神的迷茫，并为此遭遇心灵和肉身的痛苦。《小嘴不停》《晕厥羊》中，日常规范的权力则来自夫妻之间，具体表现为服从与被服从的角色惯例，它有如一种无形的权力使惯于服从者再难改变自己的角色，永远找不到自己在家庭中应有的位置，他的人生因此而晦暗失色，了无情趣。

在这些小说中，“理所当然”作为日常规范的题中应有之义得到了完整的体现，借此，日常规范如愿地完成了对生活于其中的人的“收编”工作。然而，它欢庆胜利的时刻却是小人物们泼洒悲哀泪水的痛苦时分。当然，他们被日常规范“收编”在某种程度上有种自投罗网的意味，不过，这恰恰体现了日常规范的隐秘的威力。日常的权力规范于不动声色之中制造着人生的悲欢，人们无论是意欲反抗还是无奈遵循，结果都是一样。小人物的无奈和悲哀出此毕现。

通过以上几个方面，我们对铁凝小说中小人物的生存困境进行了全面的描述。她挣脱了西方“崇高的悲剧”的局限，将关注的焦点从非凡的英雄人物转而移向生活中平凡的小人物，其中部分小人物甚至地位更低下，属于社会的最底层。这种写作视点的下移，使作品渗透着强大的亲和力，反映了铁凝可贵的平民意识和世俗情怀。在她眼里，小人物不因其地位的低下而受到冷漠，而是被还原为一个个真实的充满血肉的“生命”，较之那些所谓的“崇高伟大”的人物而言，小人物生老病死的人生悲剧更具有普泛的人生价值和意义；而且他们身上的悲剧色彩较之英雄人物虽然乏有浓烈却更悠长刻骨。因此，小人物理应受到更多的关注。从他们身上，我们更能体会到生存的艰难与无奈。尤其是在消费主义、酒吧文化流行，白领阶层、偶像人物被奉若星辰的当下，高楼大厦、靓车霓虹等象征社会进步的众多符号，神话般地湮没和覆盖了底层小人物卑微的生命及其悲欢离合。与之相应，我们读到了太多无聊空虚而充满自恋的、为“中产阶级趣味”所复制的文字。相形之下，铁凝对小人物生存悲剧的书写以对生命体验的深深触及、对小人物生存价值的捍卫显示出重要的价值意义。阅读着这些小人物的悲剧，我们有一种强烈的震撼，这种震撼不是来自“对苦难的拯救”，而是更多地来自它让我们“看见”，使小人物的生存状态由遮蔽到浮现。至于“对苦难的拯救”，笔者以为这从来不是悲剧的真正意义所在，因为这对写作者来说是一个过高的要求。事实上，任何人都不具备拯救苦难的能力，正因如此，悲剧才包含了怜悯、恐惧、净化和崇高等精神内涵。然而，悲剧对局外人而言却具备唤醒良知和拯救心灵的作用。因此，铁凝对小人物生存困境的叙述触及了我们这个时代写作伦理的问题，在实际上架构起了拯救我们时代的良心及个体人性的桥梁。由此也显现出，在书写小人物的“几乎无事的悲剧”方面，铁凝与鲁迅先生的不同姿态。鲁迅的作品常常以第一人称“我”作为叙述者，但他只是一个旁观者，并不真正参与故事。比如《孔乙己》中的店伙计“我”，《故乡》中的“我”，《闰土》中的成年后的“我”，他们以超然物外的姿态在观察着、见证着主人公的人生悲剧，尽管对主人公的不幸也报以同情，但同时更留意于人物身上的缺陷，因此总是试图拯救他们，改变他们的命运。这样的叙事者反映出作家知识分子高于人物的身份优越感，这让我们不但看不到小人物被拯救的希望，反而感到一种彻底的绝望。铁凝则把人物还原为一个与作家平等的“生命”，回到人物的命运，回到一个个具体的个人，以一种最朴素最诚实的呈现式的方式叙述他们的生活。笔者以为，这才是一种至真至纯的悲悯情怀。

第二节　人类生存的宿命式悲剧

铁凝对小人物生存困境的描述，主要是从个体生命的角度，从现实可感的各种具象入手表达了对人的生命的悲悯和关怀之情。然而，铁凝对人的生存困境的揭示并未止步于此，同时她还超越了个体和具象化的层面，走向了人类群体这个更广泛而抽象的层面。具体而言，就是对人类生存的永恒困境的揭示。尽管困境的具体所指不同，但困境始终是人所面临的一个无解的难题，这是一种宿命，指向普泛的人类群体和人类生存的永恒，因此，它更为内在地揭示了人类生命存在的悲剧性；悲剧性存在是人类生存的最大的永恒的困境。对人类生存的宿命式悲剧的揭示是个有关人类和生命存在的现代命题，带有某种终极关怀和存在主义的哲学意味，这使铁凝的小说境界获得了一定的提升，从而使她的悲悯情怀更阔达，其对生命的悲悯审视也更见深刻。

当然，铁凝对人类生存困境旨意的传达不是显见的，它蕴含在文本的深层，即如铁凝自己所表述的："写作是不容易的，作家通过自己讲述的故事，不仅要让读者感受他们熟知的种种气息，还须有本领引读者发现他们没有能力发现和表述的一切陌生的熟悉。"① 这种通向深层的"陌生的熟悉"，某种程度上恰恰接通了"寓言"的本质所在。因为所谓"寓言"，据《辞源》的解释，为"有所寄托或比喻之言"。② 美国学者阿勃拉姆斯也解释说："它们讲述一系列前后连贯的事情还表明了另外一系列相关意思。"③ 铁凝小说有关人类生命存在的悲剧意蕴这一旨意，往往就是以一种寓言化的形式暗藏在小说文本之中。不过，深层

① 铁凝：《写作的意义》，载《铁凝散文》，浙江文艺出版社 2001 年版，第 250 页。

② 《辞源》，商务印书馆 1987 年版，第 854 页。

③ ［美］阿勃拉姆斯：《简明外国文学词典》，曾忠禄等译，湖南文艺出版社 1987 年版，第 8 页。

的寄托还仅仅指出了寓言其中的一种含义。从完整意义上来说，“寓”“言”两字要分而解之。寓言之“寓”为寄托之意，而“言”指文学语言，就其本质而言，寓言应有两方面的品质：“言”，文学性的表述；“寓”，观念性的内容，即所谓“设言托意”。因此，“寓言”不仅就旨意而言，而且它还是一种修辞策略和表意方式，是一种关于话语的话语。铁凝的这类小说无疑都具有这样的特征，在她对一些现象和现实事件的反复叙述中，都存在着一种暗示，即总是包含更深的寓意，蕴藏了她对人类命运的带有终极意味的未来关怀和某种现世的理性思索。反过来，这种深层意蕴很大程度上又是借助于文本本身带有的寓言体方式得以顺畅的表达，二者互为依托不可分离。本雅明认为，寓言是社会失落的言说，从文体学上说它是一种风格，而从艺术的存在方式上说，则是一种对充满灾难和威胁的世界的现实表达方式，是现代社会事物与意义、人与其真实本质相分裂的现实处境的表达方式。从这种意义上来说，“寓言化”正适宜于指称铁凝对人类生存困境的书写。它既指作家对人类悲剧性存在这一深层次哲学命题的思索，又指其寓言式主题借以表达的方式。寓言化的主题和寓言化的表达方式，使铁凝小说从整体上呈现出一种寓言化的特征。

《木樨地》这篇小说描述了一个普通庸常、一事无成的戏剧“编导”老万的极富喜剧和荒唐意味的漫画人生。乍看上去实在没有多少深刻的意蕴可供论者挖掘，而顶多在创作方法上体现出铁凝的有所突破，也因此这部小说从发表起一直就没有引起评论界的特别关注。事实上，这部小说却蕴藏深意。还是让我们从故事表层入手。主人公老万的一生大致可以划分为四个阶段：幼年追随“大绿菊”的故事、跟随部队作编剧的故事、“文革”中的经历、“文革”结束后的感悟新生。在这几个人生阶段中，“文革”中的经历联系着他前后的人生故事，因此在他的人生中占据着重要的位置，同时也是他荒唐人生的一个最为显著的历史见证。他接过了“是可忍，孰不可忍”的愤怒口号，自觉而主动地加入了互相揭发的革命洪流当中；他为妻子苗玉芹被抹黑脸、被剃阴阳头而幸灾乐祸，觉得“文革”替他报了妻子不贞的私仇；为了追求时尚，他不惜损害老朋友的利益而胡编乱造地揭发了米良，致使米良遭难。然而正当他处于革命的兴奋之中时，只因一句“吃人肉”的玩笑，他自己也莫名其妙地被人揭发而成为革命的对象，陷入了无休止的写交代材料、被调查的旋涡之中。在他如愿以偿地逃离了记载了他吃人档案的平易市后，他极力想证明为没有的吃人念头却反而在他脑中变得清晰起来，甚至这已经成为确认他存在价值的一个特有的方式。连他自己都不知道若是没有了怀疑、交代，日子该怎么过。从他的“文革”经历和特有的心理中，我们看到了其人生的荒谬以及制造了它的“文革”时代的荒谬。如果把小说的意义最终归结于此也不为过，但却未免失之狭隘。事实上，铁凝通过对老万荒谬人生的叙述更为内在地揭示了世界的荒谬，荒谬是整个人类的真实的生存处境。如此，小说中处处弥散的怪诞场景才能得到合理的解释。同时，这些荒诞场景的组合本身就昭示着某种意味，引领我们向小说的深层掘进。

这里的所谓“荒谬”，与加缪的荒谬理论是同一的，“主要是指存在的非逻辑性、不可捉摸性、无理由性、破碎性、无意义性”①。在这部小说中，很多场景都具有这样的特性。首先，是自然界的失序与荒谬。小说一开始就将我们引入了一个怪异的自然世界。地震前的接连几个月怪事频频：“连着多少天，母鸡清晨打鸣，孩子半夜嚎哭。村口老槐树上又贴起了‘天皇皇，地皇皇，我家有个夜哭郎’的告示”，而且，“市内那座著名书院中的千年翠柏被一阵旋风连根拔起”，终于，“七月的一个夜里，丑时刚过，平易市的暖壶盖、锅盖们忽然啪啪地蹦跳起来，那些依偎在背静胡同的老房、旧墙也吱吱地齐声怪叫。接着，一阵狂躁的、仿佛自地心迸发的运动将清醒的和不清醒的人全部颠下床来”。显然，这样的描述在作品中并非简单地只是作为故事的开端和起因而存在，也不只是通过对地震前兆的客观的细节描绘作一种环境的渲

① 转引自严春友《人：西方思想家的阐释》，中国社会科学出版社2005年版，第190页。

染，而是起到了引领读者进入作品深层内涵的导向作用。尤其是这场地震，作为自然界的一场动乱，它必将给自然界自身以及人的社会生活带来多方面的混乱。作为小说的开头，它不仅为读者即将进入充满荒谬混乱的小说世界做了铺垫，而且成为荒谬主旨的一种先在的象征或隐喻。其次，是主人公的名字、他的口语及行为方式的奇特。小说主人公自始至终只有姓而没有名，他姓万所以一直被称呼为“老万”，他的奶奶和村里人按排行管他叫“老一”。“万”和“一”本是两个通常分别用来表示数量多寡的数字，两个相互矛盾的数字在同一人物的称谓（即代码）中却实现了统一，这并非一种随意的配置，它从数学的角度表明了一种颠倒混乱。两者所指称人物的同一性也表明，“一”就是“万”，而“万”也便是“一”，“万”包含着“一”，“一”也同样包含着“万”，复杂之中有单纯，单纯之中也蕴含着无限的复杂。它们这种难解难分的混杂情状，恰是世界荒谬的原生状态的一种寓言化表现。主人公的口语方式也十分独特，他常常顽固地把一些词语颠倒过来念，如：“发沙”（即沙发）、“喷式器”（喷气式飞机）、“英雄无地不适用”（英雄无用武之地）、“无事非生”（即无事生非）、负辜（即辜负）；有时他随便改变一些常规词语的说法，如把“当然”说成是“忽然”，把“坦白从宽”说成是“坦白从严”，把“是可忍，孰不可忍”改成“你可忍，我不可忍”，把“麦克阿瑟”说成“麦克阿琴”。人物语言作为经验世界在人类头脑中的一种投影，它的这种令人可笑的失序状态正反映出世界自身的荒唐，因此，它也是作为一种隐喻出现在文本当中。另外，他的行为也十分反常。地震中老万本已从震中城市朋城逃了出来，却又十分顽固地再次回到朋城。当他千辛万苦、信心百倍地终于回到朋城，却又无所事事，反而被医疗队强行看守和治疗。再次，人物命运的阴差阳错也是一种失序的表现。老万陪妻子去朋城治病，招待所拒收，好心的门房师傅不忍心他们露宿街头而把他们请进了招待所，这似乎是他们的大幸，然而恰恰是这一大幸铸成了他们一生的大不幸。如果不被请进招待所而是露宿街头，他们就能避开这场突如其来的地震，苗玉芹就不会死，也不会有老万于朋城—平易两地往返的经历。在人生道路选择的最初时刻，老万和米良两人差点阴差阳错地走上不同的道路，当他们再次难中重逢的时候阴差阳错又找上门来。两人之间不再是朋友关系而变成了医患关系，然而身为医生的米良却在救灾中死去，而渴望销毁自己变鬼变猫的老万却活了下来。上述一切荒谬场景最后都收束于老万在"文革"历史中的反常行为，从而与老万的荒谬人生完成了对接。至此，我们对老万荒谬一生的认识也发生了质的变化。铁凝对老万荒谬人生的叙述并不独为表现老万的个体命运，而是指向了整个人类的宿命。荒谬是世界的本相，充满了很多不确定性和不可知性；人生亦是如此，无论祸与福都无法预测也无法逃避。因此，老万这个貌似喜剧式的人物实际上充满了悲剧色彩，他的荒谬处境是整个人类生存处境的真实缩影，是一则生命宿命式悲剧存在的沉重寓言。小说写道："是的，没有认可。这态度深深地打击着老万，他的心比往日要重。他发现，当他摆脱了怀疑时便也摆脱了认可；当不再有人证明他吃过人肉时，也不再有人证明他是编剧和导演。他是一张白纸。是谁说过一张白纸好画最新最美的图画？可他却不知该拿这张白纸怎么办。"小说借人物的这种绝望情绪更强化了其悲剧意味。

小说《对面》中男性叙事者的设置，使人们通常从女性主义立场对其进行意义解读。笔者以为这只是最为表层的一种理解，否则，在"我"与"对面"的故事主线之外所穿插叙述的"我"与另外五个女性的交往，以及对一位男性隐秘世界的窥视这两个情节，在小说中就实属多余，因而也就失去了意义。它们的存在以一种富有意味的方式昭示我们要做女性解读之外的更深思考，正如贺绍俊所说："如果我们把它看作是一篇超性别的小说，我们就能接触到小说进一步的深意。"① 他还说，或许"铁凝真正关心的并不是性别问题而是人的生存境遇的问题"②。具体而言，即人与人之间无法真正面对的生存处境。我们可以

① 贺绍俊：《铁凝评传》，郑州大学出版社 2005 年版，第 170 页。

② 同上书，第 169 页。

从两个方面对此加以透视。一是窥视行为对他人私人空间的侵犯。小说中有两个地方描写到了窥视行为的发生，一次就是被大家所普遍看重的男主人公“我”对“对面”女性的欲望窥视，如果单纯就此而言，其性别对抗意味的确十分明显。不过，在此之前其实就已经发生过一次窥视，即“我”对男性室友的想象性窥视，对“对面”的窥视只是这一次的继续。事实上，无论男女，在窥视者眼里，他们都是作为一个隐秘世界出现的，所以即便是同性室友，对他来说都同样充满诱惑。小说这样写道：“罗欣的洗涮在熄灯之后。当月光透过轻薄的窗帘使房间从漆黑一片转向朦朦胧胧，罗欣便蹑手蹑脚到床下取出他那个小盆，然后是一阵撩水声。那声音谨慎而忸怩，那声音使我辗转反侧，使我常像遭到猥亵。”这种想象中的窥视与他对“对面”女人的隔窗窥视并无两样。而且对待室友，铁凝又让主人公采取了对待对面女性的同样方式。主人公用四个明亮的大灯泡突然置对面女性的隐秘世界于光天化日之下，之前，他也用同样的方式处置了室友，使室友突然陷入尴尬境地。由此可见，在铁凝的视野里，性别并不具有区别意义的特殊作用，她所要揭示的，不单是女性个人空间的被侵犯，更意指整个社会群体中的个人空间的被侵犯；不单是男女之间无法真正面对，而且人与人之间都存在坦然直面彼此的困难。也正是有感于此，对面的女教练才只能在无人注视的情况下去掉伪饰展现“自如的魅力”，这是对困境的一种逃避；而她的惊悸而死的结局则以触目惊心的形式更加深刻地反映出，无法真正面对作为人类宿命式的困境给人所造成的伤害。二是爱情双方无法洞穿内心的交往。小说还描写了主人公与五个女性先后交往的经历，这是他寻觅真爱的过程，也是他逐渐洞穿人世生存奥秘的过程。而后者，才使小说从单纯的爱情叙事中获得了意义的深化。与这五个女人的每一次交往都涉及有关爱情的一个话题，它们分别是欲望、浪漫、权力、金钱和婚姻。这五个方面与爱情都并不矛盾，真正的爱情并不会因为它们的存在而失色，因此它们并不是阻碍爱情的关键所在。主人公与她们关系的最大障碍在于，彼此交往过程中掺杂了“模仿与表演”的成分。他与肖禾交往的失败很大程度上就在于此。欲望之于纯洁的爱情来说或许显得庸俗，但是真实的欲望表现却也会因单纯而使爱情可爱。他和肖禾彼此互为对方眼中的欲望化对象，但由于肉体的结合不是被爱激起，而仅仅是一种本能的需要，因此本应充满爱的激情的做爱变成了对“文明的做爱”规则的现场操演。他努力装作见过世面的大男人，还把由间接经验得来的示爱用语“我爱你”生硬地用在了肖禾身上，尽管他并不爱她；而肖禾也以模仿来的方式回应着他的模仿。他们“模仿着又在心中揭穿着彼此的模仿行为”，更将他们表里不一的虚假爱情暴露无遗，也更加剧了他们之间的陌生和疏远。与第二个女孩的峡谷经历代表着浪漫，然而这种浪漫也不是情感的自然流露，只是女孩按照小说情节对现实生活所进行的刻意安排。而他在女孩所虚构的这场浪漫游戏中只是一件活道具，配合她完成这场没有观众的舞台表演。一旦表演结束，两人也就分道扬镳。他本以为山区姑娘尹金凤会有一颗淳朴之心，因而真心喜欢她，然而她所有看似淳朴的行为表现都埋藏着膨胀的“精明和野心”，爱情只能在痛苦中夭折。表妹则拿金钱试欲收买他的爱情，在他这样一个追求真爱的人面前只能是无功而返。幼儿教师林林之所以吸引了他的注意，是因为他认为恰恰是林林有失文雅的小动作在某种程度上体现了人的真实。然而在她天真纯洁的外表下，是一颗已经被传统价值观念同化了的心灵，她在衣食方面的精心照料只不过是要尽快俘获他而走向婚姻的预谋表演。在对主人公爱情经历的反复诉说中，铁凝对问题的探讨已经不再局限于爱情，而是指向人与人之间的关系。真实的面对是主人公所一直追求的，也因此，“对面”的真实生活强烈地吸引了他。为了让她保持这种无拘无束的状态继续呈现“自如的魅力”，他宁愿忍受仓库里的恶浊空气和黑暗。然而他却发现“对面”也有着不为人所知的阴暗面，这破坏了他心目中对她的美好想象和信念，于是他恶作剧般地制造了巨大的光亮和声响，暴露了他的窥视，造成了“对面”的猝死。这样，爱情经历和窥视两个原本互不搭界的情节在此终于实现了对接。当然，他并不单纯是一个窥视者，同样是一个逃离者。

逃避肖禾的追逐，逃离“模仿和表演”性质的虚假爱情。就像“对面”逃离不了他的窥视一样，他也逃离不了别人的追逐，他们的逃离性质一样，都是基于对人与人之间关系的恐惧，而虚假爱情只是其中的一种而已，因此主人公发出了这样的感叹：“原来人类之间是无法真正面对着面的。”

《永远有多远》这篇小说在铁凝的创作中也占据着重要的地位，很多人都从人性的善良和女性的角度去理解它，然而铁凝自己却对此进行了否定，她曾经辩解说：“我不想在小说中写一个善良人的故事，或单纯地呼唤善良。”[①]“如果仅仅呼唤一种善良，呼唤一种硕果仅存的东方美德、胡同文化，那么这小说可以读下去，但不是一篇好小说。”[②]她也否定了是为女性而写，说：“这篇小说呢，实际上也不是从女性出发。”[③]在铁凝看来，这两方面都过于表层化了，在对它们一一作了否定之后，她正面阐述了自己的观点：“实际上这篇小说更深层次的东西，我更想讨论的是人类要改变自己的合理性，但同时这改变几乎又是不可能的，她的悲剧构成一种存在。这个悲剧不是属于女性的，而是属于人类的。”[④]铁凝对人难以改变自己的生存困境的揭示，不是没有道理。小说中多次写到主人公白大省要改变自己而总是遭遇重返原点的失败经历，这种反复的叙写作为一种“有意味的形式”，引发人们进行深刻的思索。仁义厚道的白大省被公认为是一个大好人，而她却不想成为这种好人，尤其是在爱情上。她不喜欢被男人仅仅看作是一个好人，而渴望像西单小六一样被男人包围着、喜欢着。她的这个愿望虽然很俗气，但对一个女孩来说却是合理的。然而，无论她内心深处怀着怎样的改变自己的热望，最终她都没能得到男人如对待西单小六那样的热情，每次恋爱都以男人对她善良的评价作结收场。小说主要通过描述她几次

---

① 转引自贺绍俊《铁凝评传》，郑州大学出版社 2005 年版，第 162 页。
② 朱育颖：《精神的田园——铁凝访谈》，载《小说评论》2003 年第 3 期。
③ 同上。
④ 同上。

爱情的失败经历，探讨了她试图改变自我的可能性问题。如果说与郭宏的第一次恋爱失败还可以归因于没有恋爱经验，那么之后的几次恋爱失败却只能证明“不可改变”就是她的一种不可改变的宿命。第一次恋爱失败后，一向不懂得愤怒的白大省在短暂的复仇念头消失后，迎来了第二次恋爱。这次她吸取教训总结经验，懂得要在男女感情上玩点儿小技巧，比如在表演时她假装犹豫逗引男友关朋羽着急，但她的“调情”技巧至此也就达到了顶点；在为关朋羽过生日的那晚，她的苦心设计和浪漫表演虽然有些拙劣但也眼见就要水到渠成。在关朋羽突然退却后，她本应乘势追击，可最后她又把自己摆在了准备为对方付出的仁义模板里。加之表妹小玢的介入，她的第二次爱情最终还是夭折。关朋羽离开之前为她铺就的新床，对白大省来说只会意味着残酷，因为他的举动证明：白大省从来就没有让他产生过心动，她留给对方的印象仅仅是一个好人。这是他们爱情失败的关键所在，而小玢的介入只是一个诱因而已。第三次的恋爱对象是一个偶然相识的男人，这并不妨碍白大省又一次轻易地陷入了自己编织的情网里。她为他提供食宿，一脸崇拜欣赏地听他白话，甚至还慷慨解囊。而对方却从来没有把白大省放在眼里，当白大省要从他那里索取爱情时，他不仅连最起码的感动都没有，反而给白大省指出了一堆的毛病。可怜的白大省，再一次痛饮爱情失败的苦酒。当郭宏再次出现向她求婚时，她竟忘记了以往的不快而产生了那么一丝渴望已久的陶醉。当她在一连串的“为什么”的追问中幻想继续享受这种被爱得晕眩的陶醉感觉时，郭宏以她善良为唯一理由的回答却中断了她的晕眩而让她备感心酸。可见，婚姻并不是她的最终目标，她只是渴望获得令女人醉心的感觉。这一次她终于等到了男人的主动追求，但郭宏求婚的理由却与其他男人拒绝她的理由千篇一律，其浪漫色彩的失却完全背离了她心目中的爱情理想。她为此而怨怼、绝望，于是，当郭宏告诉她，她永远不可能变成另外一个人时，她发出了“永远有多远”的绝望质询。她的主观愿望与男人对她的评价之间永远存在着差距，这种主观与客观、主体与外界的隔阂是她不可改变的一个方面的因素。而就她自身而言，她自己都在背离着自己的主观愿望，而这更足以说明她的无可救药。或许处在爱情之中的女孩都会因痴情而“犯傻”，她的一味付出权且作为犯傻的一种表现吧，但处在爱情之外的她同样表现着难得的仁义，即便自己已是伤痕累累仍继续抚着伤痛宽容着他人，那么，这种毫无原则的仁义已经不是因情犯傻而是一种“真傻”，它不再是美德而变成了她的一种精神负累。每次恋爱失败后一向仁义的她也会产生愤怒，但这种愤怒只是情绪的暂时发泄，她并没有从失败中检讨自己的毫无原则，而是很快便在对对方的原谅中不自觉地又重返仁义的旧我形象。当关朋羽和小玢的事发生后，白大省曾经发誓再也不搭理他们，可是临近他们结婚她还是托人送礼物给他们；她没有被夏欣的指责激怒，而是仍然执迷不悟地愿意为他改变自己，甚至用房子挽留他；对白大鸣夫妻对自己房子的觊觎，她表现出从未有过的愤怒，可很快又答应了他们的要求，甚至把自己降到了求人的位置，把他们的接受看作对自己仁义的成全；她拒绝了郭宏的求婚，然而当她从沙发缝里发现了郭宏女儿遗落下的一块脏手帕时，她心中那根仁义的神经又被再次触痛，她最终还是接受了郭宏。每一次，她都似乎要脱胎换骨重新做人，但每次又都令人失望地故态复萌，重蹈覆辙。当然，无论在爱情还是在日常生活中，白大省所表现出来的“难以改变”与她自身的性格以及外界环境有一定的关系，它们使白大省改变的合理性与可能性之间永远存在着矛盾和分裂。不过在这里，原因的透视并不是重点，小说对她改变失败的反复叙写只是呈现这样一个事实，即人改变自己的可能性几乎为零。它表现为人与自身的对抗，这种对抗有如拔着自己的头发离开大地一样难以实现。这是生为人者的固有缺憾，是人永难突破的一种生存困境。

有关铁凝对人类生存困境的揭示，这里只抽取了这几篇小说展开论述，似乎缺乏普遍性，但是它们却极具代表性，因为这几篇小说都存在着表层意义与深层意义的区分，而且小说中普遍存在的富有意味的形式、细节，对我们向深层意义的掘进起到了帮助和佐证的作用。像《木樨地》中众多的荒谬意象，《对面》和《永远有多远》中对相同情节的反复叙写，就连题目本身都带有一种隐喻意味。比如《对面》对关系对象的设置；在“永远有多远”的追问中，“永远”指向无限，而“多远”又趋向有限，它们的分裂已经表明追问的难以回答或者疑问本身根本就不成立，因此，“多远”与“永远”之间的矛盾关系，暗示着改变的合理性与可能性之间也如其一般存在着永远的分裂。含义的内隐，是铁凝小说寓言化的基本体现，同时“寓言化”也是她借以揭示主题及我们透视其深层意蕴的主要线索。正是其寓言化的形式，才使这几篇小说的悲悯审视的目光不只逗留在揭示小人物生存困境的具象浅表的层次，而是又扩及人类生命存在的悲剧宿命这一带有哲学意味的话语领域。当然，两者并非截然分立，而是彼此渗透互有交叉。其对人类永恒的生存困境的揭示是从小人物的现实人生中获得的，它首先必然包含着小人物的生存悲剧；而小人物的悲剧也部分地蕴含着人类生命存在的悲剧。由小人物的生存悲剧到人类生命存在的悲剧，铁凝审视的目光由底层人生扩及人类整体的宿命，其悲悯情怀由世俗关怀转而为一种终极关怀。虽然就悲剧本身而言，两种悲剧形态并无高下优劣之分，但对一个作家来说，却在某种程度上标志了其思想的深刻与成熟。在文学创作普遍追求平面化、零散化和碎片化的后现代文化语境中，还有如铁凝者在关注着人类群体的共同命运，思索关于生命存在的话题，实属难能可贵。而且她的表达并不晦涩难懂，她的思索融合了其对人生的感性体验，其叙事表层有关历史、女性、爱情等问题，但又超越了它们，在抽象层面获得了一种更为深刻的意义。它指向生命和存在、宇宙和人类，成为有关人类生存困境的一种形象化的寓言。由此，铁凝再次实现了艺术境界上的某种飞跃。

第三节　均衡与和谐——铁凝小说的悲剧观

悲剧作为一个审美范畴本来自西方，其悲剧思维比较强调悲剧冲突的对立。在不容调和的悲剧冲突中，个体走向毁灭；在无可回避的悲剧中显示人格的崇高美。正如别林斯基所认为的那样，“悲剧实质上是在于冲突，即在于人心的自然欲望与道德责任感或仅仅与不可克服的障碍之间的冲突、斗争”，冲突的结果是“人心中最珍贵希望的破灭”和“毕生幸福的丧失”，悲剧的崇高性和宏伟性往往是基于它的阴森庄严。[①] 这种悲剧冲突的审美特质在于：矛盾冲突的不可调和性。在铁凝的一些悲剧小说中也存在这样的悲剧冲突，如《玫瑰门》中，罗家为了报复姑爸，二旗召集了一群革命小将冲进院里，以“阶级斗争”的名义对姑爸展开了行动。他们对姑爸严施酷刑，将一根铁通条刺向了她的两腿之间。在冷漠的叙述中，小说将革命暴力和人性的冲突推向顶点。《胭脂湖》中虽然没有正面展开革命与人之间的较量，但那条被淹死的人命却是对无视生命的革命运动的一种无声的抗议。当然，有时候悲剧冲突的双方并不那么明显，但无望的结局同样可以看作是矛盾冲突激化的一种表现。像《对面》中的主人公“我”，几经逃离和寻觅都无法寻找到男女能够真实面对的理想爱情，《永远有多远》中的白大省不论怎样希求改变自我却都无法实现。然而，无论冲突的存在形式是显在抑或内隐的，实际结果表现得如此尖锐和绝望的，在铁凝小说中并不多见。铁凝总是想方设法将悲剧冲突化解开来，由此使痛苦和绝望的感受也趋于淡化。均衡与和谐是铁凝悲剧观之重要表现，而这种悲剧观的养成与中国传统文化背景及她对文学的独特认知有密切关系。

中国传统儒家文化讲求中和之美，这种中和文化对中国传统的悲剧

① 周来祥：《论美是和谐》，贵州人民出版社 1984 年版，第 179 页。

性思维的养成产生了重要影响，形成了“怨而不怒”“哀而不伤”“温柔敦厚”的悲剧审美原则。它讲求一种对“真”（社会存在）的适度的理性认知，即既不回避悲剧人格的悲怆性，也要体现人格自我心理欲求的一种节制。显然这将会冲淡悲剧冲突的对立，而达到一种有节制、有限度的悲剧性审美情感。在中国现当代文学史上，沈从文、汪曾祺等作家就受到传统文化的影响而在他们的创作中表现出这样的倾向。“和谐”是汪曾祺追求的最高美学境界，他曾经不止一次地明确表示过：“我追求的是和谐。”① “我追求的不是深刻，而是和谐。”② 因此，在创作中，他对生活主流里的风浪和冲突总是采取一种规避的立场，而以具有“真实”与“和谐”相统一的生活图景为表现对象，或者本着“和谐”的审美追求，对“真实”进行一种艺术化的处理。这样文学才能起到他所认可的功能，即文学创作“总得有益于世道人心”，“应该给人以希望，而不是绝望”。③ 因此，在作品中，他总是不忍心让美好的东西在世人面前被压抑、被毁灭，“不想对世界进行陀思妥耶夫斯基式的严峻的拷问”，“也不想对世界发出像卡夫卡那样的阴冷的怀疑”。④

无独有偶，植根于中国传统文化和中国新文学土壤中的铁凝与汪曾祺在对悲剧的认识上表现出极大的相似性。这是一种无意的文化熏陶，更是一种有意的借鉴。铁凝曾经说过：“文学可以而且应该有多种途径……但最终我将这些人和事融合在一起，通过他们想要达到的是文学温暖世界的功能。汪曾祺说过‘人是孤儿’，人真的是很孤独的，所以人需要文学的世界，希望的世界，虽然也许那最美好的境界我们永远实现不了，但愿望在那儿，我们就会有向前走的勇气，对生活有所期待，这就够了。”⑤ 由此可见，同汪曾祺一样，铁凝对悲剧冲突的化解也与

---

① 汪曾祺：《晚翠文谈》，浙江文艺出版社 1998 年版，第 20 页。

② 汪曾祺：《作为抒情诗的散文化小说》，载《汪曾祺全集》第 8 卷，北京师范大学出版社 1998 年版，第 74 页。

③ 同上。

④ 同上书，第 80 页。

⑤ 赵艳、铁凝：《对人类的体贴和爱——铁凝访谈录》，载《小说评论》2004 年第 1 期。

她对文学的认知有关。铁凝对此多次做过明确的表示："不管世界发生多么大的变化，人们对那些美好、那些善良的东西，对人与人之间的沟通的那种渴望，对解除人的内心最深处的孤独和盼望，都一直是存在的。文学应该有温暖整个世界的力量，作家应该有捍卫人类的精神健康和心灵高贵的责任。"① "文学应该给人提供期待，应该温暖这个世界。"② 出于作家的真诚使铁凝始终立足于现实主义的立场，她不仅善于发现生活中的美，也敢于直面生活中的不完美，只是善良之心使她不忍赤裸裸地呈现生活中的残缺，以免人们丧失对生活的信心和勇气。因此，她在直面现实的同时，又努力将悲剧冲突设法缓冲一些，处理得平淡一些，使之达到一种均衡与和谐。

首先，注意节制，不正面展示作家的情感和作品人物的挣扎，而把悲剧意蕴留给读者去体味挖掘。铁凝对悲剧处境的揭示不是采用直接描述和渲染的决绝方式，而是以一种含蓄的表达，把它远置于文本之外，留有一定的余地，让读者自己去捉摸、体会。这与朱光潜先生对青年学子的告诫是相通的，"言所以达意，然而意决不是完全可以言达的"，"文学上我们并不以尽量表现为难能可贵"。③ 铁凝也认为："无数种诉说里，不动声色可能是一种极高的境界。她内藏着撼人心灵的力度，大喜大悲大哀大乐凝练而成的气度。"④ 铁凝的表述暗示着，小说中的不尽言传之意是要用心灵去感悟的，这样才能做到"不动声色"。而这种心灵感悟的实现，最终要体现在是否震撼了读者的心灵，只有征服了读者，悲剧才真正实现了它净化、提升人类情感和心灵的审美功效。铁凝将矛盾冲突隐伏在作家平静的叙述中，但悲悯之情却由内而外逐渐漫溢，最终感染和同化了读者。通过这种方式，小说可能不给人一种剧烈撞击、难以接受的效应，但是那种生命的沉重和悲凉却可以慢慢浸入人

① 黄薹：《铁凝：贯穿始终的是对生活的爱》，载《燕赵晚报》2002 年 12 月 26 日。
② 同上。
③ 朱光潜：《无言之美》，载《给青年的十二封信》附录一，安徽教育出版社 1996 年版，第 60、62 页。
④ 铁凝：《只言片语》，载《铁凝文集》五，江苏文艺出版社 1996 年版，第 211 页。

们情感的骨髓。铁凝曾经说过："我必须有本领描绘思想的表情而不是思想本身，我的小说才有向读者进攻的实力和可能。"① 而这正是铁凝以"思想的表情"实现"向读者的进攻"的一种典型表现。《安德烈的晚上》中，当安德烈和姚秀芬转了整个晚上都没能找到那座楼时，他们没有道别，没有言语，四只手只是忙乱地拣着落在地上的饺子。安德烈唯一浪漫的一个夜晚就这样平淡地结束，但是它留给读者的绵延无限的苦涩却挥之不去。《闰七月》中，领回闰七月的喜山经过一番抗争还是接受了世俗的安排，闰七月明媒正娶嫁给了一个富户。富户对她很宠爱，她也养得很水灵，手腕上戴着金表，然而现在抽烟、喝酒、摸牌的日子真的使她感到了幸福吗？她从前所经历的一切苦难真的就此消失了吗？《请你相信》中，拿到房证的于若秀却出人意外地昏倒在地，这难道仅仅是过分高兴所致吗？作家把阐释的权力全部交给了读者，让读者自己细细品味，认识人生。同样，《谁能让我害羞》中送水工的悲欢，《逃避》中为补贴家用而忍痛截肢的老宋的内心痛苦，《棺材的故事》中肥肥和大宽临死前对生的留恋，这一切都是空白。《麦秸垛》以"太阳很白，白得发黑"开头，又以"一个白得发黑的太阳啊"的相似话语结尾，白与黑的融合是否有什么寓意？铁凝没说。另一篇小说《死刑》，描述了"文革"期间受监禁的林先生，出狱后他被所有的亲戚、朋友、邻居抛弃，只好把目光转向了邻居家一个蹒跚学步的孩子，自闭中的他因恨而爱得疯狂，为了能得到那个邻家孩子，他毁灭了那个孩子。"一个孩子死了。""一个大人的死刑很快便执行了。"作家似乎轻松地跨过刺目的鲜血，不动声色地结束了全文："人们被世界放逐了出来。"于这般惨烈的情境中写出如此平静的文字，这是铁凝对现实一种沉重独特而深入的体验，也是她自觉艺术修炼的结果。然而，作品留给读者的震撼是强烈而持久的，那种生存的心酸和悲悯之气已如无处不在的空气一样四散弥漫。

① 铁凝：《优待的虐待及其他》，载《铁凝散文》，浙江文艺出版社 2001 年版，第 236 页。

其次，调动多种因素，设置温情式的悲剧结局。铁凝既不回避悲剧现实，又不想让人产生彻底的绝望，而是期望能从绝望中获得新生。在她看来，“如果没有更深刻的哲学意义的话，他总归不是读了一部小说以后使自己沉沦。生活是不如意的多，但是人还是有许多需要和希望”①。因此，铁凝在情节结构安排上设置了带有乐观色调的悲剧结局。这并不是要否定悲剧的惨痛，而是为惨痛寻找一个出路，如此，希望之音就会冲淡悲剧所带来的绝望；如此，悲剧冲突也趋向均衡与和谐。这种温情式的悲剧结局主要有这样三种：其一，依靠外界的温暖力量来削弱矛盾。这在铁凝小说中占的比重比较大。《棺材的故事》中，肥肥和大宽的爱情故事及其悲惨的结局心酸得让人落泪，然而，小说最后寿衣店王老板的举动却实现了情感的突转。王老板与他们素昧平生，却执意不收钱财为他们特制了一个阔大的棺材，便于将二人合葬在一起。王老板只说：“可怜见，两个人从来也没这么宽绰地睡过。”一对恋人的惨死由此变得不再彻骨悲凉，如果他们地下有知也会感到人间的温情。《砸骨头》中，村长和会计两个村干部之间的打斗有可能进一步激化贫困现实和社会要求之间的矛盾，而铁凝却让他们适可而止。最后他们以“损己利公”的方式解决了问题，受感动的乡民也连夜凑齐了税款上交。小说结尾写道：“好山好水，居士村理应是个富裕的地方。”一场即发的悲剧瞬间转化成对美好未来的向往。此外，《逃跑》中老夏等热心人对老宋的帮助，《笛声悠扬》中帮助丈夫从苦难记忆中挣脱的悠扬笛声，《蝴蝶发笑》中妻子对杨必然的理解，它们都如照亮了绝望深渊的希望之光，令人备感温暖。其二，依靠人物自身的超越和新生使悲剧内涵发生改变。像《玫瑰门》的结尾，那个终于“靠了她对母亲的毁坏”来到人世的硕大女婴，作为已经具备了清醒的主体意识和自省精神的苏眉的生命的延续，也许正象征着突破女性宿命的又一股新生力量。《孕妇和牛》中，孕妇面临着物质贫困以及由物质贫困所导致的文

① 铁凝、王尧：《文学应当有捍卫人类精神健康和内心真正高贵的能力》，载《当代作家评论》2003 年第 6 期。

化的匮乏这两种生存困境，从这种意义上讲，它是一篇具有悲剧色彩的小说：生活现实和孕妇内心的渴望之间构成了一种潜在的冲突。然而小说却在孕妇意识到了这种生活的不完美时，让她从周围获得了顿悟、看到了希望，她由石碑上的字想到了路上的学生，又由学生想到了肚子里的孩子，想到了孩子的未来，于是她心中升腾起一个对文化的美好追求以及对孩子不再如父辈一样愚昧的信念。小说中淡淡的悲剧性色彩被这美好的希望和祝福所消解融化，难怪汪曾祺先生欣悦地说："这是一篇快乐的小说，温暖的小说，为这个世界祝福的小说。"[①] 同样，《木樨地》中的老万，结尾处他对活着的意义的重新找寻使他获得了新生，由此消解了他自身与这个荒谬世界的内在冲突，而没有使悲剧继续重演。其三，通过赋予悲剧以别样的积极意义来淡化悲剧的伤痛之情。《那不是眉豆花》《树下》，在悲剧的背后却也传达了某种崇高的道德力量。《那不是眉豆花》中的嫂子受传统伦理束缚而固守着现有的婚姻，显然是一场悲剧，然而她把对丈夫弟弟的爱埋藏在心底而没有做出有损他人的事，这种对爱的独特表达和坚守，却产生出一种高尚的人格力量。《树下》中，老于的身上同样体现出生活和性格上的双重悲剧特征，但是他不屈己、不鄙人、乐观宽容的做派也体现出一种人格的纯美。故事结尾"日子会好起来的"，或许有自我安慰之嫌，但这不正体现出小人物的一种生存的韧性吗？就像安德烈一样，他和同事姚秀芬互相体贴了20多年，却连手都没拉过；孟北京为了遵守自己在众人面前的一次无奈的宣告，居然可以忍受几十年午饭不吃菜的痛苦（《省长日记》）……正是有了这种期待和坚守，这种心灵相通的默契，日子才得以继续下去，人们从中也获得了一种对抗苦难的勇气和力量。就像白大省一样，靠一种近似执拗的执着才得以面对注定永远的失败结局？所以，铁凝在谈到《永远有多远》时说："其中的感动和暖意都是稍带凄凉色彩的，因为有大众的冷漠在其中。但你依然觉得人生是美好的，因

① 汪曾祺：《推荐〈孕妇和牛〉》，载《文学自由谈》1993年第2期。

为从宽广的意义上来说，人类整个都有一定的悲剧性。”①

还有一种方式，虽然它在铁凝小说中并不具普遍性，但却具有代表性，即借用荒诞的叙事手法，拉开读者与小说之间的距离，从而减少读者的悲剧认同感。这在小说《青草垛》中表现得比较明显。小说以一个死去的亡灵“一早”为视角，他的特殊身份使他看到了很多以往他所不知的社会现实，由此我们也认识到了产生十三苓悲剧的社会原因。然而，叙事视角的荒诞和人物的虚幻却让人感觉这种社会和人生的悲剧似乎来自另一个世界，与现实中的我们还有一些距离，因此人们会在感伤之外产生一种不在其中的安全感，而且这种感伤也会因距离而来得不那么彻骨。因此，尽管荒诞有时是现实的更为真实的反映，不过在读者情感接受的层面上，这种悲剧现实却较易接受，其所包含的悲剧性冲突自然被化解。

一方面，小人物的“几乎无事”的悲剧先在地决定了铁凝小说悲剧冲突的隐在状态（其人类生命存在的悲剧是从小人物的悲剧中提炼得来，因此，它首先也是一种小人物的悲剧）；另一方面，铁凝又通过上述方式对悲剧冲突进行了化解，所以，和谐与均衡成为其悲剧小说的突出特征。作者对悲剧冲突所做的特殊处理，使她的悲剧小说并不给人彻底的悲伤和绝望，“铁凝作品终归对未来存着希望，对人性存着善意的理解，所以，她没有走向绝望的深渊，而是不忘在生活的磨砺中倾听生命中可能残存的微弱的希望之音”。② 这样，人们或许会问：这种思维方式某种程度上是否会构成铁凝创作的局限？事实上，铁凝并不是单纯地去彰显希望，她对希望的表达是以绝望、以新生为前提的，这与单纯地书写快乐和希望又有所不同。从根本上讲，她的作品没有忽略人类“整个是一个大悲剧”这一现实背景，没有忽略整个20世纪以卡夫卡为代表的书写“恶”的作家所留下的带有绝望印记的文学遗产，更没

① 赵艳、铁凝：《对人类的体贴和爱——铁凝访谈录》，载《小说评论》2004年第1期。

② 谢有顺：《铁凝小说的叙事伦理》，载《当代作家评论》2003年第6期。

有渲染带有乌托邦色彩甚至是显而易见的那种虚假性。而且铁凝的悲剧小说正因为经历了绝望反而变得更货真价实，那里的温情和希望更给人一种可以触摸的实实在在的感觉。正像谢有顺先生所说："在我看来，他们的快乐和希望，如果没有付出受难和绝望的代价，就不过是一些廉价的自我安慰品而已。"同时，这种绝望因为有希望做后盾，所以绝望也不再那么决绝，而是温和的、忧伤的，"不是卡夫卡式的撕裂的，黑暗的绝望"。[①] 希望与绝望并生，使铁凝的悲剧小说弥散着一种"凄凉的诗意"，给人一种"伤怀之美"和"悲哀的秀美"。这种美学效果来自她通向和谐的独特的悲剧观念，也更内在地表达了作者对于生活和生命的一种深厚的人文情怀。

同时，铁凝对悲剧冲突的化解受到了中国传统文化和悲剧观念的影响，但是又不完全与中国古典悲剧观念等同。中国古典悲剧讲究善恶有报，皆大欢喜的大团圆结局更像是对人物经历磨难的一种必然性的道义补偿，是"冥冥中自有安排"，因此对悲剧人物来讲，虽然他们也经历了苦难，但面对冲突他们只需表现出一种忍耐和自我克制即可。而且，在大团圆结局降临之后，即便是那些所谓的伤感也消散在皆大欢喜的气氛当中，而不会留下任何悲伤的遗痕。这与生活的实际显然是不符的，属于鲁迅所说的"瞒和骗"的虚假文学。而铁凝的悲剧小说，无论是依靠笔墨的节制还是温情式结局的情节设置，悲伤的感觉始终不会消散。即便是在乐观色调的结局中，那希望的到来乃是经历了绝望的历练，因此，其中又有点儿融合了以积极抗争为主旨的西方悲剧精神；而当悲剧冲突就要推向顶峰时，她又用中国的理念将其化解，把冲突写得隐秘些、温柔些。她对中西方悲剧观念的这种借鉴、超越及融合，她对悲剧冲突的化解，无不体现出一种和谐中庸的思想智慧。而之所以能够做到这一点，应源于铁凝对生活的认知。她把生活写得温暖些、和美些，为的是尽力让每个不幸的人都能得到归宿和抚慰，而不致产生被世

① 赵艳、铁凝：《对人类的体贴和爱——铁凝访谈录》，载《小说评论》2004 年第 1 期。

界彻底抛弃的痛苦和绝望之感。而对和谐健康的人类生活的关注才从更根本的层面接通了中庸思想的内在本质。关注世界理解人生更需要一种宽广的胸怀，正像铁凝对自己说的："你必须扩展你的胸怀，敢于直面世界并且爱她。爱遥远的是容易的，理解近在咫尺的却是艰难的。可是文学实在是对人生和世界的一种理解和把握；就是对人类命脉的一种摸索，是近的，不是遥远的。"①

① 转引自范川凤《直面人生的悲剧和心灵的深渊——铁凝近作中现实主义和荒诞手法运用小议》，载《石家庄师范专科学校学报》2003 年第 3 期。

第四章　嫁接传统成新质

——铁凝小说独特的意识形态叙事

雷达先生曾经这样评价过铁凝的早期创作，他说："她不善于写政治、经济内容浓厚的社会关系，而善于写道德和情感范畴的微小波澜。"① 这显然是对铁凝独特风格的肯定，同时在某种程度上也包含着对铁凝的否定。在他看来，风格的过于单纯必然会带来小说的单薄，因此，他随即又指出了铁凝的不足："但是，'自我'有大有小。广泛、广阔、广度，这些套语对铁凝还是有提出的必要的。如果只是囿于'自我'周围的小圈子，再怎么进行'深沉的思考'，也是'思'不出人民的悲欢苦乐这伟大的主题的，这'自我'的小圈子决不是什么无尽的矿藏。读者期望铁凝的是，在关心灵魂的同时关心大千世界的沉浮变化，在钟爱'真诚'的同时更加钟爱'真理'，树雄心，立壮志，向大手笔学习，把广阔而巨大的生活波澜攥到你的小手心里。"② 在那个依然以思想主题定乾坤的文学时代里，这个评价不可谓不中肯。因此，其批评和建议都落实在内容上，希望铁凝更多地关注重大的内容，切入重大的主题。铁凝后期的作品在深度上的确有所加深，但是这种深刻却不是单纯靠描写重大的内容来实现的。事实上，重大的现实内容向来不

① 雷达：《蜕变与新潮》，中国文联出版公司1987年版，第279页。

② 同上书，第287页。

是铁凝作品叙述的重心，她总是善于描写身边的日常琐事，因此，上述评价应该是抓住了问题的关键。然而，这不能必然说明铁凝对重大内容漠不关心，她的笔下没有触及“伟大的主题”。因此，上述评价又有所偏颇。究其实，雷达先生依然是从文学服务于政治、社会等意识形态需求为出发点，以传统的“宏大叙事”文本为规范才得出这样的结论。这种“宏大叙事”往往注重对重大现实和历史题材的叙述，重视对社会意义和精神价值的追求，而忽略日常生活叙事，并把两者人为地对立起来，这反映了传统意识形态叙事理念对日常生活的一种遮蔽和误读。事实上，强调对社会意义和精神价值的追求并不一定要以描述重大题材为途径，后者并不是实现前者的充要条件，因此两者并不构成正反逆向的推理关系，从小题材着手同样可以实现这一目的。铁凝的创作走的就是这样一条路子，“她一方面心存着对社会意义和精神价值的追寻，一方面又把自己的情愫始终安置在日常生活的情境之中”[①]。宏大主题与日常生活相互融合，这正是铁凝意识形态叙事的独特之处，同时，一种中和之美也在此显现出来。

第一节　意识形态叙事的日常生活化

铁凝小说所“不善于”写的有关“政治、经济内容浓厚的社会关系”等重大主题严格地属于传统意识形态叙事的范畴，与重大的主题相适应，在叙事上它往往钟情于广阔而深远的时空领域，在背景形式上首先就给人一种宏大的气势。因此，历史叙事小说向来被认为是最适宜于表达意识形态话语的文学类型。它不仅在具体的叙事时空上，而且在取材和叙事场景的设置等外在形态上已然具有了政治的、社会的等意识形态诉求的特质。从这种角度而言，铁凝虽然不善于书写它们，但却没

① 贺绍俊：《铁凝评传》，郑州大学出版社 2005 年版，第 210 页。

有刻意回避过它们，她有不少小说至少在时空上表现出一种“历史化”的趋向。像《棉花垛》《笨花》等小说取材于抗战，长篇小说《笨花》将历史继续往前延伸至清朝末年直至抗战前的民国时期；《胭脂湖》讲述了“大跃进”时期的故事；《村路带我回家》《麦秸垛》则涉及知青运动；《银庙》《无雨之城》《玫瑰门》《大浴女》等触及“文革”。因此，我们也可以把铁凝的这些小说称作是意识形态叙事小说。但是在这些小说中却又全然不见传统意识形态叙事的踪影，其主要原因就在于，铁凝将这些意识形态的历史叙事进行了日常化的处理，着意于描绘历史变迁下的日常性生活。当然，这并不意味着传统意识形态叙事小说中就没有日常生活，只是已被改造。如《红旗谱》《苦菜花》等“十七年”革命历史小说中，日常生活完全充满了政治现代性的内容，在革命者身上，日常生活和政治性已经不分彼此，日常生活完全政治化了；再如对“文革”历史的叙述，在《如意》《我该怎么办?》等伤痕小说中，日常生活成为演绎历史灾难的工具；而在反思小说中，则作为批判反思某种社会现象的参照系而存在；特别是其中的知青叙事小说，日常生活成为演绎灾难或衬托英雄精神的必要道具，如《白桦林作证》《这是一片神奇的土地》。总之，为了表达某种意识形态意图，作家们有意或惯性使然般地忽略了日常生活的世俗特征，没有把日常生活放回到世俗人生中，没有描绘出日常生活本身完整、原初的自然形态。日常生活成为一种集体意志的言说，带有了类型化的特点。很显然，这些作品都延续了中国“五四”以来启蒙文学“感时忧国”的叙事精神。而启蒙叙事作为一种现代性的叙事，它追求的是对于叙事对象理性而逻辑的掌握，就像“十七年”的革命历史题材小说的创作一样，作为20世纪五六十年代主流意识形态话语的组成部分，它的历史观是党的政治革命斗争学说的文学化体现，它承担着将党领导下的中国革命进程本质化的功能，正如洪子诚所说：“以对历史‘本质’的规范化叙述，为新的社会的真理性作出证明，以具象的方式，推动对历史的既定叙述的合法化，也为处于社会转折期中的民众，提供生活准则和思想依据——是这些小说的主要目的。"①而1949年后的"伤痕""反思""改革"等小说，在叙事形态上虽然并不尽是回望"历史"，但同样着重探索揭示社会发展的本质和方向，因此在某种程度上都延续了这种"历史化"的特点。它造成的一个直接后果就是对日常生活经验的简化、改造和压抑，以及日常生活原生性和丰富性的丧失。所以，我们看到，这些小说往往涉及历史、改革、经济等宏大的叙事内容，并且叙事也紧紧围绕它们展开，即便有日常生活也往往经过了意识形态的改造或改装而以一种非常态的形式出现。因此，某种程度上，只有背弃启蒙叙事传统和启蒙叙事话语，才能从日常生活的原生态切入历史和现实。铁凝的作品就表现出这样的特征。

铁凝的上述小说，包括某些现实题材小说，从文本的最表层看，都具有传统意识形态叙事的迹象。如果循其规范逻辑展开叙述，它们就会呈现出意识形态宏大叙事的样态。但是在具体展开叙事时，铁凝却来了一个突转，那些为宏大叙事所钟情的重大内容好比是一个虚壳，铁凝并不致力于对它们作正面的本体化描述，只将它们作为叙事的时空背景，而真正填充这一时空的是大量的日常生活。我把这种现象称为"意识形态叙事的日常生活化"。由于历史向来被作为意识形态叙事的重要内容，因此，在这里，我们仅以铁凝的历史叙事小说为例进行阐释，这相较于铁凝的其他现实题材小说更能有力证明其意识形态叙事日常化的特点。

铁凝小说中的历史叙事不聚焦于当时的重大政治事件、生死攸关的战争，却也不刻意将这些内容排除在视野之外，而是将之隐没在人们的日常生活之中，做一种点染式的背景描摹。在她看来，"历史只是一个已经逝去的相对长的时间横断面内一段实实在在的生活流程而已"②。因此，她总是以一种平常的世俗的眼光去看待历史，将历史探寻的目光

① 洪子诚：《中国当代文学史》，北京大学出版社1999年版，第107页。

② 王春林：《凡俗生活展示中的历史镜像——评铁凝长篇小说〈笨花〉》，载《小说评论》2006年第2期。

落实停留在与普通民众最贴近的生活细节上，包括他们的生老病死、婚丧嫁娶、人际关系、地气民风、世俗欲望，以及这些悠久而稳固的日常生活在动荡的历史时期所受到的影响与冲击，正像美国史学家康尼尔李德所说："历史是指记录下来的或未记录下来的对人类往昔经验的回忆。"① 总之，在铁凝笔下，历史被演绎为人类的日常生活史，或者更确切地说，历史被进行了一次日常生活化的还原。具体来讲，这种历史的日常生活化主要表现在以下几个方面。

其一，充满质感的日常生活构成为历史的基本元素或实体。前述已经指出，传统的历史叙事也有日常生活，却总是被沦为某种意识形态言说的道具。而在铁凝小说中，日常生活却是作为自身而存在，取得了自在自为的独立地位；而且铁凝还把它上升为历史主体，作为一种生命存在形态和生命过程来看待，表现出世俗化、稳定性等固有特点。这种稳定而独特的感性存在构成了历史的基本元素，或者就是历史本体自身，从而历史变成富有生命形态的具体可感的历史。因此，在她的历史叙事小说中，作为贯穿全篇主线的不是大的政治斗争，不是时代的变迁，而是人物以日常生活为主体的生命过程及彼此间的人际关系。而且由家庭、血缘、伦理等所组成的这条日常生活的主线没有被阶级斗争、民族解放等宏大主题所阻断。如《村路带我回家》《麦秸垛》等知青题材小说，无论对于当地的农民还是对于插队的知青来说，革命运动并没有占据他们生活的主体地位，构成其生活主体的依然是流水般的平常日子。它是知青间的爱情纠葛、农民与知青间以及农民之间那种温暖友好的人情人际关系，是挑水和做饭、耕作和收获，是一场电影足以欣喜快乐的简单而贫乏的生活，是女性轮回式的婚姻悲剧。《玫瑰门》叙述了司猗纹从"五四"到新中国成立，再到"文革"，直至"文革"结束后的新时期这段漫长而坎坷的人生经历。她的一生是渴望进入社会、融入历史

① 张文杰等编译：《现代西方历史哲学译文集》，上海译文出版社1984年版，第244页。

的一生，然而这并不是受意识形态本身的召唤和启蒙，而是受她自己无法安分守己的叛逆性格的影响和内心激情的鼓荡。而且这些历史时期只具有标志时间的作用，小说并没有对其展开正面的细述，构成小说主要线索的是以司猗纹为主的女性家族的生死恩怨、聚散离合，以及三代女性之间的彼此争斗。小说《大浴女》同样涉及“文革”历史，但是除了尹小跳幼年时期所参加的那次刻骨铭心的批斗大会，以及章妩夫妇被送去农场劳动改造，可以算作对重大历史事件比较直接的书写外，其余与“文革”历史并无多少关系。劳改农场的犯人们关心的是如何做到生理欲望和食欲兼得，章妩和唐医生关心的是性欲的满足，尹小跳、唐菲、孟由由等女孩则躲进小楼，自得其乐，利用有限的材料制作食物，一起欣赏《苏联妇女》中的富足生活，用红纸染出红唇。“文革”与她们无关。

铁凝新近发表的第四部长篇小说《笨花》，在意识形态的日常化叙事方面表现得最为出色。小说展现了从清末民初一直到 20 世纪 40 年代中期抗日战争胜利这 50 年左右的时段内中国历史的变迁过程，是一篇地道的历史小说。从表面上看，小说似乎在两条线索上展开叙事：一条是以向喜为线索，他联系着外面的大千世界和战乱局势；另一条是以向氏家族为中心的笨花村平静安稳的生活为线索。随着战争向笨花村的波及蔓延，两条线索才在抗战中逐渐走向融合。然而，虽然在向喜那条线索上叙述了当时变幻莫测、跌宕起伏的历史风云，但是对有关历史事件的叙述仅止于一种蜻蜓点水式的背景交代，并且构成向喜生活主体的不是他在战事中的屡次升迁，而是他的三次婚姻生活，以及对故乡笨花村魂牵梦绕的思念。这种生活与笨花村人的生活是没有什么本质区别的。因此，从本质上说，《笨花》是把时代风云“家史”化了。具体来说，就是以向家为主线，把对人生和历史的感悟建立在了以婚配、繁衍、爱情为常态的家庭日常生活的基础之上，而且以向家为中心展现了笨花村人的生存、劳作、婚姻、繁衍的生命过程和他们彼此间的亲情、友情等人际关系变化。难怪在谈到《笨花》的创作时，铁凝曾说：“我就是希

望找到一种准确的、俭朴的、温润的、结实的世俗方式来写出世俗中的人情的美，世俗生活中生活的具体意趣。也就是希望写出世俗烟火中的精神空间。"① 铁凝的确做到了。小说从笨花村极为平常的一天的黄昏生活写起，并且以相当的篇幅书写了人们的劳作和收获、定亲和成婚、饮食、打官司、建房、摘花钻窝棚、赶大集做小买卖等带有地方特色的民情风俗。这些日常生活组成了笨花村人生活的全部，对这份安稳日子的信仰和倚赖并不随着外面世界的风云变幻而发生改变。借用小说人物向文成曾经反复说过的一句话就是："事变了，事变咱也得过日子。这是在咱笨花，笨花还是咱们的。日本人横竖把笨花村搬不走，站的住的还是咱笨花人。"因此，即便是在残酷的战争环境中，笨花人依然保持着对生活不变的乐观和情趣。向家每个人都有自己的爱好和理想：向文成精于算地和行医，还会教学、编文明戏；大儿子武备是太行山区根据地的一位领导人，但却一直心存成为作家或世界语学者的理想；在部队做卫生员的小儿子有备，在繁忙的工作之余依然怀抱对美术的热爱。即便是一心忙于革命工作的区长尹率真，拉风箱、贴饼子、蒸窝窝，是样样都会，而且还内行地教向家老太太做西瓜酱。同时，作为普通的劳动人民，向村人内心普遍坚守着一种朴素的道德伦理秩序，在父子天性、婆媳之情、邻里之睦、朋友之谊中，表现出宽厚、和善、友爱、互助等美好的人间亲情和友情，它们更构成为日常生活的稳定形态。难怪对向喜而言，虽然在外很风光，却始终感觉自己的心依然处于飘零状态，而只有笨花村粗茶淡饭的生活才能安放他羁旅一生而疲惫的灵魂，用妻子同艾的话说就是"外边的事都像做梦，家里的事才是真事"。这"家里的事"，指的就是这安稳的日常生活。铁凝成功地超越了经典的革命叙事模式，以委婉细腻的笔致，将朴素、兴味盎然的日常生活进行了铺陈，"全部的社会生活都在其最古怪、最细枝末节的层次上"得以再

① 甘丹：《铁凝〈笨花〉转型》，载《新京报》2005年12月28日。

现，[①] 它贯穿和填满了50年变幻莫测、风起云涌的历史，历史终于在日常化的过程中敞开了被“正史”所遗漏和封锁的具体可感的现实图景。

其二，人物的常态性情和生活情状得到了肯定和还原。对日常叙事而言，它的功绩除了挖掘出了历史深处的感性生活经验之外，再一点就是肯定了人物各种正常的人生欲求并还原了人的真实的生活情状。在传统的意识形态叙事小说中，为了突出英雄人物的高大形象（不唯在革命历史小说中，其他如伤痕反思小说、改革小说、现实主义冲击波小说都存在塑造英雄人物的情结），即便是在日常生活领域他们也被塑造成不食人间烟火、充满理性的人；其他非英雄人物倒是充满了各种欲望，但是却不被作为人的正常需求得到肯定而是遭到严厉批判，由此才成功地起到了其对英雄人物的陪衬作用。而在铁凝小说中，人物被真正纳入了生活的流程之中，无论主次，他们的各种正常欲求，他们内心的隐秘、他们真实的生活情状，都得到了肯定或真实的呈现。

小说《村路带我回家》中，知青乔叶叶下乡并不是出于自愿改造农村落后面貌和接受贫下中农再教育的高尚目的，而是受当时的环境所驱使，一向随波逐流的她不得已选择了下乡。更富有戏剧性的是，在去往农村的路途中，于热烈而壮观的气氛中，乔叶叶竟然在汽车上睡着了。《棉花垛》中的乔和《笨花》中的取灯上夜校参加革命，并不像革命历史小说中所描述的那样是出于对革命事业的向往和追求，而是因为村里办了夜校，她们没有别的事情可做，于是随大流才上了夜校；而最终走上革命道路也并不是上夜校接受了革命教育的必然结果，更多的是受了男性革命者国和西贝时令的吸引，这又与革命历史小说中革命对爱情的整合恰好形成了逆转。《笨花》中的向喜最初能决定去应试入伍，完全是受了饭店老板葛俊的鼓动和告示的诱惑，并没有富国强兵、杀敌为国的崇高目的。而传统的历史叙事却对人物的革命动机进行了崇高化的处理，事实上这是对人物的一种意识形态化的改造。人物的英雄形象

---

① ［美］弗兰克·伦特里契：《福柯的遗产：一种新历史主义？》，载王逢振等编《最新西方文论选》，漓江出版社1991年版，第465页。

固然因此得到了强化，但却失去了人的自然本性。

出于同样的原因，这些所谓的英雄人物在两性情感方面也表现出超越姿态，不仅革命压倒了爱情，而且超越阶级之上的情感更要不得。而《棉花垛》和《笨花》却不仅描写了国与乔、时令与取灯这些发生在革命者之间的爱情，而且还让不同阶级之间也可以有异性间的吸引。身为革命者的国在处置出卖者小臭子时竟然动了邪念，对她实施了强奸，这既是以性虐待方式为其爱恋者乔复仇，同时更是在乔面前无法实现的性欲的对象化转移。这种事情发生在一个革命干部身上显得有点儿滑稽，有点儿不符合革命的意识形态，但是，战争不能够也不可能消灭性别的相互吸引，不可能消灭人的自然欲求，即便是不同阶级的异性之间同样也会产生情感。这不是对意识形态的亵渎，而是对人性的尊重。当然国的强奸行为也有为乔复仇的革命动机，但从他对小臭子美好外形的突然发现这一细节中，我们可以想象，在他最后将枪口指向小臭子时，他内心应该是经历了欲望和革命彼此纠缠的痛苦过程的。而这种复杂性，正是人的常态存在的重要表征。《笨花》中对革命者有备与董医助“同床共枕”时的性心理进行了细致的描写，其目的也在于此。他表面犹豫着是否与小董同床共枕，内心却渴望着小董的邀请；当他终于与小董躺在一起时又如芒刺在背，他心里想弄清楚与他同床共枕的小董到底是细睡还是粗睡；当他终于鼓足勇气反转身子看到了月光下脱光衣服细睡的小董时，他又感觉自己的行为很不光明，但他还是不能控制自己又反转身看了小董一眼。面对她放光的身体，他切实感受到了什么叫心惊肉跳；他努力让自己想点别的以转移注意力，但所想到的却又是儿时伙伴对男女之事的议论。这种对男女之事不自觉的回想是他性欲萌动的一种反映，更是他潜意识中对欲望无法满足的一种想象性的替代性补偿。尽管他对小董并没有做任何实质性的“性”举动，但是他那两次小心翼翼的身体扭转及心中对男女之事的回想却深刻地反映出他内心的冲动和对欲望的渴望。同样，董医助对有备共眠的邀约、带有暧昧色彩的言语、脱光衣服细睡的方式，是她对有备发出的欲望信号。《笨花》中的向喜，虽然诚实、爽直，不失为君子，但是在生活态度方面却也显示出世俗常人的一面。他背着结发之妻同艾在外悄悄地娶了两房媳妇，他对妻子充满了内疚，却又无法克服妻子不在身边的寂寞，无法阻止内心的欲望。对此，作家并没有给以谴责。同样，妻子尽管很伤心，但事实上，她内心深处却理解并早已原谅了向喜。

对于其他历史中的小人物而言，守着一份富足而安闲的日子是他们最大的理想。《棉花垛》中的小臭子和《笨花》中的小袄子，在抗战之前，纷纷效仿母亲钻窝棚摘花养活自己；抗战开始了，她们又靠上汉奸，目的仅仅是为了一匹毛布衣料。她们不关心也不在意革命或不革命，也无意于投身时代的革命洪流，而是走了一条古老的女人之路。因为她们最懂得活命的哲学。她们深知，作为普通人，她们无力改变世界，不能力挽时代狂澜；对她们来说，只有抓住属于自己的日子才是实实在在的。因此，在死亡的胁迫和物质的诱惑之下，她们选择了出卖。在革命一方看来，她们的出卖行为是极不光彩的、可耻的，但是却符合普通小人物自身的生活逻辑。因此，铁凝对她们的行为并没有表现出过多的批判。

铁凝的意识形态叙事不再像传统的宏大叙事那样，致力于构制和编织英雄谱系的神话。在她看来，相对于庞大的历史而言，实际上所有的人都是边缘式人物，因此在她的小说中，人物被传统叙事所遮蔽的正常人性和生活情态得到了最大限度的敞开和认可，由此呈现了历史日常化世俗化的特质。

其三，强调偶然性因素对人物命运的影响以及历史本身的偶然性。经典历史叙事特别强调历史的必然性和逻辑性，而忽视“在历史发展中起着自己作用”的偶然性，因而文本成为对历史规律性的演绎，失去了历史本身的丰富性和复杂性。事实上，从某种意义上说，偶然是鲜活的个体存在，不可预料恰是日常生活的本相。所谓的“必然性”，从本质上讲只是一种历史的事后叙事，而偶然性却与历史同步，是一种现在进行时的同步叙事，保持了历史的鲜活性、生动性，历史由此也显示出其作为生活流程而存在的本质特征。《村路带我回家》中，对乔叶叶的不幸婚姻而言，知青运动显然负有不可推卸的历史责任，但是这种归因毕竟又过于抽象和笼统；真正直接促成她人生发生转机的是一系列具体的偶然事件的发生。如果不是金召错把纸条放进乔叶叶的衣服，那么爱慕她的盼雨就不会因维护她而与金召结怨，乔叶叶也就不必迫于舆论压力而糊里糊涂地嫁给盼雨，在盼雨死后金召便不会因心存内疚而关注她，并由内疚转化成爱情，乔叶叶也就不会选择金召而负情于宋侃，永远留在了农村。《麦秸垛》中，那个差点掉进炉膛的针钩白领子无意中成为沈小凤和陆野明事发的导火线，两人关系的公开化使包括杨青在内的三人的命运都发生了变化。《笨花》中，向喜的一生更是由偶然书写而成。本分能干的向喜本来可以安分守己地守着老婆孩子过普通人的生活，可是偏巧赶集那天镇上招兵的告示被他看到，偏巧他又去饭馆有机会受到了饭馆老板葛俊的鼓动，回家时又偏巧在石人石马前歇脚，一只手随便拍了拍胯下的石马，这一拍使他想起了告示上对应征者的要求而思谋起一百斤到底有多重。到了家，不知怎的又一眼盯住了院里当年父亲练功用的石锁，于是就鬼使神差地跟石锁较上了劲，而且偏偏他又举起了它。加之弟弟向桂的鼓动，妻子同艾的话语试探，向喜到底受了告示的诱惑产生了跃跃欲试的念头，由此开始了军旅生涯，也开始了他人生的重大转机。军旅的孤独使他先后两次纳妾，显赫的地位又使他成为日本人关注的目标，为避免麻烦他隐身而退独自经营粪场，可躲避日本人追逼的戏班演员恰巧跑到他的粪场避难，而这个戏班的主人正是早年离他而去的第二房妻子施玉蝉。当日本追兵赶来搜捕时，他再三思忖后选择了以消灭对方来对付敌人的方法，从而引咎上身。之后当一伙日本兵前来挑衅时，没成想向喜归乡时埋在米饭里的那把手枪发挥了作用，他就用它杀了两个日本人并用最后一颗子弹结束了自己的生命。同样，一向谨慎的取灯原本可以免遭劫难，她的死也是诸多偶然因素中的必然。如果她约定与小袄子见面的时间不是在深秋之夜，地点不是村外的窝棚，那么，她就没有条件陷入对景色的陶醉，本应把取灯押解回城交差的日本人就不会受窝棚的诱惑，对其实施残忍的强暴。日常生活中的一些不经意的小事情小物件在不期然间竟成为改写人物命运的决定性因素，难怪“在以后的日子里向喜常想，是谁让他鬼使神差地举起了家里那个石锁呢？身处顺境时，这就像他人生的一大侥幸；身处逆境时，又似乎是他对那个石锁的抱怨”。这不仅是他一人的感慨，我相信也是其他人共同的感慨。而人生时时处处存在偶然，这正是生活的本来面目。

同样，由日常生活构成的宏大历史也点染着偶然性的特质。这从小说中那些具体历史场景的出现和某一历史阶段的结束方式中可以洞悉。比如，铁凝最重要的两个长篇小说《玫瑰门》《大浴女》是这样进入“文革”历史的：“不知怎么的学校突然就乱了起来，就像是老师大讲革命接班人讲得太多的缘故，革命接班人到底要接革命的班了。”① 然后就是学生批斗老师的场景。“1966 年秋季的一天，北京灯儿胡同小学一年级新生尹小跳，在学校小操场参加了一次热闹而又杂乱的批判大会。”② 然后是接受批斗的唐津津老师当众吃屎的荒唐场面。

铁凝的这两个长篇小说采用儿童视角，描写了以一个孩子的人生阅历所能看到和所能理解的周围世界的变化，以此代替了传统历史叙事对历史事件和社会背景的具体的实录式描写。因为是通过少不更事、少见多怪的孩子的眼光来展现历史，因此“文革”历史就给人这样的印象：革命似乎是一件新奇的事物，它从天而降突然发生，没有什么迹象预示它的到来；同样，它的结束也是事物发展的自然结果，并不是历史发展的必然，也不必然标志着一个新时代的开始，因此它的结束也没有明确的标志。不像传统历史叙事一样，往往以历史进化论观点为指导，用历史的断代法特意标识出一段历史的结束和一段新历史的到来，并且给人美好的未来期许和承诺，一如伤痕和反思小说结尾所描写的那样。在铁凝的小说中，人们已经把它当作生活中的其他偶然事物一样来看待，虽

---

① 铁凝：《玫瑰门》，春风文艺出版社 2003 年版，第 20 页。

② 铁凝：《大浴女》，江苏文艺出版社 2001 年版，第 34 页。

然来得突然，但事情既已发生，那么它就自然融入了人们的生活流程当中，成为日常生活的一部分，即便是改朝换代了人们也无须大惊小怪或欢欣雀跃。因为改朝换代只对抽象的国家民族而言具有重大的意义，对一心只关注个人生计的普通人来说意义并不大，他们的生活只是在原来的基础上照样继续。所以当“文革”结束，一个日新月异的伟大的时代就要开启，这样一个被理所当然地视为激动人心的时刻，《玫瑰门》却以这样平静的口吻来叙述：

> 响勺胡同还叫响勺胡同，没有被改成“延安”、“瑞金”，像是死里逃生。
>
> 没有改过去也就用不着再改过来。
>
> ……
>
> 眉眉逃离的是响勺，重返的也是响勺。
>
> 过去竹西作为庄坦的妻子住响勺，现在竹西作为大旗的妻子也住响勺。
>
> ……
>
> 过去司猗纹为响勺胡同唱“阿庆嫂”，如今司猗纹为响勺胡同唱过“大快人心”。①

这几段文字时时处处把响勺胡同及各色人物的过去与当下联系起来，在一种共时性的对比描述中，历史显现出它的延续性和稳定性，“文革”后的当下生活只是“文革”生活的继续和延伸。由此可见，“文革”历史这个在正史和通常的历史叙事中被视为一次史无前例的动乱的特殊历史阶段，只是日常生活过程中的一个偶然性事件，在人的日常生活中它仅仅起到了背景的作用。因此，小说关心的不是历史事件本身，而是历

① 铁凝：《玫瑰门》，春风文艺出版社 2003 年版，第 393 页。

史动荡给人们的日常生活所带来的变化和影响。

总之，铁凝小说的意识形态叙事的日常生活化，改变了传统历史叙事的平面化、刻板化的特征，使历史成为一个以日常生活为内在肌理和实体的立体世界、一个以人性为内核的世俗世界、一个充满偶然因素的鲜活世界。这反映了铁凝的日常化的历史观，就像王安忆所说："我眼中的历史是日常的。"① 而传统的历史小说甚至包括新时期一些新锐作家，像李锐、李洱等的历史小说在内，虽然在以日常生活切入历史方面它们之间存在着一定的差别，但不管怎样，作家都受某种纯粹的"历史"理念的主导和支配，创作中存在着历史大于生活的倾向。而铁凝却摆脱了历史理念的束缚，不是在对历史做学理的阐释，而只是实实在在地去呈现历史，描述历史具体可感的细微处、动人处，因此，历史是日常生活化了的历史，是生活大于历史。在这种观念的指导下，原本宏大的历史时空被日常生活所填充并且日常生活占了主角，这为我们提供了窥测历史中平常人生的机会，正如前述的知青叙事使我们所看到的一样："作者以及其'个人'的人物逻辑，使人作为知青个人的选择与文革中任何意识形态神话、政治豪语、当年誓言等等无干，也以此表达了关于知青历史的一种理解：那一度的知青生活，不是炼狱不是施洗的圣坛，不是净土不是'意义'、'主题'的仓库，不是……作者没有指明它'是'什么。或许'是'即在不言之中：那是平常人生。"② 而"'无主题'从来都是一种主题，意义的平凡化也无非是为了重建意义"③。这种平凡化正是铁凝对历史概念的重建，更是对生命意义的重建和世俗人生的发现，它构成了历史的稳定形态。无论以政治事件为标志的世事如何变迁，人们的生活进程依然稳固存在。外界大的历史事件的发生不过是构成了日常生活的舞台背景，因此在文本中并不是叙事的重心，它

① 徐春萍：《我眼中的历史是日常的——与王安忆谈〈长恨歌〉》，载《文学报》2000 年 10 月 26 日。

② 赵园：《怀念与回归》，载《上海文论》1991 年第 5 期。

③ 赵园：《地之子——乡村小说与农民文化》，北京十月文艺出版社 1993 年版，第 298 页。

只是作为历史叙事的外壳被简单描摹和勾画。铁凝这种以日常生活叙事关照历史的方式，给人以强烈的历史在场感。在她看来，正是从这些松散琐碎的劳作和过日子的感性化生活当中，“人们还能看到人类生活连绵不断的延续性，这是一种积极的、顽强不屈的、永恒的连续性，这种连续性本身就是有意味的，这些东西可能比风云史更能打动我”①。

当然，尽管铁凝抬高了日常生活的地位，将历史隐没于日常生活的皱褶里，但她并没有因此迷失价值评判的标准，决然放弃了应有的理性原则。比如，虽然人物在世俗性方面得到了同样的重视，但终究还是有区别的，对生命本体价值的尊重不能成为忽视人格高低的理由。国和时令、向喜等人物，他们有挣扎，但终归没有迷失人的道德和良知，而像小臭子等，其出卖革命者的行为尽管可以理解但终归难逃正义的惩罚。作家对人物的情感趋向隐含其中；某一历史的开始和终结，在小说中不具有标志历史断代和历史进步的意义，但是这只是对日常生活中的普通百姓而言，但是对抽象的历史而言，它们无疑还是具有区别历史阶段和标志历史进程的意义的。因此，虽然铁凝对它的叙述是那么不经意，但绝不会模糊其存在和消失的历史界限，对其性质的认识毫不含糊，表现在行文中就是必定要暴露其荒谬性并一定要标示出其结束，否则就是无视历史的存在。这不是历史的无知而是基本的历史理性的匮乏。铁凝意识形态叙事的日常生活化虽然改写了传统意识形态叙事的模式，甚至对新历史小说也有某方面的突破，但并没有对历史进行无原则的演绎和任意涂改，而是保持了一个作家所应有的历史理性。正是这个原因，我们对铁凝日常化叙事的阐释才可以在意识形态叙事的范畴内进行，才有了我们对其继续进行阐释的可能。

① 铁凝、崔立秋：《笨重与轻盈的奇妙世界——关于铁凝〈笨花〉的对话》，载《河北日报》2006年1月6日。

第二节　意识形态的隐形叙事

铁凝的意识形态叙事充满了日常生活的场景，因此，以传统叙事观念来看，这种叙事似乎与启蒙、政治等意识形态主题无关。但事实并非如此。铁凝有关社会、历史的深刻思索就渗透在日常化叙事的表层，只是不像传统意识形态叙事一样表现为内在思想和叙事表层的完全统一。就像"十七年"革命历史小说，作为意识形态宏大叙事的典范，完全是"在既定的意识形态规范内，讲述既定的历史题材，以达成既定的意识形态目的，讲述革命在经历了曲折的过程之后，最终走向胜利"①。而铁凝却把这种思索进行了一种隐秘的处理，她不直书意识形态本身的面目，而是从人的日常生活中寻找感性的生命体验，以此对意识形态进行逆向追溯式的思索。这种从感性体验出发形成的思索比直书更深刻，更能深达和撼动人的心灵，因为有关意识形态的话语对日常生活中的人们来说或许太过复杂，他们所能感受到的就是自己身边的生活。铁凝以此作为中介而又水到渠成般地通向对意识形态话语的思索，而不是直接抵达。就像《笨花》一样，铁凝对于乡村日常生活的突出表现，却并不意味着作家对于再现历史这样一种艺术目标的忽略，只不过"作家采用的是在凡俗生活的描摹与展示中凸显历史镜像的这样一种富有原创意味的艺术表现方式而已"，即"对历史事件的艺术表现是通过对日常凡俗生活的细致描写得以实现的"。② 正是从这种意义上，笔者将它称为意识形态叙事的隐形化。传统的意识形态叙事总是着力突出作家的启蒙精神或精英立场而不可避免的有种说教感，而铁凝的这种隐形叙事却将其对意识形态话语的思考隐没于日常生活，在日常生活的情境中轻松

---

① 洪子诚：《中国当代文学史》，北京大学出版社 1999 年版，第 106 页。

② 王春林：《凡俗生活展示中的历史镜像——评铁凝长篇小说〈笨花〉》，载《小说评论》2006 年第 2 期。

自然地表达；前者表达的是主流的公共的集体意志，而后者则强调个人的独立思考。铁凝对意识形态话语的隐形化处理虽然放弃了传统意识形态的写作方式，但是依然保留了现代性叙事的历史理性。即如前述（第一节结尾处）对其历史的日常生活化叙事中理性原则的分析，已经显示出铁凝于日常叙事中潜隐的意识形态立场。接下来，本文将从以下几个方面对铁凝意识形态叙事隐形化的特点做进一步的透视和证明。

其一，通过对日常生活中的美好人性人情的书写来表达对国家民族现代性的思考。铁凝惯于在日常生活中发现人性人情的诗意美好，这些美好的人性人情是维系日常生活稳定、持续进行的重要基础。然而，铁凝又不止于在日常伦理的层面去肯定它们，在她看来，友爱、互助、善良等美好的人性人情作为中华民族的传统美德，它们还是支撑我们国家民族不断前进，逐步推进现代化进程的伟大精神动力。帮助铁凝最初奠定了当代文学史地位的小说《哦，香雪》，描写了一群山村女孩为一辆穿村而过仅仅停留一分钟的火车而产生的心动，那种单纯和细腻的心灵感受似乎无论如何也与所谓的“宏大主题”无涉。然而，透过这“人类心灵能够共同感受到的东西”我们分明感受到了整个中华民族正在摆脱贫穷，开始向现代化迈进的时代脉搏。当然，香雪们作为单纯甚或还有些幼稚的山村女孩，她们并不知道什么叫物质文明什么叫现代化，但她们却朦胧地意识到了山村要改变，她们的生活也要发生改变。这一切都通过她们等待火车这个不起眼的行动表现出来，她们那份动人的热情，不知曾经给刚刚走出“文革”阴霾重续现代化进程的中国人多少信心和勇气！小说《秀色》可以说是谱写了一曲壮烈的赞歌。秀色村民尤其是秀色的女人为了解决村子缺水的问题，她们几代人都无怨无悔地把女性之躯献给打井队队员。这是一个很危险的题材，正如蒋守谦所说：“这可以说是作者从生活的悬崖绝壁上去摘来的一朵文学之花，因为稍有闪失，讲出来的就可能是秀色女人为了活命而丧尽廉耻的故事。然而铁凝却凭借自己的胆识和处理这一题材时严格的艺术分寸感，硬是从这一危险地带排除了生死事小，失节事大的封建伦理观念，突显了隐含其间的崇高精神。”① 她们的崇高精神就体现在她们不是为了一己的利益而是为了全村人的集体利益，并把这当作几代人为之不懈努力的事业。因此，她们的行为“光明磊落，直白放肆而又纯净无邪”，超越了两性关系的层面而上升为一种崇高的牺牲精神。最后共产党员才终于完成了这一使命，那个受到秀色女人行为震撼的共产党员李技术，他对张品身体的拒绝及他的意外身亡同样是一种大义的表现。《笨花》将变幻莫测的历史巧妙地融于“凡人凡事”之中，在日常生活中发掘人性人情之美。然而以向氏家族为代表的笨花村人没有完全局限于他们个人生活的小圈子而一味沉醉于这种美好的伦理情感所带来的满足中，一旦有重大变故发生，一旦生活进入战争的非正常状态，他们便自发地、本能地投入这场保家卫国的伟大斗争之中。就向氏家族而言，从向喜到向文成、取灯，到向文麒、向文麟，再到向武备、向有备，都积极主动地投入了抗战的洪流之中。或许是他们都读过书，作为知书达理的文化人深明当前的革命形势才做出这样的选择。但是其他的更多人物，作为地道的中国普通老百姓，他们没有什么文化也不懂得革命的大道理，但他们一样凭着一个中国人的良知在为抗战尽着分内的职责。三灵充当了联系向文成和山牧仁之间的信使；独腿的西贝二片在全村人都转移走时无意中留了下来，但他却勇敢地飞向日本兵拉响了复仇的炸药；瞎话连篇的向瞎话为了保护全村人的安全惨死在敌人的屠刀之下；同艾为救被捕的革命者甘子明只身去找葛俊，一向只看重钱财的向桂也一改颓废而帮忙引荐……这些人，他们并没有披金挂甲上阵杀敌，但在没有硝烟的战场上，他们的风姿依然美丽。“面对那个纷繁复杂的历史年代的种种艰难的选择，这群人最终保持了自己的尊严和内心的道德秩序，揭示了一个民族不屈不挠的耐力和韧性，这是一个民族的底色。”② 即便是地位相对显赫的向喜，也同样被作为构成这一民族底色的一个普通中国人得以

① 蒋守谦编：《九十年代文学潮流大系》之一，北京师范大学出版社1999年版，第12页。

② 铁凝、崔立秋：《笨重与轻盈的奇妙世界——关于铁凝〈笨花〉的对话》，载《河北日报》2006年1月6日。

表现的。向喜走向显赫不过是一种被动选择的结果，他并没有什么高远的政治主张，也没有所谓的英雄大气，他只是一个凡人，只不过他比其他人面对了更多利益的选择；面对实际利益和各种更大利益的诱惑，他也是凭直觉做出选择，但是他的选择却无一例外地坚守了其内心的道德秩序，在军阀混战的民国时期如此，在日本人来之后更是如此。尤其是在一个个体被动的时代，作为一个凡人，做出这种选择何其艰难。“而支撑做这种选择的，是一个民族的底盘，是沉重的而不是飞扬。”① 无论是谁，他们身上所显示出的民族正义都是平日里纯朴友善的人性人情在非常的战时岁月的升华，两者相辅相成，有平日里的友爱互助和道德坚守，才会有战时自觉的团结御辱和同仇敌忾。正是依托中华民族的传统美德这条根脉，笨花村人才在民族危亡面前表现出可贵的深明大义。同时，在通向民族大义的过程中小说蕴含了一种革命启蒙的意味。笨花村人之所以能将人性人情转化为民族大义是因为他们认同中国共产党的救国道路，在共产党的领导下他们自觉投入全民族抗战的时代洪流之中。这样，小说达成了同其他传统的宏大叙事一样的意识形态目的——肯定了中国革命的正确性，历史的进步性，并且弘扬了民族的正气。因此，这篇小说是一个有关国家民族的寓言，包藏着民众对国家民族的意识形态的现代化认同。当然，这种认同不是如传统的意识形态叙事一样更多靠一种革命理论的说教，而是靠民众的自觉。另外，投入这个抗战行列的还有两个外国人。两人的身份都很特殊：一个是传教士，另一个是日本人，他们之所以参与了中国人的抗战活动，同样是基于自身善良的人性和做人的良知，在民族正义面前它转化为一种国际的道义支持；而其特殊的身份更强有力地证明了中国革命的正确性，在现实层面进一步强化了民族国家的政治意识形态认同。这样，小说通过对日常生活中的美好人性人情的书写间接表达了对国家民族这一宏大话语的思考，由美好的人性人情接通了日常生活与主流意识形态之间的关系。

---

① 王干、铁凝：《花非花　人是人　小说是小说——关于〈笨花〉的对话》，载《南方文坛》2006 年第 3 期。

其二，通过个人化的生命体验和记忆来思考一个历史和时代。在国家民族宏大主题的统摄之下，传统意识形态叙事中，个人的生命体验往往以集体的面目出现，某种程度上，时代的变更、经历、氛围就代表了个人的经历。千人一面的个人体验抹杀了个人体验的丰富性和复杂性，实际上也就是取消了个人体验。比如，新时期之初的伤痕、反思小说是最早对“文革”历史中的苦难进行情感宣泄的作品，其苦难宣泄主要聚焦于政治层面，因此，其情感抚慰的对象也仅仅局限在那些直接受到政治迫害的人，而对于其他距离政治相对较远的小人物的感受却视而不见。而且无论是受难的官员还是普通百姓，虽然都是由于错误的政治而遭受身心的磨难，但是随着“文革”历史的结束及政策的调整，官员们官复原职，普通百姓破镜重圆，于是“文革”历史也就如过眼云烟一样成为过去，他们好像从未受到过损伤一样，反而把重新得到当作一种收获，表现出一种乐观的情绪。那些官复原职的官员，甚至对苦难经历心存感激。因此，尽管作品往往以某个人的回忆和经历来展开“文革”历史，但是却不具备真正个人化的特点。作为“文革”结束后第一批对“文革”进行集中清算和控诉的作品，它们在特殊的历史阶段为抚平整个社会的伤痛以及重塑国家民族的想象起到了应有的作用。然而事实上，“文革”给人所造成的伤害远不是这么简单，除了政治的伤痕外，还有很多难以言说的伤痛，它在人们心灵上所留下的伤痕不是轻易就能愈合的，那是他们记忆中永远的痛。铁凝的叙事就为我们证明了这一点。她将视线从抽象的政治进一步指向人的日常生活，从个人生命体验的角度和日常生活的细节中透视“文革”历史。《玫瑰门》中的庄坦，《无雨之城》中的丘晔，《错落有致》中的佳兰，《永远有多远》中的西单小六，《大浴女》中的唐菲、唐医生、章妩等，他们身上无不留有那个畸形年代的深刻烙印。作家对“文革”的批判立场就隐藏在他们极具个人体验性的生命故事中，而且由于切近了个人的体验，较之前述“文革”小说更能对“文革”历史形成全面而深刻的认识。

长篇小说《大浴女》的历史叙事最具有个人体验性。首先，它以尹小跳赎罪式的心理情结作为叙事的起点，于是把小说叙事限定在了个人经验最内在的方面；其次，它的自传体特征表现出脱离历史的潜在愿望。这两点使得这部小说似乎与历史无关，更与意识形态话语无关。但是，关于个人化的话语并没有真正摆脱历史，而是要求助于历史。记忆的阴影使尹小跳一次次回到历史的深处，本来赎罪性的动机为人性的反思提供了关键的动力，但是却又被叙事人挪用了，它同时成为推动叙述进行的持续性动力。随着反思性叙述的进行，尹小跳的情爱史得到了铺展，而且“文革”历史在其个人化的回忆中一步步得到了完整的展现。爱情的失败作为惩罚使尹小跳从人性的罪恶中获得解脱，而真爱的获得又使罪恶不期然间转化成了一个历史的人生的错误。那是一个少不更事的女孩以自己仅有的人生“智慧”，在处理和解决“文革”所造成的家庭灾难时无意识中所犯下的错误，而错误带给尹小跳一直以来的心理郁结这一个人化的体验本身就指认着“文革”的罪孽。于是，“人性的追问，变成了对历史的探究；内心的梳理，变成了外在历史呈现”[①]。之外，《大浴女》还有一节描述了以章妩夫妇为代表的一批知识分子被发配到苇河农场劳动改造的场景。我们看到，小说并没有从政治上强调这些知识分子是被错判，而这在伤痕、反思小说中却是被特意标示出来的；不过，他们像伤痕、反思小说所描述的知识分子一样并不反对革命，甚至愿意在劳动之余学习或批判，斗争或检讨。不同的是，王蒙等作家借以表现的是干部和知识分子虽蒙受不公却依然保持对党对革命事业的那份忠诚，苦难成为考验他们革命意志的试金石，因此，“文革”过后他们发出了在今天的人们看来所不能理解的“感谢苦难”的声音。而《大浴女》中的这群知识分子的虔诚却是出于一种无奈，是一种谨小慎微，他们只是奢望用自己的态度、行为证明自己已达到了革命的要求和标准以便尽快结束苦难。而这里所说的“苦难”，不单指政治上的屈辱，甚或身体的劳累也可不计，因为对待这些他们尚能在自我麻醉中

① 陈晓明：《现代性的尽头：非历史化与当代文学变异》，载《现代性与中国当代文学转型》，云南人民出版社2003年版，第240页。

被动承受，他们唯一接受不了的是来自身体和生命的躁动和不安。革命纪律禁止他们过正常的夫妻生活，夫妻只能在男女分住的宿舍里彼此怀恋渴望着对方。于是，大约80对夫妻把释放生命饥渴的希望寄托在了那个只在周日才向他们开放的山上小屋上。数量之大与时间有限的反差决定了有人必然轮不上，为此，他们一边保持着知识分子的矜持，一边彼此之间早就展开了明争暗斗的较量。与生命饥渴相伴而来的是对美食的饥渴，然而时间的紧迫使改善伙食和满足性欲两者往往发生冲突。有对夫妻想“鱼与熊掌”兼得，为争取时间决定在苇丛中“办事”，结果被农场工人抓住并被当作革命意志不坚定、生活作风不正的典型而做了无数次检讨。在政治意识形态的重压下这群人已然丧失了社会性的认可及人身的自由，现在又被挤压到了人性的最底层，只剩下了人性的自然欲求：食、色。而当人的生命中只剩下了“食、色”，并且即便是这两者都要用艰苦的斗争去争取时，不用说，这样的意识形态已经是大可值得怀疑了。对此，铁凝没有直接书写，不过章妩等人的这种生命体验已经将“文革”的深重罪孽暴露无遗。慑于其威压而得了严重眩晕症的章妩，多年之后回忆起往事时，“当思路走到苇河农场时她便刻意略去不想。她无法想象她是因为不能两样同时兼得而生了大病”。可见，“文革”历史带来了怎样的持久性的伤害！

“文革”历史并不是《无雨之城》的叙事重点，但它对“文革”的反思同样深刻。丘晔这一伙父母被关进牛棚的孩子虽然境遇突变但却获得了空前的自由，而自由的过火必然带来寂寞无聊和空虚懈怠。派系斗争及防空洞内一系列打牌、聊天、抽烟的成人行为只不过是释放过盛的青春激情和打发寂寞空虚的方式而已，而对那幅女性裸体油画的打趣，直至男女之间实质性的身体接触，则是其中的一种极端方式，这种极端方式将他们的无聊与堕落也推向了极端。作为一群情窦未开的孩子，他们根本不知道什么是爱什么是性，他们只是以身体的相互接触所产生的新奇感来排遣时代带给他们的精神空虚。而对孩子来讲，最大的伤害莫过于精神伤害。当“文革”结束，如今已长大成人的他们再聚首时却相对无言，因为相聚只能勾起彼此心中那段刻骨铭心的经历及由此而产生的永远的伤痛。他们是罪人，同时又是受害者，但又有谁会为他们的过去承担什么？没有答案。历史留下的只是生命遭受亵渎这一残酷的生命体验，而这一沉重的生命代价足可以让我们清醒地见识“文革”的罪恶本质。

其他小说，如《安德烈的晚上》《树下》《砸骨头》等，则从历史回到当下，但它们对当前社会某些问题的揭示同样都是通过人物独特的个人经历来展开。铁凝于20世纪90年代以来创作的一些以现实日常生活为题材的小说大多具有这样的特点。《树下》中，老于一次求人帮忙解决房子问题的尴尬遭遇，引发我们对当前经济转型期社会的某些思索；《砸骨头》以两个村干部通过砸骨头的特有方式来发泄无奈的体验，揭示了当下农村的贫困现实。这些小说既接通了人们的心灵感受，同时又伸向意识形态外部空间。与主流意识形态叙事不同，后者虽然也对当下社会存在的某些问题有所揭示，但总会通过一个神话式的英雄人物来解决问题而最终归于对现实的民族国家权威的肯定认同（如现实主义冲击波小说）；而铁凝的小说则是在认同当下国家权威的前提下，通过人物的独特体验形成对社会新的理性认知，它往往更注重批判，从而弥补了主流叙事的某些过于浪漫化的乐观情绪。当然，铁凝反向思索的目的是促使社会总结经验、不断完善和进步，与主流叙事一样都最终指向民族国家的现代化目标。

其三，从日常生活现象中挖掘深刻的文化质素，从精神文化的角度形成对社会历史的反思。传统的意识形态叙事往往从意识形态出发最终又落脚于对意识形态的思索，看似给某种社会现象以答案，而实际上却没有从根本上解决问题，因为它循的是“从现象到现象”的思路，受其制约，现象背后的深层原因无法得到探视和触及。还是以“文革小说”为例，伤痕、反思小说把苦难几乎都归罪于外在的政治因素，似乎“文革”灾难的发生主要是因为一些方针策略出现了失误，不然，灾难就不会发生。不能说这种归因不正确，但是它在给那些受难者以政治承当的同时，却弃置了对其他因素的质询。所有的受害者即便是那些事实上的政治投机者，也可以解释说是受到了错误政治的蛊惑，因而他们似乎也成为“文革”历史的受害者，从而使其实施迫害时深层的心理动机及所暴露出的残酷人性得以轻松逃逸。而事实上，人性的罪恶在某种程度上恰恰增强了政治错误的杀伤力，同时，人性的丑陋又因披着政治合法化的外衣而更加膨胀。而这正是上述“文革”受害者产生生命体验式伤痛的最根本原因。铁凝即是从人性自我解剖的角度出发，以心灵审视或审判的态度透视那段特殊年代的人性场域，从而形成了对一代人灵魂自审和人性黑匣子的曝光式的“文革”书写。从这种意义上说，铁凝继承了鲁迅“国民劣根性”批判的传统，继续高举起了精神启蒙的大旗，从文化心理的角度对“文革”中的众生态进行了展现和批判。具体来说，其批判所向主要表现在三个方面：（1）看客意识。《大浴女》中，唐津津被批斗的场面是一个经典章节。如果说最初大家对唐津津的批斗还带有完成政治任务的成分，那么当有人提出让她吃屎以示惩罚的时候，批斗就彻底改变了性质：参加批斗的人不是在进行革命而是以一种事不关已的心态在观看一场有趣滑稽的表演。尤其是在唐津津面对交代还是吃屎的两难选择的时候，他们倒宁肯她选择后者，或者在提出“不交代问题就让她吃屎”的时候，他们就已经先在地预谋她必须吃屎，否则这场戏也就失去了乐趣，仅仅成了无数批斗中的一场；让她选择只是一个象征性的批斗过程而已。因此，当唐津津处在两难的尴尬中时，他们又及时甩出了最后一张王牌：唐津津的女儿。这样，唐津津吃屎就成为势所必然，而他们也终于如愿以偿，在欣赏中获得游戏样的刺激和快乐。同样出于寻求新奇，医院保卫科故意将捉奸的目标锁定在唐医生身上，人们尾随裸体的唐医生要看个究竟，这都是看客意识的一种表现。（2）从众心理。如果说所有人在扮演看客时都带有一种欣赏的残忍和叵测，那是不客观的，但是在客观上他们的确是参与其中了，这又是人的从众心理在作怪。所谓从众就是不冒尖，不出风头，其积极方面是人的谦和公允，消极方面则是人的毫无原则。在“文革”这样一个人生莫测的荒谬时代，无原则、随大流或许是一种最安全的处世哲学。它两面讨好，它的看似积极的革命行为赢得了造反派的赏识，而它的并非出自真心又可以使自己在受害者面前逃脱心灵的罪责。然而这种无作为，事实上正纵容了暴行的猖獗。在这里，铁凝隐在地提出了“无辜者犯罪”的问题，这较之“伤痕”“反思”小说对无辜者的开脱在反思“文革”的力度上无疑是深化了。（3）复仇心理。“文革”从本质上来说应该是一场严肃的政治运动，但却无意中为很多人提供了实现个人报复的机会。他们或者假借革命的崇高名义为日常生活中的个人恩怨实施报复。《玫瑰门》中的大旗、二旗，为了一块被猫叼走的猪肉，竟然以“阶级革命新动向”为口实，不仅对大黄，而且对大黄的主人进行了惨无人道的肉体惩罚，竟至于死，而他们却可以借革命动机的高尚而逍遥法外；或者为复政治上的歧见之仇不惜将灾难转嫁到无辜的第三者身上，如出身不好的司猗纹表面上迎合红色出身的罗大妈，但骨子里却对之充满仇恨，为了报复她，司猗纹不惜牺牲儿媳竹西和外孙女眉眉，设计了一场捉奸的好戏，以使对手理亏气短。他们的复仇行为借政治的混乱得以实现，反过来，这些行为又以其日常化的性质，在政治混乱基础上加剧了社会的混乱。通过这几个方面，铁凝对“文革”的反思进入了社会文化的层面，从而超越了政治反思的单一维度，使人们深刻地认识到：“文革”当然是一种“历史”的错误，但同样是冷酷自私的“人性”使然。只要无损于己，甚至还能为自己带来某种实利哪怕是精神层面的利益，那么就什么事情都可以做，哪怕明明知道这可能已经超出了人性良知的限度；为一己之利，为不被作为另类而招惹无端的麻烦，为了平复平日里小小的个人恩怨，于是暴行产生。暴行所带来的肉体伤痕可以慢慢愈合，暴行所暴露出的良知泯灭却给受害者永久的精神伤害，正如捷克作家赫拉伯尔所说：“人们往往只谴责‘暴行的残忍’而没有注意到‘暴行被实施时的轻率’。”事实上，“暴行被实施时的轻率”远比“暴行的残忍”更“残忍”，更震撼人心。[①]《玫瑰门》《大浴女》等小说对“文革”叙事的独特性正在于，它不仅像“伤痕”“反思”小说一样指向“暴行的残忍”，也同时指向“暴行被实施时的轻率”，后者更是铁凝叙述的重点。而戴锦华先生更从“暴行被实施时的轻率”中深刻地指出，那不过是普通人以一种日常化的方式对政治权力盛宴和斗争的模拟和效仿，她说：“铁凝所书写的，并不是某种历史的、集体的暴行；暴行的实施者，并不是残忍的刽子手、恶者与狂人，而是分享、或渴望分享过剩权力的普通人。”[②] 他们以日常生活化的暴行造成他人的人性异化，而他们自身却被权力所异化。前述几种文化心理分析都可归结为这种权力意识的批判，它不再局限于从政治层面探讨问题，而是着重于从人性的文化的角度进行深层揭秘。由此文本尖锐而又隐秘地指出，只有解决这种深层次的人性问题，才能从根本上遏制“文革”悲剧的发生。这正是铁凝小说对“文革”历史的意识形态反思和批判，虽隐秘却更见力度。

铁凝立足于日常生活的具体语境，通过描述美好的人性人情、个人化的生命体验以及对人的文化心理的分析和批判，从诸多侧面进逼意识形态的重大话语，形成铁凝对意识形态的隐形叙事。说是隐形主要是因为，从具象的层面看，以上几个方面并不直接与意识形态话语相关，但经过沉思会发现，其深层内里通向意识形态的彼岸。也正是从这种意义上，戴锦华这样评价铁凝：“铁凝不是一个社会寓言的书写者。她似乎不曾僭越与颠覆。不同于痛楚的、为超越的思想与使命所累的同代人，她所倾心的，是捕捉‘思想的表情’，而不是思想本身。”“比时代的、社会的命题更为深刻而稳固地成为铁凝作品中不断被变奏的主旋的，是直面着世故的真淳。”这使铁凝看似“婉拒了铁肩担道义的启蒙使命与

① 陈家琪：《请将这当作一种沉默的呼唤》，载崔卫平《积极生活》，中国人民大学出版社2003年版，第3页。

② 戴锦华：《真淳者的质询——重读铁凝》，载《文学评论》1994年第5期。

社会代言人的光环”[①]，但从本质上她却从未放弃对“社会意义和精神价值的追求”。铁凝是以细腻而幽默的笔触，通过对普通人平凡人生的悲喜剧的日常化书写隐秘然却巧妙地传达了这一思想，呈现出日常叙事与启蒙叙事相互融合的审美特征。而且因为是从日常生活着笔，所以其思索更以其感性化和生命体验化的特征而达至一种真正的深刻。

事实上，关于启蒙叙事和日常生活叙事我们并不陌生。在现代中国文学史上，一直存在着这两种叙事传统的相互斗争。启蒙叙事肇始于中国现代性起源的“五四”时期，从其诞生起它就以其特有的形式参与着中国现代化的建构，正如陈晓明所指出的：“现代以来的中国文学积极能动地创建着现代性的历史，并且打上了鲜明的中国烙印。文学成为现代性变革的一个有机组成部分，文学被纳入现代性启蒙的历史规划中去，并且被寄寓了改造社会的强烈愿望。中国文学伴随现代性的历史进程而成长壮大，它在历史化民族—国家的奋斗史时，也建立了中国文学独特的历史叙事。”[②] 它从“五四”叙事传统中汲取了启蒙主义的理性精神，逐步演化为左翼革命文学、解放区文学，新中国成立后的“十七年”文学，及至新时期以来的“伤痕”“反思”“改革”等小说都延续了这种叙事传统。而日常生活却由于其固有的琐屑、平庸不符合宏伟叙事的审美要求和价值目标，而无法在宏大叙事中成为独立的审美对象并获得言说的合法性，它在宏大叙事中总是处于被改造被批判的地位，难以保持完整的自然风貌，其价值和意义也因此被不断地遮蔽、删减乃至于取消。而国统区里以张爱玲、苏青、沈从文等为代表的作家却另辟蹊径，开辟了以日常生活为叙事对象的领域。解放区的孙犁和茹志鹃以日常生活来展现历史的创作则在宏大叙事的夹缝中寻求着突围。但直到20 世纪 80 年代中后期的“新写实”小说的出现，才从根本上确立了日常生活叙事的审美地位。由此，启蒙主义的宏大叙事与日常生活叙事成

---

① 戴锦华：《真淳者的质询——重读铁凝》，载《文学评论》1994 年第 5 期。

② 陈晓明：《现代性的尽头：非历史化与当代文学变异》，载《现代性与中国当代文学转型》，云南人民出版社 2003 年版，第 249 页。

为当代文坛上并驾齐驱的两种叙事模式。然而，从以上分析中，我们觉察到这样的信息，两种叙事模式都是通过否定对方来确立自己的价值和意义。因此，尽管现在这两种叙事对我们来说不再是困难，但是却带来一个问题：它们都在各自的道路上越走越远，尤其是坚持日常生活叙事的作家更有一种终于挣脱了宏大叙事束缚而“翻身做主人”感觉，似乎不把日常生活叙事发挥到极致就对不起这难得的权利和机会。新写实小说对“烦恼人生”的发现对于拆除宏大叙事所建构的理想乌托邦、建构平凡的日常的价值空间具有重大的意义，但是在新写实作家笔下，日常生活事实上同样遭到了被简化和本质化的虐待。他们的创作给我们一个印象，似乎现实生活中只有一种日常生活的模式——庸俗、苍白、灰色，而不存在日常生活的美和崇高。到晚生代作家那里，这种日常生活样态甚至固化为一种观念，而且由于个别作家的偏执，日常生活进而转化成自在状态的个人经验展示，不仅进一步阉割了日常生活的多种可能性，而且走向了创作疆域的狭隘。

铁凝的意识形态叙事却呈现出新的特质。她既遵循主流意识形态的规范，同时又有感于旧有的意识形态体系在某些方面已经难以支撑和适应当下的文学审美观念，因此，她创造性地对两大叙事传统进行了嫁接。一方面，她注重描述日常生活情态；另一方面，她又不放弃宏大叙事对社会意义的追求。两者的融合，“一方面避免了宏大叙事的思想僵化的积弊，另一方面又避免了日常生活叙事对意义的消解”[①]。从这个层面而言，铁凝可谓是承继了孙犁的风格，只是把孙犁笔下的战争风云场拓展到了当下的政治、经济等社会宏大现实场域。尽管如此，其小说却具有扭转当下小说创作“非历史化”的倾向。当然这里的“历史化”并不是一种具象的实指，而是指“从历史发展的总体观念来理解把握社会现实生活，探索和揭示社会发展的本质和方向”[②]。事实上，在日

① 贺绍俊：《从革命叙事到后革命叙事》，载《小说评论》2006年第3期。

② 陈晓明：《现代性的尽头：非历史化与当代文学变异》，载《现代性与中国当代文学转型》，云南人民出版社2003年版，第225页。

常生活中表达对社会意义的透视一直是铁凝小说创作的特点。戴锦华在20世纪90年代重读铁凝时曾经指出，“铁凝的成功与对铁凝的命名，正是源于时代特定的误读”，这种误读是由“一种寓言读解的渴望与定式”造成的，并且分析了铁凝早期的几篇作品被误读的情况。这种分析不无道理，但未尝不能把它看作是铁凝小说创作中的特有现象？联系我们当下对铁凝的分析来看，当年的时代误读倒成了一种对铁凝创作的“正解”。正是日常生活中融合了对宏大主题的思考给人们提供了各执一端的理由，而铁凝的价值和意义也就体现在这里。铁凝在关于《笨花》的创作中说：“罗列日常生活不是目的，罗列历史事件不是目的，二者怎么糅合在一起就是个问题。”① 铁凝解决了这一问题，她的小说规避了两种叙事传统各自的短处，而融合了各自的优长转化为一种新质，这使得原本小说创作中无法调解的矛盾在她这里却可以和平共处、相安无事，那是“欲望化写作与道德理性的矛盾，世俗化与崇高感的矛盾，消解历史与历史理性精神之间的矛盾”②。这种新质从本质上讲，就是在创作中把日常化的个人经验与民族国家等宏大话语联系起来，就像日本作家大江健三郎曾经说过的那样：“我在文学上的最基本的风格，就是从个人的具体性出发，力图将它们与社会、国家和世界连接起来。”③ 它从本质上反映了作家的一种无比开阔的胸怀，它融合了个人体验和社会责任在其中，而这正是铁凝能将日常叙事和启蒙叙事进行创造性嫁接的最为内在的原因。铁凝从中再次将中庸的智慧发挥到妙处。

---

① 王干、铁凝：《花非花　人是人　小说是小说——关于〈笨花〉的对话》，载《南方文坛》2006年第3期。

② 闫红：《〈笨花〉：建构21世纪国家民族历史的元叙事》，载《河北学刊》2006年第2期。

③ 转引自陈骏涛《创作话题之拉锯——两种话语系统的并存与互动》，载《文学自由谈》2001年第4期。

第五章　变奏与交融

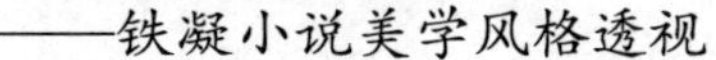

——铁凝小说美学风格透视

经过多年的写作历练，铁凝逐渐形成了独特的美学风格。从本质上讲，美学风格是作家审美意识的一种外化，正如美学家朱立元所说，所谓审美意识，是指“人们在审视美、创造美的活动中思想、情感、意志的总和，包括审美感受、审美趣味、审美判断和审美能力、审美理想等，其中以审美感受为基础和核心。文学创作中的审美意识，是通过作者对审美对象的取舍、审美态度的褒贬、审美价值的评判以及审美理想的旨归等等来体现的，这种审美意识的外化便是其审美建构”①。审美建构经长期发展而呈现出一种稳定的形态，这就形成了所谓的美学风格。铁凝小说的美学风格主要表现在两个方面：一是审美与审丑两种审美风格的相互交替；二是喜剧因素与悲剧因素两种情感的相互交融渗透。它们都表现出审美选择的双重视角的复杂性，只是前者是对不同言说对象而言，侧重于前后的变化；而后者则针对同一言说对象，侧重于一种本体的杂糅。无论怎样，它们都使铁凝小说显示出一种中和之美。这是铁凝审美探索追求的结果，显示出其审美意识的自觉性。

① 朱立元：《美学》，高等教育出版社 2002 年版，第 151 页。

第一节　审美与审丑的双重变奏

审美和审丑作为审美活动或审美形态的两个方面，我们并不陌生。一般来说，一个作家往往专注于其中一种风格，像波德莱尔、莫言、残雪等之于审丑，孙犁、汪曾祺等之于审美。而在铁凝的创作中，却出现了审美与审丑两个截然不同的艺术视角交错出场的现象。初登文坛，铁凝的小说就以其诗情画意的美感特征征服了读者，为此，有人把她看作“荷花淀派”的传人；孙犁、王蒙、雷达等作家、评论家也对其所表现出的诗意特色进行了高度评价，并且被上升到艺术风格的高度得到了评论界的普遍认可。比如，评论家雷达的观点比较具有权威和代表性，他由《哦，香雪》而对铁凝做出了这样的评价，他说：“铁凝把生活的‘块垒’抱在怀里，用自己的‘心’溶解成‘情’这种流水般、月光般的东西，再凝结成自己的小说；我们看到了，她喜欢把诗歌、散文的因素融化到小说里，形成一幅幅意境深邃的画面；我们看到了，她不长于冷静的客观描写，而偏重于主观感受的诗意抒发。”① 不久，铁凝的《玫瑰门》第一次给文坛带来了猝不及防的风格变化。小说中出现的那些“让人反胃的、卑琐的、丑陋的”内容甚至使铁凝变得让人无法接受。当人们渐已接受她的变化并将之作为其成熟的象征时，铁凝又推出了《孕妇和牛》。这是一篇与《哦，香雪》一样纯美的散文化小说，铁凝似乎又回归了香雪时期的纯情天真。而正当人们欣喜于铁凝风格的回归时，她又向读者抛出了《对面》《午后悬崖》《大浴女》等揭示人性罪恶的小说，再一次显示出其“恶毒的才能”。在两种审美视角和审美对象的变化之间，铁凝给人以目不暇接的感觉，人们不禁惊诧于铁凝的变化多端。不过，对此铁凝却有自己的看法，她说：“懂得并且有力量

① 雷达：《蜕变与新潮》，中国文联出版公司1987年版，第279页。

‘犯规’，和懂得并且善于遵守规矩同样重要。”[①] 她还认为，艺术“需要一点出其不意”[②]。正是“犯规”意识使铁凝经常打破常规、冲破惯性，给艺术注入新的亮点，收到了“出其不意”的艺术效果。由此可见，变化在铁凝那里可谓早有准备和“预谋”。难怪早在人们将她列入“荷花淀派”时，她就明确地表示：“有同志曾把我算作‘荷花淀派’，我以为是不确切的。因为我的一切刚刚开始，尚未形成风格。在今后的日子里，我还愿意作多种尝试和探索。”[③] 她尝试和探索的首要结果便是将审丑视角引入其审美领域，这已是一种“犯规”和“出其不意”；而审美和审丑两种视角的交错转换，又从整体格局上再一次给文坛以出其不意，于是出现了审美与审美双重变奏的美学风格。

一　审美：自然与人性的和谐之美

中国文学向来有审美化的趋向，这种审美特征的具体表现就是和谐。这种审美观念的产生与以“和”为中心的中国传统文化密切相关。以“天人合一”的传统意识为基础，形成了“美在于和谐”的审美观念，因此，优美、宁静、均衡、和谐就成为人们对于美的传统的理想评判与艺术追求。这种审美定势积淀成为一种集体无意识，影响和制约着一代又一代中国文人及其创作。铁凝的“审美”，就充分汲取了中国古典美学的丰富营养，并内化为自己的创作之源，在作品中对和谐之美进行了尽情的书写。她把审美对象主要集中在自然对象和人生对象上，具体来说就是自然、人性以及它们之间的关系，因此，对自然美和人性美以及自然与人格的和谐之美的讴歌成为她“审美”这一脉风格的主要表现。

---

① 铁凝：《写在卷首》，载《铁凝文集》三，江苏文艺出版社 1996 年版，第 2 页。

② 铁凝：《艺术需要一点出其不意》，载《铁凝文集》五，江苏文艺出版社 1996 年版，第 176 页。

③ 铁凝：《自由与限制同步》，载《铁凝文集》五，江苏文艺出版社 1996 年版，第 198 页。

自然是中国古典美学的主要审美对象，从古至今，中国文学史上的所谓的“田园诗派”“乡土作家”的作品中一直延续着对自然风情的描绘。铁凝虽然并不生活在乡村，但是她却同他们一样在作品中表现出对乡土的热恋之情，或许这与铁凝早年下乡，有机会去感受农村的自然风光之美有着密切的关系。一片洁白的棉花地、夜色中的乡村等这些看似平淡的事物都能尽收她的眼底，成为她眼中独特的风光。于是在作品中，铁凝以细腻、委婉的笔法为我们勾勒了一幅幅浓妆淡抹的乡土风情画，传达出一种闲淡宁静的韵味，作品溢满浓浓的诗情画意。这在她的早期作品，如《会飞的镰刀》《夜路》《小路伸向果园》等小说中，就已经初露端倪，到了后来的《哦，香雪》《村路带我回家》等小说中就更明显一些。香雪眼中的夜色：

> 一轮满月升起来了，照亮了寂静的山谷，灰白的小路。照亮了秋日的败草，粗糙的树干，还有一丛丛荆棘、怪石。还有漫山遍野的队伍，还有香雪手中那只闪闪发光的小盒子。
>
> 她发现月亮是这样明净。群山被月光笼罩着，像母亲庄严、神圣的胸脯；那秋风吹干的一树树核桃叶，卷起来像一树树金铃铛，她第一次听清它们在夜晚，在风的怂恿下“豁啷啷”地唱歌。（《哦，香雪》）

连云册山下：

> 正是初秋，花椒树挑着秀球般的果实，把低垂的枝条从那些青石小院里伸到街上，搭在靠墙码着的山柴上；通红的半人高的荐草，干绿的苦艾，还有带刺和不带刺的各种树条。山柴把只能容纳两条牛的街道挤去一半。地上，被人踏扁了谷草和牛羊粪的碎末，遮住了龟背石路面，只有对那些高出地面的人和石块精光地裸露着……（《东山下的风景》）

草原上的旖旎风光：

> 草地正在黎明中苏醒，那起伏着的大地已显示出了颜色。远望去，天和地并不似我想象得那样只有一条直线相隔，那是无数个起伏，无数条弧形线条的交织。几片马群宛如露宿在草原上的几片黑云。随着草原的苏醒，它们也在黎明中游动起来，作着聚散。（《近的太阳》）

在这些小说里，铁凝绘画的才能得到了淋漓尽致的体现。她把对绘画艺术的领悟恰当地运用到小说的写作中，她似乎是用五彩的画笔在书写文字，在作品中描绘了一幅幅美不胜收的绝妙图景。这些优美的文字使人感觉好像置身画境，乡村的自然被镀上了一层至美的光晕，一切都是那么静谧温馨，纯净素雅。这些自然图景在铁凝的小说中既具有独立的审美价值，而且它们还作为人物活动的背景而存在，它们与人融合为一体产生一种真正的“天”“人”合一的审美效应。乔叶叶月夜下棉地改渠的身影与皎洁的夜色、整齐的棉田，动静结合，月色犹如宽大的幕布，而棉田犹如辽阔的舞台，单纯的乔叶叶则是一个本色的演员；大山褶皱里的小山村、纤细闪亮的铁轨、幽暗的隧道、皎洁的月光、歌唱的小溪，一切都那么清明和谐，而月色中匆匆赶路的香雪融入其中，不知是她在陪伴大自然，还是大自然的这一切在陪伴她。尤其是《孕妇与牛》，更是有如天籁之音给人以纯净温馨，甚至是感动。

> 孕妇和黑在平原上结伴而行，像两个相依为命的女人。黑身上释放出的气息使孕妇觉得温暖而可靠，她不住地抚摸它，它就拿脸蹭着她的手作为回报，孕妇和牛在平原上结伴而行，互相检阅着，又好比两位检阅着平原的将军。天黑下去，牌楼固执地泛着模糊的白光，孕妇和黑已将它丢在了身后。她检阅着平原、星空，检阅着远处的山近处的树，树上黑帽子样的鸟窝，还有嘈杂的集市，怀孕

的母牛，陌生而俊秀的大字，她未来的婴儿，那婴儿的未来……

安详的孕妇与怀孕的母牛缓步在安谧幽静的乡间小路上，它们之间，你简直分不清哪是人哪是牛，它们一同化作一处动人的风景，与周围的自然景物共同构筑成一幅人与自然和谐共处的美妙画卷。人与自然之间之所以形成一种和谐之美，虽然首先在于人物映现于自然景物之中，成为画面的自然天成的一部分，但更关键处在于，人物的美好品性与美丽的风景之间具有相通之处。香雪的纯真与夜色的纯净相得益彰，连云册村民的淳朴厚道与村寨的美丽如画浑然一体，乔叶叶心境的单纯与乡村景物的素美，孕妇外在的安详、内心热望的激情同大地的沉寂却充满生机之间，都有着一种无法言传的神似在其中。自然的如诗如画与人格的至善至美互为映照，互为完善。而人性之美，正是铁凝对美的审视的另一个重要的方面。

在铁凝看来，人性的美，同自然之美一样美在自然，美在单纯，正因如此，它们才能和谐地统一在一起。铁凝对人性美的关注主要集中在女性身上，尤其是一些纯真的少女身上。在读过铁凝的《哦，香雪》后，孙犁就曾兴奋地夸赞铁凝说："是的，我也写过一些女孩子，我哪里有你写得好！"并且他还由此确信了曹雪芹的一个观点，即"女孩子的心中，埋藏着人类原始的多种美德！"① 孙犁的话不仅一语中的，而且具有很强的预言性和总结性。因为在此前后，铁凝的确在很多作品中都塑造了纯真少女的形象，如《夜路》中的荣巧、《意外》中的山杏、《没有纽扣的红衬衫》中的安然、《村路带我回家》中的乔叶叶、《秀色》中的张品等。而且她把少女的纯真更多地附着在乡村少女的身上，这与铁凝插队时同农村少女结下的深厚情感有着密切的关系，她记述其插队生活的散文中所提到的那些女孩子身上就有香雪的影子。铁凝为她们的善良而感动，并由此具备了一双善于发现少女之美的眼睛，因此，

① 孙犁于1982年12月14日写给铁凝的信，转引自贺绍俊《铁凝评传》，郑州大学出版社2005年版，第39页。

虽然她现在身居城市，但却心系乡村，她曾说过："我向往都市的生活，但安于乡村的纯朴。"①乡村女孩子身上那种明净单纯就如同乡村的空气一样透彻清新，纤尘不染，泛着一股没有任何世俗之气的超然和诗意。因此，其对乡村自然风光的描述更可以被看作是为了衬托乡村少女的纯真之美，这种美代表了真善美相统一的一种理想人格之美。《哦，香雪》中，台儿沟一群女孩子似乎与那辆只在此停留一分钟的火车有一个约会，等待这个时刻到来时的那份心慌，为此而隆重认真地梳妆，当火车过后，她们彼此之间直言快语地打趣，这些情节本身就传递着一种纯美的诗意。尤其是香雪，她内心的小小心愿以及她没有被物欲侵染的那份实在更让人心生爱怜。小说以这样亲切的口吻写道：

> 旅客们爱买她的货，因为她是那么信任地瞧着你，那洁如水晶的眼睛告诉你，站在车窗下的这个女孩子还不知道什么叫受骗……你望着她那洁净的仿佛一分钟前才诞生的面孔，望着她那柔软得宛若红缎子似的嘴唇，心中会升起一种美好的感情，你不忍心跟这样的小姑娘耍滑头，在她面前，再爱计较的人也会变得慷慨大度。

而为了一个心仪的铅笔盒，她独自在月夜下走了 30 里，她那份实现愿望的热切和执着让人心疼和感动。可以说，"作品中人物的生活意向，人物超越其生活限定的无邪的向上追求，这是构成纯净的诗的最根本之点。此外，人物关系的淳厚、朴实、单纯，尤其是整个环境、气氛的清明、和谐，也是构成纯净的诗的重要因素"（王蒙语）。《意外》中的山杏几乎同香雪一样。山杏妈忙了一晚，山杏也激动得一夜没睡着。第二天他们一家又走了 200 里山路，搭了 50 里汽车，喝凉水，住小店，吃了大半篮子干饼，来到县城，只为拍一张全家福，但几天后收到的却是一个冲他们微笑的姑娘的照片。山杏并没有为此而沮丧，反而把它挂在

① 《铁凝访谈录》，新浪读书网，2004 年 1 月。

了家中的墙上。而且当村里来参观的人问起时，山杏说那是她未来的嫂子。山杏并没有为自己的撒谎而羞愧，她觉得："不管怎么说，从此她家也可以和那些有照片的人家媲美了。"一场意外引出了种种更多的意外，它们鲜明地凸显了乡村女孩子特有的淳朴和乐观。《村路带我回家》中的知青乔叶叶，她的没有主见很大程度上铸就了她单纯的性格本色。一场偶然的恶作剧把她推向了历史的前台，她下嫁农民盼雨成了扎根农村的典型。当宋侃问及此事时，她的理由仅仅是因为盼雨为她挑水并砸了金召家的锅；当宋侃大学毕业后如约来接乔叶叶回城时，她却拒绝了宋侃，决定留在农村。虽然这是第一次她自作主张，但她的理由一如从前一样简单，仅仅是因为她喜欢、她愿意守着她的棉花地，守着金召。她的单纯几近于幼稚，但正因为单纯，幼稚才显出了可爱，人们不禁既对她心生怜惜又感佩她心境的明澈。她们的单纯在常人看来甚或有些愚蠢，而在铁凝看来却是一种乡村的"大智慧"。[①] 这些"大智慧"在其他一些农村妇女身上有着更为鲜明的体现，她们没有什么所谓的人生观和价值观，只是从她们的生存本性出发，但却一样过出了虽苦却活泼泼的日子。大芝娘以其地母般的胸怀向他人播撒着爱，她温暖着别人同时也温暖着自己善良的心；改嫁到城里的农村妇女嫦娥，既不媚颜自卑亦不摆架作态，活出了人应有的自在诗意（《寂寞嫦娥》）；为了寻找生命之源，以张品母女为代表的秀色女性先后以她们的身体做了供奉的祭品，她们的精神闪烁着圣洁的光辉，一切的伦理纲常在她们为生命而献身的"壮烈"举止面前都黯然失色（《秀色》）。

在对上述诸种形态的和谐之美的描述中，人的心境也随之变得明净清朗起来。而这种心境正是通向完善人格的首要条件，正如童庆炳所说："一部作品的审美功能是最为紧要的、首先的。人们必须首先感受到美，并被美深深地吸引后，才能认识社会和接受教导。"[②] 或许正是

① 朱育颖：《精神的田园——铁凝访谈》，载《小说评论》2003 年第 3 期。

② 童庆炳：《审美意识形态的再认识》，载白烨主编《2000 中国年度文论选》，漓江出版社 2001 年版，第 33 页。

出于这种考虑，铁凝从踏上文坛之初就将审美作为一种自觉的美学追求方向，期待以其独特的审美世界帮助人们完成对美的想象式建构，也实现她“文学应该给人提供期待，应该温暖这个世界”的理想。[①] 汪曾祺先生在读完《孕妇和牛》后曾由衷感慨道：“这是一篇快乐的小说，温暖的小说，为这个世界祝福的小说。”可见，铁凝无疑是做到了。

二　审丑：丑陋人性的反思

美和丑从本质上来说都是一种心理感受，它至少分为三个层次：一是合乎习惯者为美，美在自然，反之为丑；二是合乎规律者为美，反之为丑；三是合乎伦理道德者为美，反之为丑，这是美丑感受的深层，它往往受到特定社会和历史观念的影响，由它可以衍生出与此相关的人性的问题。从上述对铁凝审美的分析可以看出，其审美感受主要集中在第一和第三个方面，而这两个方面在铁凝笔下也是相通的。与之相应，铁凝的审丑主要集中在第三个层次中的人性问题上。如果单纯从伦理道德角度而言，在铁凝以审美为主的一些小说中对此也有所涉及，比如《东山下的风景》中变得庸俗市侩的会计老婆，《没有纽扣的红衬衫》中的庸俗而保守的班主任等。在这些小说中，“丑”主要是作为对美起衬托作用的配角形式出现，而它本身却还不具备独立的价值，也就是说它还没有达到经过“化丑为美”的艺术典型化的处理，成为美学意义上的美，即如罗丹所说：“在自然中一般人所谓‘丑’，在艺术中能变成非常的美。”因此，尽管雷达在评价铁凝早期作品中已经指出：“她从不大声疾呼，痛心疾首，她总是含着微笑看生活，看美也看丑……”[②] 但是，我们只能说铁凝在创作早期就已经具备了发现丑的眼光和意识，却不把这些作品当作具有审丑风格的作品来看待。那些创作于20世纪80年代中后期，以塑造丑的典型为主的作品才被我们作为其审丑风格

① 赵艳、铁凝：《对人类的体贴和爱——铁凝访谈录》，载《小说评论》2004年第1期。

② 雷达：《蜕变与新潮》，中国文联出版公司1987年版，第287页。

的作品来看待，如《玫瑰门》《对面》《大浴女》等。80年代中后期，由于社会生活的激烈变动和文学观念的纵深发展，古典式的美已经不复存在，而代之以美、丑并存甚至丑压倒了美的审美趋势。同时，人们的感性形态、心理结构也发生了巨变，优游自在的审美心态和心理结构被打破，而代之以峻急激烈的丑感和审丑心态。于是，以优美、崇高为审美特质的文学审美逐渐退出了新时期文坛，而作为文学观念的突破，审丑借助这一契机，大举进入文学的领地。铁凝由审美到审丑风格的转变与这一时期文学环境的变化有密切关系，但铁凝绝不是随风而动追求时尚，而是审丑这一审美特质的出现接通了铁凝对丑的深刻认知的心理积淀。“文革”时期短暂的北京四合院的生活经历中，铁凝见惯了“整人”与“挨整”，“斗人”与“被斗”的人间把戏，这使她最初认识了生活中的丑。这种长期的心理积淀使铁凝在审丑一出现就很快把它内化为自己的一种自觉的审美追求，也因此，“文革”中的丑陋现象成为她小说中重要的审丑对象。同时，现实感一向很强的铁凝时时感受着她所置身其中的现实生活和时代气息。对当前物质文明高度发达而人的精神世界却十分苍白的现实，铁凝深感忧虑。于是，审丑观念的出现，“文革”灾难的心理积淀以及对当下人类精神危机的深刻感触，内外因结合，共同促使铁凝开始了审丑这一美学风格的建构。

在铁凝看来，人性的自然与身心的和谐是一种美，而人性的异化与身心的裂变则是一种丑。人性之丑的书写是铁凝审丑的主要表现形态。她首先将目光指向“文革”这一历史空间，描画了一幅丑的群像图。那是因政治灾难而遭受离间了的人情——刚出狱的林先生遭受了亲情友情的背弃，孤独的他本想借以寻找温情，却又不自觉间伤害了年幼而无辜的孩子。在“谁之罪”的追问中冷酷人情的杀手自然被俘获（《死刑》）；那是一群革命小将假借阶级斗争的崇高名义而做出的疯狂举动——将铁通条插进姑爸的两腿之间，以泄一己之私愤。甚至连动物也难逃厄运，大黄只因为偷吃了具有革命身份的罗大妈家的一块猪肉，就惨遭车裂之刑（《玫瑰门》）。《银庙》极具讽刺意味地以荒诞变形手法描述了群猫狂舞的场景，群猫之间尚且存有人间的伦理情感，而人呢？却原来这是一个猫变人、人变猫的荒唐世界。同时，铁凝审丑的目光还指向了人生个体。《玫瑰门》中，那场女人之间的“玫瑰战争”暴露了隐匿在女人内心深处的很多丑陋。《午后悬崖》中，人性之丑是母女之间的仇恨和怨怼。不管怎样，促使人性发生异化的根本原因在于人的各具形态的欲望，欲望的实现过程也是他们展现人性之丑的过程。具体来说，有这样四种欲望潜在地支配着人的行动。

其一是窥视欲。所谓窥视欲就是通过介入他人的私人生活领域来满足个人偷窥猎奇的心理欲望，它严重干扰着人际关系的正常和光明。铁凝通过描述人物对他人隐私的那种近乎狂热的窥探，刻画了一个个阴暗的灵魂。比如，精明强干、脸庞光鲜的司猗纹，她暗中观察日渐成熟的外甥女眉眉的举止，偷看她小柜子里的秘密，还牺牲了睡眠乐此不疲地窥视儿媳竹西与几个男人的关系，她甚至不怕山高路陡跟踪眉眉和叶龙北……这些行为有效地揭示出司猗纹满怀妒忌和带有掌控欲的阴暗灵魂。《对面》中的“我”以相同的冷不及防的方式侵犯了同屋和“对面”的隐私，结果导致“对面”心脏病猝发而死。《大浴女》中那段关于“大便”的描写已经令人发指和作呕，而一群人通过逼人吃屎置人于尴尬境地的做法则将丑引向了人性的领域，暴露了以消费他人的隐私为乐的窥视欲望和变态心理。一群中学生拿唐津津的女儿作为最后的王牌逼使她吃屎，沸腾的会场骤然变得安静，然而在安静的背后每个人却都按捺着内心的兴奋和激动。此时，作家也不得不跳出来发言了，“屎被堂皇地盛在喝水的茶缸里端上台面，也刺激了人们那藏匿在体内深处的最丑陋的神经。屎的威慑力量就这样登场了”。唐津津左右为难，为了保护女儿，她还是彻底屈服了，在众目睽睽之下，“抓起茶缸双手捧着屎尿一饮而尽”。人群的窥视欲望终于得到了满足，却是以他人尊严及生命的丧失为代价，唐津津终于因这次吃屎事件而饮恨九泉。还有唐医生，不也同样死在众人的围观追逼之下吗？虽然这些人没有手拿屠刀亲手杀人，但是他们的带有邪恶色彩的窥视欲望将人置于比死还要难以忍受的尴尬境地，那是一种对生命的蔑视，是一种对人格的践踏。还有山上那个象征正常欲望却又压抑了人性的小屋，终于逼使原本矜持的知识分子放弃了斯文和尊严，他们互相竞争抢夺小屋的行为、他们因为等不及而在草丛中草草了事的做法，不正好满足了某些监督者猎奇窥视的欲望吗?

其二是毁灭欲。它反映了人心理最为阴暗的部分，它的表现形式通常因某些东西让人感到了屈辱或因得不到某些东西而欲将其毁灭的一种极端的恶的行为。《大浴女》中的尹小跳姐妹，一个是因为母亲的出轨行为给家庭带来耻辱而将仇恨转向了无辜而年幼的尹小荃，一个是因为尹小荃的降生分享了原本属于她的母爱、降低了她在家中的重要地位而对尹小荃充满妒忌，又因妒而生恨。另一个相关者唐菲与尹小帆的心理相同。于是她们三人心生杀机，虽然不曾共谋却间接地共同将尹小荃推向了死亡的深渊。即便尹小荃有幸没死，但在她们心里却也已经不知被毁灭多少次了。《午后悬崖》中的童年韩桂心同样因为忌妒，有预谋地将小朋友陈非推下滑梯。在尹小荃坠落下水井、在陈非坠落滑梯的那一刻，我们所看到的是一个被屈辱和嫉妒所催化出来的复仇体，孩子的纯真随着受害者的纷纷坠落而消失殆尽。

其三是宣泄欲。所谓宣泄就是因为对对方或其他事物的某种不满或不愉快，而将怨恨通过对方发泄出去，发泄方式往往表现为语言的暴力和武力的虐杀，从这种意义上说，其实毁灭欲也是一种宣泄欲，只不过是一种更为极端的方式。然而，毁灭却可以使受害方不再经受折磨的痛苦，而语言和武力虽不置人于死，但却要使人承受无休止的折磨之痛。从这种角度而言，它并不比毁灭欲温和到哪里去，甚至比毁灭欲更加残忍和恐怖。《午后悬崖》中，韩桂心的父亲以武力方式“有意隐藏着积攒着他在这个世界上所有的郁闷不快，回到家来关起门向我（韩桂心母亲）宣泄”；而韩桂心的母亲却将对丈夫的不满通过言语的形式向还是孩子的女儿宣泄着，然而她却不知道在自己的宣泄欲得到满足的同时却无意中培养起了女儿的偏激心理——对包括父亲在内的世界的所有都充满不满。因此，导致了还是小小年纪的韩桂心就因妒忌和不满而心生歹意，置陈非于死地。同样，成年后的她一遍遍地向母亲提起这件幼年往事，提到母亲对自己的包庇，这是她对母亲不满情绪的宣泄——因为正是母亲曾经以言语暴力的形式培养了她对世界的不满才导致了她的心理畸形和幼年犯罪，同时又是母亲的包庇使她在事实上永远背负杀人的负罪心理而不得解脱。《大浴女》中的尹小帆，每当她对姐姐有所不满的时候就有意地提起尹小荃之死的往事，以对尹小跳的心理折磨来宣泄不满。而尹亦寻却以一种“不提及”的冷暴力方式让妻子章妩永远生活在负罪的折磨之中，以此宣泄他对妻子曾经出轨行为的不满。这种“不说”与“说”都以对人的心理折磨为特色，深刻地反映了行为者的施虐心理。

其四是权力欲。所谓权力欲，在铁凝这里，并不单纯指对政治、社会地位、金钱的掌控，它更多地体现为日常生活中对权力模式的复制，以此满足内心的权力欲望。它可以是长辈对晚辈的控制，如《玫瑰门》中，司猗纹对眉眉“能”与“不能”的规定，对眉眉和儿媳竹西隐私的侦探和窥视；或者是对家族权的争夺，她用梅毒浸泡出来的美征服了那个不断向她挑衅的庄老太爷（她强奸了他）。它可以是身份上的优越，如《小郑在大楼上》中，吕秘书、硕士生杜康、炊事员，本属于县政府大楼所代表的权力秩序中的边缘人物，然而出身农村的小郑的到来却衬出了他们的优越性，并且埋藏在心底的权力欲望也随之被赤裸裸地剥离出来。吕秘书笑他把政府大楼叫作“厂子”，笑他一顿吃六个馒头；硕士生杜康替小郑向打字员秦红约会，却又把他俩约会的事告诉了吕秘书，吕秘书于是策划了一场捉奸的丑剧。人性之丑在这场普通人的权力游戏中得到了淋漓尽致的表现，而地位卑微的小郑成了权力压迫和施虐的当然对象。它还可以是以日常行为方式对过剩的政治权力的分享，如《色变》中的年轻人用假枪毙的方式威吓犯人，是为了满足欣赏人临死前的绝望恐惧情状的窥视欲，而从实质上来说，却是为了寻求权力欲的满足。《玫瑰门》中的一群小红卫兵对姑爸的暴行，《大浴女》

中白鞋队长一伙少年对漂亮女护士长的强奸行为，保卫科对唐大夫情事的有预谋的揭穿，都是借政治或社会所赋予他们的特殊身份而对弱势群体所实施的一种权力压制。当他们不能找到合法的途径来实施时，就只好以一种日常化的方式对政治权力的盛宴和斗争进行模拟和效仿，以此获得类同掌控政治权力一样的特有感受。

人性之丑在上述四种欲望的展示中大曝其光，因此，有人说：“铁凝另一类作品，是审视人性、审视人的灵魂、审视人的品格的小说。她极力深入到人类灵魂深处，寻找和分析人性奥秘。在她探索人性的路上，既有审美，也有审丑……”并且，“在审丑的作品中，铁凝开掘人性的阴暗面达到相当的程度”。①

当然，铁凝对丑的书写绝不仅是一种丑的展览或把玩，如此的话，那她的审丑意识还停留在浅层次，或者干脆说是嗜丑而不是审丑。而艺术的审丑，是为了揭示丑的本质特征，使人们在这种艺术中获得正确的审美评价，激起爱憎分明的情感体验，达到否定丑、赞扬美的目的，只有这样，丑才能转化为艺术美。因此，作家对丑的情感态度非常重要。通过铁凝对丑的描述可以看出，她不仅描述了人性丑的各种形态，而且对丑又持有一种清醒的批判态度，而没有陷入嗜丑的误区。对不怀好意地把触角伸向他人生活进行骚扰的司猗纹，铁凝总是让她跌入另一场空虚中。她的窥视除了给对方以暂时的惊吓和打击，她不可能从中汲取任何力量，她不可能阻止眉眉青春的绽放，也挽救不了儿子庄坦的性溃败，甚至反而促成了竹西和大旗的结合，她还给自己引来了“瘫”。同时，她这种猥琐的欲望无疑是对其在小辈面前故作姿态的辛辣讽刺，这使她失去了被人尊重和接近的可能，而只能随着生命的结束被抛入无尽的历史烟尘之中。尹小跳姐妹及唐菲的毁灭欲使她们永远背上了沉重的心灵负荷，尹小跳几乎用了半生的时间和精力才获得心灵的救赎，尹小帆却永远没有得到解脱，而唐菲对自我身体的亵渎谁能说不是命运对其

① 王庆生主编：《中国当代文学史》，高等教育出版社 2003 年版，第 425 页。

罪恶的惩罚？韩桂心尽管一直在用言语宣泄着自己的不满，但最终仍没能得以解脱；尹亦寻对妻子的冷暴力，亦是对自己的为难，因为他同妻子一样一辈子也没有获得安宁和幸福……可见，铁凝是在把丑作为一种引起恶心或不愉快心情的客体对象做一种远距离的静观，冷静分析它的存在，真正做到了对丑的“审视”。这样，丑才脱离了生活丑的原生形态，成为一种美学意义上的美，正如刘熙载在《艺概》中所说：“丑到极处，便是美到极处。”这就是艺术上所谓的“化丑为美”。这种以丑为表现形态的艺术美主要起到了以丑衬美的作用，宗白华先生就曾这样论说：“故丑与美为对峙，丑与艺术不立于反对点也。艺术表现生命，生命中尽有属于丑者，盖丑为黑暗方面之事，又如何能摒诸艺术之外乎？再者，全部上有些暗昧或恶劣部分，才能更显得美的鲜艳，即比较作用之定律也（contrast）。”[①] 铁凝的创作很好地体现了这一点，她说：“文学也可以向蒙克那样对生活表示深深的失望，强烈的失望本身就蕴含着希望。没有失望就无所谓希望，正如同我们有时候对生活不恭敬是渴望生活更神圣。”[②] 因此，虽然美丑在现实中是截然相反的对立的，但在文学中它们却相互统一，共同统一于对美的追求。难怪蒋孔阳这样说：“审丑历来都是人们审美活动的一个重要方面，因此，历来的文学艺术都有表现奇丑怪异的杰作。原始艺术和现代主义艺术……充满了以丑为美的审美现象。”[③]

铁凝说：“是有纯净的成分在我的很多小说中存在，但大家都是变化的，一个希望自己写得更好的作家应该有不断变化，不断打倒自己的勇气和能力。”[④] 正是抱着这种打倒自己的决心，铁凝有意识地改变着自己的风格，构筑起两个互为观照的美与丑的世界。她以其越轨的笔忽而刻画美的极致，忽而又剖析丑的极端，它们互相交替穿插，不断冲撞

---

① 宗白华：《艺术学・美感范畴：丑的艺术》，载《宗白华全集》第1卷，安徽教育出版社1994年版，第534页。

② 铁凝：《无法逃避的好运》，载《铁凝散文》，浙江文艺出版社2001年版，第267页。

③ 蒋孔阳：《美学新论》，人民文学出版社1993年版，第373页。

④ 赵艳、铁凝：《对人类的体贴和爱——铁凝访谈录》，载《小说评论》2004年第1期。

着读者的既定审美经验，考验和提升着他们的审美能力。而且审美与审丑两种艺术风格的互为观照和对比，使其小说表现出极强的艺术张力。当然，铁凝风格的变化并不是单纯为了追求艺术的新变，而是与她对世界认识的变化及对文学功能的认识有着更为内在的关系。她曾明确地表白："我不打算居高临下，悲天悯人；也不乐于搜刮趣闻，一味猎奇；更不想唱田园牧歌，自娱自乐"，而是"用真诚的心追寻人生的喜怒哀乐，探索人类心灵那无穷的层次……"① 她还认为，"真诚、善良、虚伪、丑恶都深深埋藏在生活中，寻找、发现、开掘这些是我们的使命"②。可见，无论是审美还是审丑，都是铁凝对现实世界的真诚发现和表达，其旨归都是为了完成对健康的精神人格与和谐世界的建构。这与铁凝一贯的文学追求是相通的。这种审美与审丑风格双重变奏的特色使铁凝的小说表现出"集'过来人'的沧桑之感与未谙世事的天真于一体"，"这两个不断交替的视角或者说彼此盘结的两个声部使铁凝的生命经验完整地在语言中扎下了根"。③

第二节　喜剧因素与悲剧因素的交融

铁凝还有一类小说，它们在审美情感上糅合了喜剧和悲剧两种情感因素，对此铁凝自己曾经做过类似的表述："幽默的本意不是引人傻乐呵，也不是心急的相声演员忘我地咯吱自己或干脆走下台去胳肢乐不起来的观众。幽默该是自灵魂深处漾出的一种大智慧吧，该是一种痛哭了生活之后对世界的真微笑。我渴慕这大智慧，也深知获得它是不容易的。"④ 在这段话中，铁凝把"痛哭"和"真微笑"糅合为一体的努力

① 铁凝：《写在卷首》，载《铁凝文集》二，江苏文艺出版社 1996 年版，第 2 页。
② 铁凝：《生活的馈赠——兼答青年文学爱好者诸友》，载《萌芽》1984 年第 1 期。
③ 陈超：《写作者的魅力》，载《谁能让我害羞》，新世界出版社 2004 年版，第 373 页。
④ 铁凝：《写在卷首》，载《铁凝文集》一，江苏文艺出版社 1996 年版，第 2 页。

隐含了她对自我这种独特风格的确认。对这种风格的确认，首先与铁凝对幽默的个性化理解密切相关。而提到幽默，人们理所当然地把它与喜剧联系起来，因为幽默是喜剧的一种特殊形式，它应该隐含着笑，既然是笑，那么它就不应该同悲剧这种艺术形式有什么直接关系，而铁凝的幽默恰恰在于把喜剧和悲剧结合了起来。那么她是如何把“痛哭”和“真微笑”糅为一体，使小说具备了一种悲喜剧因素交融互渗的风格特征的呢？首先还要从幽默的外在形式入手进行分析。

虽然并不是所有的笑都是幽默，铁凝也说过“幽默的本意不是引人傻乐呵”，但幽默却必然首先是一种笑，引人发笑是幽默的题中应有之义，这也是幽默作为一种特殊的喜剧形式而存在的必要条件。因此，要实现幽默必须首先具备诱发幽默感的外在形式，使人有种想要“笑”的感觉。在铁凝小说中，幽默主要有这样两种表现方式：其一，以反讽手法制造喜剧效果。从本质上讲，反讽是指一个词、一个事件、一个人与其获取意义与生存的上下文（context，也指情境）发生了不符、背离或冲突。表现在文学中，“反讽”的典型形态就是意义的互相冲突与无限增值，以及作家对种种不相协调的矛盾的“重组”。相互矛盾的物象之间、人物之间、事件之间的不协调组合就制造了幽默式的喜剧效果。正是从这种意义上，反讽作为一种重要的文学创作原则，表现出滑稽、荒唐、调侃、戏谑等喜剧性美学表征。反讽与喜剧天然地结下了密切的关系，因此，波德莱尔认为喜剧的组成部分最终也是反讽的组成部分，D. C. 米克在《论反讽》一书中也把喜剧因素视为反讽的要素之一。在铁凝小说中，反讽首先是指言语层面所构成的直接反讽——话语反讽。话语反讽是修辞论反讽的主要表现形式，其基本的含义就是叙事者采用谐谑性的话语方式来传达与字面意思相反或相左的意思，语言的表象和语言的真实意图之间形成鲜明的悖立。反讽的语言往往无视既有的话语成规或有意扭曲语体、语义、情感色彩等方面的通用规则以产生强烈的反讽效果。在这种情况下，施讽者具有明确的反讽意识和文本意图，试图以“陌生化”的方式让读者从传统的审美习惯成规中逃脱，进而穿越话语的迷障而抵达“在场”的真实。铁凝的话语反讽主要是一种文本内部的言语“戏仿”。在巴赫金的理论中，戏仿是一种重要的反讽手段和叙事策略：“作者要赋予这个他人语言一种意向，并且同那人原来的意向完全相反。隐藏在他人语言中的第二个声音同原来的主人相抵牾，发生了冲突，并且迫使他人语言服从于完全相反的目的。”① 《他嫂》中，如今成了台柱子和先锋小姐的他嫂，名字也发生了改变，变成了“斯纳维”。显然，这是作家以反转的形式对“维纳斯”三个字所进行的语言形式上的戏仿。而且她张致的形象——不合适的打扮、不成比例的身材、不时脱口而出的粗俗字眼，完全消解了“维纳斯”高雅迷人的风采，从而强化了对“维纳斯”三个字的语言戏仿。再有，他嫂写的一首目前正在流行的歌曲，歌名和歌词却与她曾经在床笫之欢中所发出的“叫你——叫你——叫你”的呻吟声如出一辙，这是流行对私密、高雅对庸俗的戏仿，在前者对后者的戏仿之间尽显悖立和荒诞。《寂寞嫦娥》中的麻太太在得知自己被老板炒了鱿鱼之后，情急之下莫名其妙地将嫦娥的话语原封搬了出来，她音量很大地叫道：“哼，奇他妈的怪！”虽然麻太太与嫦娥两人的话语形式完全相同，但在说话者那里却被赋予了不同的意义。在嫦娥那里，它近乎一句口头禅，没有轻蔑和愤慨，即使在麻太太听来，“那似乎是一种心中有数的不以为然，也有那么点大事做成之后的酣畅痛快”。而一向文雅的麻太太如今也说出这样的粗话，却饱含了非同寻常的愤慨。我们只能在戏仿式反讽的意义上去理解其悖谬。其次是情境反讽。这是一种更为常见也更为意味深长的反讽，它广泛存在于由人物、观察者所构成的艺术情境之中。在情境反讽中，单个的场景、事件、细节、意向如果排除其间的因果关联则和正常的形态别无二致，可一旦把它们相互组合链接起来便会显露出荒诞的结果和悖谬的逻辑来。其中，情境的前后对比和差异对于制造反讽情境具有重大的作用。《他嫂》中，一个满嘴村俗俚语、大大咧咧的农村

① ［俄］巴赫金：《陀思妥耶夫斯基诗学问题》，白春仁、顾亚铃译，生活·读书·新知三联书店 1988 年版，第 266 页。

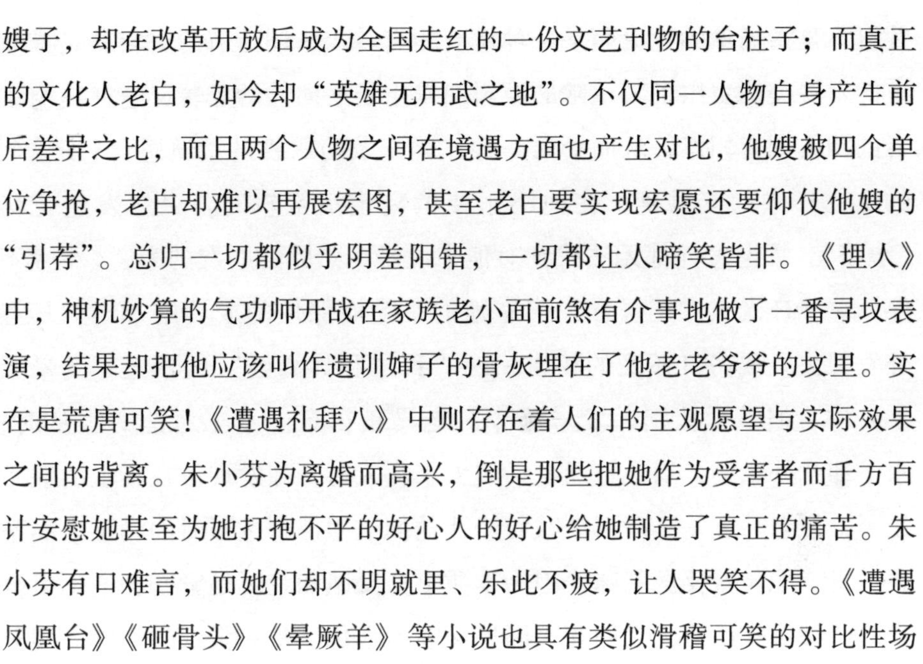

嫂子，却在改革开放后成为全国走红的一份文艺刊物的台柱子；而真正的文化人老白，如今却“英雄无用武之地”。不仅同一人物自身产生前后差异之比，而且两个人物之间在境遇方面也产生对比，他嫂被四个单位争抢，老白却难以再展宏图，甚至老白要实现宏愿还要仰仗他嫂的“引荐”。总归一切都似乎阴差阳错，一切都让人啼笑皆非。《埋人》中，神机妙算的气功师开战在家族老小面前煞有介事地做了一番寻坟表演，结果却把他应该叫作遗训婶子的骨灰埋在了他老老爷爷的坟里。实在是荒唐可笑！《遭遇礼拜八》中则存在着人们的主观愿望与实际效果之间的背离。朱小芬为离婚而高兴，倒是那些把她作为受害者而千方百计安慰她甚至为她打抱不平的好心人的好心给她制造了真正的痛苦。朱小芬有口难言，而她们却不明就里、乐此不疲，让人哭笑不得。《遭遇凤凰台》《砸骨头》《晕厥羊》等小说也具有类似滑稽可笑的对比性场景，给人一种轻松愉悦的幽默感。

其二，以荒诞手法设置一个非现实的场景或情节。需要强调一点，这儿的荒诞不是现代派意义上的荒诞手法，即作者并不追求梦幻和过分的离奇，而只是对现实生活加以适度的变形和夸张，其对生活常规的稍稍偏离便给人一种荒诞的感觉。比如，《我的失踪》《马路动作》《唇裂》《棺材的故事》等小说，人物的行为都具有反常、夸张的特征。《我的失踪》中的“我”是一个规矩人，却在一次出差路途中与偷了自己钱包的小偷在迂回周旋中和平友好地共处。《马路动作》中的杜一夫家有门他不走，反而反锁上家门，从窗户跳进跳出。他不与人交往，即便是亲生儿子他也拒绝交流。然而，每晚他却到一个无人的车站，与人进行想象性的模拟交往。《蝴蝶发笑》中的杨必然在日常生活中就时刻显出他的与众不同：他喜欢午夜后从床上爬起在夜间行走，与夜和路亲密接触；他会突发奇想要在雪地上睡觉。反常的经常性导致他更大反常的必然性：他在街上把手伸向了一个少女，试图拿掉她身上背负着的蝴蝶图案。人物的反常荒诞的行为使小说着染上了喜剧的色彩。再有一类荒诞不是指场景的荒诞而是一种情节的突转。所谓情节的突转就是指故事的发展突然溢出了其正常的逻辑而发生了逆向性的反转，它往往与读者的阅读期待相悖，从而给人一种“猝不及防”性的荒诞感。《安德烈的晚上》中的安德烈，在他终于要偏离生活常轨时，突然发生记忆“短路”，无论怎样都无法找到对他来说轻车熟路的朋友的家；《小嘴不停》中，庄老太太正得意于依靠她的小嘴而保住的成功婚姻时，却意外发现丈夫藏在口杯底的秘密——“我想和你离婚”的字迹；《晕厥羊》中，惯于听从别人发号施令的老马正得意于水工对他的服从时，水工却意外晕倒，当他打通电话叫人来救人时，却发现放在桌上的钱不见了，但老马还是感谢那个贼曾经让他的欲望得到过暂时的满足。而荒诞本身就隐含着反讽意味。因为本质上，反讽和荒诞是紧密相连不可分开的两种形式话语，它们互为因果又互为强化，是一张纸的两面。离开了反讽讲荒诞和离开了荒诞讲反讽都同样是不全面的。两者之所以不可分割地发生关系，主要是因为都或隐或显地利用了对比。小说中所设置的场景和情节之所以给人一种荒诞感，是因为有一个先在的参照系做对比，它们分别以生活的常规和情节的正常逻辑为对比的参照物，而这个参照物就存在于接受者的潜意识中。两者形成巨大的反差和矛盾，而对立物之间的矛盾正是产生反讽的基础。对比可以说恰是幽默的基本原则，如果没有对比，就不会产生幽默。对比愈鲜明，则幽默的效果愈明显。因此，无论是荒诞还是反讽，它们通向喜剧性的媒介正是幽默感的产生。

而且，在这些小说中，反讽者在反讽情境的发展过程中是知情的，而反讽的受嘲弄者几乎是不知情的，正所谓“当局者迷，旁观者清”。这恰是反讽的基本性质之所在，正如赵毅衡所认为的：“反讽的基本性质是对假相与真实之间的矛盾以及对这矛盾无所知：反讽者是装作无知，而口是心非，说的是假相，意思暗指真相：吃反讽之苦的人一心以为真相即所言，不明白所言非真相，这个基本格局在反讽所有的变体中存在。”[①] 同时，“反讽的受嘲弄者不一定是（但常常是）傲慢的、任性的盲目者；他仅仅是通过语言或行为，暴露出他丝毫也没料到的事情完全出于他天真的设想之外……在其它因素相同的情况下，受嘲弄者愈盲目，反讽的效果就愈明显。毋庸赘言，反讽观察者一定会了解受嘲弄者的无知无觉和事情的真实情况”[②]。如他嫂、开战、朱小芬身边的“好心人”、麻老太太、老马等都是反讽的受嘲弄者，在他们所身处的上述反讽情境中，现实与理想、愿望与结果、个人行为与社会常规都处在一种逻辑悖反的链条中，虽然受嘲弄者并不自知，但读者恰恰在这种叙事表象中会意其中的反讽意味，其叙事内涵也由此最终得以从晦暗走向彰显。

铁凝小说基本上通过以上两种形式，给文本制造了一种轻松的幽默气氛，加之她略带调侃的叙述语调，使小说产生一种类似喜剧的效应。然而如果仔细阅读小说，我们会感觉到铁凝制造这些看似滑稽可笑的外在形式并不仅是为了博人一笑，若是，那么小说也就流于单纯的滑稽。而事实上，真正的幽默与滑稽并不是一回事。滑稽和幽默同属于喜剧的形式，它们的共同点都是能让人发笑，但是滑稽引起的是人的捧腹大笑，而且滑稽的笑传递的是对滑稽对象的单纯的讽刺；而幽默却不仅是“在平常人视为当然的地方看到了好笑”，而且“在被人感到好笑的地方却发现了严肃”[③]，也正是从这种意义上，有人这样定义幽默：“作为喜剧情境，与滑稽不同，所谓幽默，就是由于其中的不谐调的矛盾冲突比较含蓄，反转和缓，在主观上引起多种心智的紧张活动后又转入解除，从而令主体在会意之后，产生一种带有复合情感的意味隽永的微笑的喜剧情境。”[④] 由此可见，幽默的笑是隐秘的笑，是经过思想过滤后产生的笑。它所传递的除了对对象的讽刺外，更有一种体恤和同情。而

① 赵毅衡：《新批评文集·引言》，百花文艺出版社2001年版，第110—111页。
② ［英］D. C. 米克：《论反讽》，周发祥译，昆仑出版社1992年版，第41—42页。
③ 陈慧：《论西方现代派文学及其他》，南开大学出版社1987年版，第148页。
④ 潘智彪：《喜剧心理学》，三环出版社1989年版，第219页。

且这些人物都是一些善良的小人物，或许他们有时很卑琐，但却并不邪恶。因此，他们身上的幽默是一种“含泪的幽默”，在对他们的嬉笑中有哀怨，有感伤，有沉痛，在喜剧中含有悲剧的因素，它唤起的是一种混杂糅合了喜剧和悲剧因素的复杂情感。而悲喜剧因素的融合恰好接通了反讽的实质。首先喜剧性因素是反讽的主要属性之一，正如米克所说：“喜剧性似乎是反讽的形式特点和固有因素，因为在根本上互相冲突、互不协调的事物与或真或假的深信至无知无觉地步的态度结合了起来。”① 米克在肯定了反讽的喜剧性因素后，却又同时指出：“反讽的发展史也就是喜剧觉悟和悲剧觉悟的发展史。”② 英国作家波尔也描述过悲剧性和喜剧性的内在关系：“在那些爱思索的人看来，世界是一个大喜剧；在那些重感情的人看来，世界是一个大悲剧。”③ 可见，反讽表面的喜剧性品格往往渗透着悲剧性的存在精神，二者实则是一体两面，统一在反讽的张力场中：“我们从悲剧走向喜剧，再由喜剧返回悲剧所经过的那座小桥很不稳定而且狭窄。我们只是在一转念之间发现自己站在这边或那边。”④

《第十二夜》突转性情节的不断出现使故事跌宕起伏，这在客观上制造了一种“幽默”的艺术效果，然而在异常情节所产生的幽默背后却凝聚了铁凝深刻的思考。大姑曾是这个院子的主人，在这里她有过浪漫的爱情。然而这段爱情结下的却是一个苦果，爱人离她而去，她却作为“破鞋”而备受冷落。在世俗的冷眼中，她的生命逐渐走向死寂。尤其是在当下以金钱来衡量一切的时代，其生命价值更是遭到了践踏，卖主竟然无视她的存在，在她生命还未走向终结的时候就把房子卖出，而且包括“我”在内的所有人都甚至以一种恶毒的心理期盼着她的死亡。在受到再一次的压抑之时，大姑反而爆发出了惊人的生命力，神奇

---

① ［英］D. C. 米克：《论反讽》，周发祥译，昆仑出版社 1992 年版，第 49 页。

② 同上书，第 117 页。

③ 转引自陈瘦竹等编《论悲剧与喜剧》，上海文艺出版社 1983 年版，第 40 页。

④ Cristopher Fry：Comedy. Edited by Robert W. , *Corigan*, *Harper Row*, New York, 1981, p. 18.

地活了过来，虽然这有些荒诞，但却是对现实的一个极大的讽刺。此时，大姑的起死回生已经成为一种美好的精神价值的象征，而这种美好却面临被彻底毁灭的危机。因此，铁凝从她身上看到了大姑的人生悲剧，对她寄予了深深的同情；而大姑在生命的最后时刻以近乎荒诞的形式所做的抗争，则是社会现实在人们情绪上的一种折光，铁凝借此也表达了对价值失落的社会悲剧的一种无奈和悲哀。铁凝曾经说过："小说和人生是一种什么关系呢？再真实的小说也抵不上生活真实；再荒诞的小说也抵不上生活的荒诞。"可见，荒诞幽默背后是铁凝对生活的越发严肃认真，借此更真实地透视出生活和人生的沉重和悲哀。因为"幽默的轻松性、温和性仅仅是它的形式，并不意味着它所包含的实际内容一定是轻松的、温和的"①。而这也正是铁凝所谓的幽默"该是一种痛哭了生活之后对世界的真微笑"，"痛苦"和"真微笑"的辩证关系也就这样显现出来。《遭遇凤凰台》讲述了一对老夫妻离婚的故事。丈夫老丁意欲离婚，而妻子老李却拒绝离婚。老李生病住院不过是为了逃避离婚采取的迂回战术，但这却不期然间为老丁提供了自得其乐的生活空间和秩序。而当老李明白了事理决定顺从丈夫的意愿而打算出院时，同事和妇委会主任却为了减少分房的压力而拒绝让她出院，住院的目的已经由帮助变成了利用。老李自己弄巧成拙，却有口难言。老李的初衷与结果之间的反差、老李与老丁两人之间境遇的对比以及外人对老李态度的转变，这种种对比让人在轻松一笑的同时又不禁对老李心生同情，因为同情也就宽恕了她的无理；而他们离婚所遇到的种种阻力以及外人对老李的利用，又让人对世俗的现实产生深深的失望和忧虑。《我的失踪》《蝴蝶发笑》中，人物的行为固然失常，但问题的关键却不在此。铁凝以这类夸张的行为揭示了一个悲哀的事实：在现实生活中，一个人要越出生活常规几乎是不可能的。从这种意义上讲，人所身处其中的常规才是一种真正的荒诞，它构成了人的一种当下的生存处境。由此，他

① 陈慧：《论西方现代派文学及其他》，南开大学出版社 1987 年版，第 146 页。

们行为的荒诞，不再如叙事表层一样引起的仅仅是喜剧式的笑；这种喜剧式的反讽指向了人的荒诞性存在的叙事内涵。从本质上讲，这是一种最大的人类生存的苦难。因此，在表面的戏谑背后铁凝表达的是隐秘的悲剧情感。

铁凝以对幽默手法的独特理解，成功地将喜剧和悲剧因素融合在一起，使同一部小说既给人以喜剧式的轻松又给人以悲剧式的沉重。这固然是对生活真相的某种程度的还原，正如莱辛所说：“本质自身作为我们平庸与崇高、诙谐与严肃、愉快与苦恼结合的范例，对吗？显然是这样的。”① 但更为重要的是，铁凝通过在喜剧形式里包藏了悲伤的内容，实现了在喜剧观念上的重大突破。因为中国的喜剧文学向来过于注重外部关系的喜剧性，注重揭示个人与集体、个人与个人之间的紧张与冲突，而缺乏像《变形记》《浮士德》等致力于哲学思考的作品，因此摩罗做出了下面的判断：“一个民族仅仅只有喜剧文学的繁荣，这一定是一个有精神缺陷的民族。何况我们的喜剧文学本身是具有严重缺陷的。中国文学多的是戏谑、嘲弄与愤慨，少的是同情、宽容与悲悯；多的是冷漠的写作者，少的是温柔的描摹者。读者多的是恶心和绝望，少的是哀怜与爱恋。这些缺点即使在鲁迅那里也是比较明显的。中国喜剧文学的这些缺陷，深刻体现了中国人的情感残缺。”② 曹文轩也有同样的见解：“我们这个民族是一个悲剧精神比较浅淡的民族……中国有悲剧，却无悲剧精神……西方文学与苏联文学皆表现战后的悲伤，而惟独中国文学表现的却是战后的欢乐。”③ 而铁凝却以喜剧性的反讽姿态表现了深层的悲剧意识，而没有坠入油滑、游戏，在插科打诨的玩闹中逃避自身的精神困境。铁凝对悲喜剧因素互渗风格的独创透视出她对待生活的

① ［俄］鲍列夫：《美学》，乔修业译，中国文联出版公司 1986 年版，第 163 页。

② 摩罗：《喜剧姿态与悲剧精神——从王朔、刘震云、王小波谈起》，载《社会科学论坛》2002 年第 2 期。

③ 曹文轩：《20 世纪末中国文学现象研究》，北京大学出版社 2002 年版，第 16—24 页。

一种健康态度，那首先是一种乐观，这是产生幽默的真正的思想基础。契诃夫就说写幽默作品必须“有一种完全特殊的精神状态”，也就是“一种富于生活乐趣的心境，就跟初上任的准尉一样”[①]。只有对生活抱乐观态度的人才能会意存在中的可笑、滑稽和荒谬，而且只有乐观的人才能善待人生，从看似幽默的形式背后洞见人生的酸楚与苦痛。铁凝小说的喜剧性由此具备了巴赫金所言的文化反抗的意义，而没有坠入对无意义的存在状况的隐瞒和粉饰。从根本上来说，这与铁凝小说所一贯表现出来的善良是一致的，只是改换成了一种更为轻松幽默的形式而已。铁凝的创作向我们证明，她的确具备这种穿透轻松看到沉重的“大智慧”。

① ［俄］契诃夫：《契诃夫论文学》，汝龙译，人民出版社 1958 年版，第 422 页。

第六章　铁凝小说的文体艺术

王蒙曾经说过："文体是个性的外化。文体是艺术魅力的冲击。文体是审美愉悦的最初的源泉。文体使文学成为文学……文学个性的成熟表现为文体的成熟。文体是文学最为直观的表现。"① 在这段话中，王蒙给予文体很高的地位，而且肯定地指出，一个成熟的作家必定重视文体的建设，文体是作家艺术个性的一个重要的表现形式。因此，研究铁凝的小说必然不能缺少对其小说文体的考察。不过，这里所说的文体，不是通常所谓的文学分类概念（文类），而是指一定的意义系统得以表现出来的具体语言组织形态，就如王一川所说："文体是意义在语言中的组织形态。文体不等于语言，而是语言的具体组织状况。"② 因此，所谓"文体"，"是一个揭示作品形式特征的概念"③。当然，文体又不纯粹是形式的问题，如果是这样，那无异于承认文体是外在于作品的装饰品，于是就会相应地形成这样一种错误观念，即越是新的、奇的文体形式就越好，就越能代表作家的个性。事实上，文体无所谓"新旧"与"正奇"，只要作家所选择的这种文体符合作家的个性和时代的审美

① 王蒙：《〈文体学丛书〉序言》，载陶东风《文体演变及其文化意味》，云南人民文学出版社 1994 年版，第 1 页。

② 王一川：《我看九十年代长篇小说文体新趋势》，载《当代作家评论》2001 年第 5 期。

③ 陶东风：《文体演变及其文化意味》，云南人民文学出版社 1994 年版，第 2 页。

要求，能够有效地表达小说的思想内涵，就是好的文体。这才是文体的本质所在。即如谢有顺所指出的那样："文体不是寄生在作品上的附生物，不是为了造成一种外在的装饰效果，不是对现存秩序的外在反抗，它应该是与作品内在的气质同构在一起，从作家的心态中派生出来的，是自然而然出现的，它的推动力是作家为了更好地到达他眼中真实的世界图景。"① 我们正是从这种意义出发，对铁凝小说的文体特征进行考察和分析。

第一节 复调性对话体

复调理论是巴赫金在研究俄国作家陀思妥耶夫斯基小说的基础上提出来的，它是指"有着众多各自独立而不相融合的声音和意识，由具有充分价值的不同声音"的组合和相互作用，② 确切地说就是不同声音彼此之间形成一种互相参照的对话关系。这种对话有两种基本的形式：一种是人物之间的对话，另一种是人物自身内心的对话。后一种对话又有两种表现形式，即自己内心矛盾的冲突和把他人意识作为内心的一个对立的话语进行对话。这三种对话形式，尤其是后两种被巴赫金称为双声语对话的具有不同指向性的对话，是复调小说的主要艺术手段。据这种理论而言，铁凝的长篇小说《玫瑰门》和《大浴女》是两部典型的复调小说。两部小说都以描写对话和辩难关系共存的对话而见长，表现不同声音和意识的对话关系的上述三种对话形式在其中都有着集中而鲜明的表现，于是，在文体形式上形成一种所谓的"对话体"。需要强调的是，这里所说的对话并不是泛指所有类型的对话，而是指由那些充满了复调性的对话所组成的文体形式，是一种复调性的对话体。复调性是

---

① 谢有顺：《文体的边界》，载《当代作家评论》2001 年第 5 期。

② ［俄］巴赫金：《陀思妥耶夫斯基诗学问题》，白春仁、顾亚铃译，生活·读书·新知三联书店 1988 年版，第 29 页。

小说对话体的内在特征，而对话体则是小说复调性的一种外在表现形式。在铁凝的小说中，对话体不仅是一种体式，它还构成为一种叙述方式。

在长篇小说《玫瑰门》中，铁凝首次使用了对话体。在这里，对话体主要表现为人物之间的对话，具体而言就是成年苏眉与幼年眉眉之间的对话。她们之间的对话往往出现在偶数章的尾数是五的小节里，章与节的分布情况具体如下：2/5、4/15、6/25、8/35、10/45、12/55。它有规律地镶嵌在传统的文体之内，构成了我们所说的对话体。对话由对苏眉成长过程中的某种经历的回顾而产生，既然是一种回望的姿态，那么成年苏眉往往就成为发话的主角，而眉眉则停留在过去，对苏眉的发话做出一种现实在场的应答。她们之间的对话不是一般意义上的彼此寒暄，而是围绕同一事件展开讨论，发出彼此不同的声音，就像巴赫金所说，小说“不是众多性格和命运构成一个统一的客观世界，在作者统一意识支配下层层展开……恰是众多的地位平等的意识连同它们各自的世界，结合在某个统一的事件之中，而互相间不发生融合”①。如第一次是成年苏眉与幼年眉眉就五岁的眉眉推搡妈妈怀孕的大肚子而展开争论，第二次是就撒谎问题的争论。而且，由于隔着时空的距离，所以苏眉发话时就好像置身事外的一个旁人，可以随心所欲地指摘眉眉曾经的不是，故而对话的内容又以审视和反思为主旨，而眉眉的应答就带有了辩难的性质。她们彼此充当了对方眼中的他者，既是说者又是听者。当一个声音结束后，另一个声音就会随之做出应答。她们彼此交锋，互相纠缠，形成了类似于巴赫金所说的复调。

说者与应者的存在，使对话看似在两个人之间展开，而事实上，对话却都是由成年苏眉与幼年眉眉这同一个主人公完成。因此，从本质上讲，对话就是成年苏眉的内心独白，对眉眉的反思和审视不过是苏眉对自我的反思和审视。它实际上属于巴赫金对话理论中的人物自身内心的

---

① ［俄］巴赫金：《巴赫金全集》第5卷，白春仁、顾亚铃译，河北教育出版社1998年版，第4页。

对话，它以苏眉的内心矛盾冲突为表现形式，是一种“内部对话”，“即主人公内心的思想矛盾构成的内心独白”[①]。既然是内心矛盾，那么必定有两种或多种声音存在，而每种声音都成为彼此的对立面，由此才能产生对话交锋。本来这种对话是产生于一个人的心中，但是当它公开化的时候，就在形式上体现为两种声音，变成了两个人——两个自我。两个自我之间就像主人公站在镜前与客体化了的自我在交谈，镜中映像在此成为一个幻化了的他者，是进入自我的他人意识，是“另一个我”。而事实上，这两个“我”都是主人公自我意识的映照，这种彼此映照更好地体现出了思想的矛盾，就像巴赫金在评价陀思妥耶夫斯基的作品时所说：“陀氏将一个人的内心矛盾和内心发展阶段在其空间里加以戏剧化了”，“从一个人的内心矛盾中，引出两个人来”，“让作品主人公同自己的替身人，同鬼魂，同自己（alterego 另一个‘我’），同自己的漫画相交谈（如伊万和斯梅尔德科夫，拉斯柯尔尼科夫和斯维德里盖洛夫等等）”。[②] 在《玫瑰门》中，成年苏眉的他者替身就是幼年的眉眉。不同的是，铁凝将苏眉的内心独白外在化、形式化了。也就是说，不仅在观念上把一个人的内心独白看作两个人的对话，而且在形式上也有所显现。如果认识仅停留在观念上，则其对话是一种隐蔽的对话——它往往充分运用第二人称这一“对话性”人称的优势，[③] 在形式上表现为主人公用“你”字和自己说话，自己挑逗自己、挖苦和嘲弄自己。而《玫瑰门》中的对话，则是一种公开的对话，类似于一般小说中的两个人之间的对话，只是省略了人物名称和引号。对话以第一人称苏眉为对话发出者，此时第二人称“你”就指代幼年眉眉。当眉眉作为对话者的另一方发话时，“我”就成了眉眉，而“你”则成了苏眉。因此，在这里，“你、我”事实上并没有人称的区别，它们的作用

① 董小英：《再登巴比伦塔——巴赫金与对话理论》，生活·读书·新知三联书店 1994 年版，第 30 页。

② ［俄］巴赫金：《陀思妥耶夫斯基诗学问题》，白春仁、顾亚铃译，生活·读书·新知三联书店 1988 年版，第 60 页。

③ 参见徐岱《小说叙事学》，中国社会科学出版社 1992 年版，第 292 页。

都是一致的，只是让对话更公开化、形式化。这样，说者不仅可以对听者进行评价，而且可以正面阐发意见，听者则根据说者的话进行回应。不像以“你”为形式的单纯独白，主人公总是为自己设置一个潜在的对话者，他预先就考虑到了对方的反驳，因此在自说自话中已经包含了对对方的猜度，而我们读者却无法听到另一个声音对此的明确回应，只是通过内心独白感受到主人公内心的思想矛盾和精神分裂。这也是为何铁凝将苏眉的内心独白对话化的原因之一。比如，第二章第 15 小节关于撒谎问题的对话。苏眉提到了眉眉五岁时撒谎的事：

> 大约五岁时——你也许还记得，爸教我认闹钟，这对我来说是太困难了我好像天生的不识数……
> 苏眉你说的这事我记得。
> 眉眉你别伤心我在揭你的短，
> 你在肯定撒谎吧苏眉。

对话没有谁说的标志，但从对对方的称呼及内容上可以判断话语出自谁口；也没有引号，这样话语之间就不会产生断裂和停顿，而形成一段话语流，使我们意识到虽然在形式上是两个人之间的对话，但实质上却是苏眉一个人的内心话语，其语句密集、节奏紧密的特点，正反映出苏眉女性自我认同的焦虑。当然，铁凝也完全可以以“你”的方式让苏眉与自己对话，但是这种对话就会因为没有人称变化而陷入叙述的平淡乏味。更为关键的是，因为缺少了另一种声音的回应，说者像失去了对手一样，他的自我表白也就缺少了针对性而显得力量不足。这可以看作内心独白对话化的又一原因。比如第二章第五节关于苏眉小时候推妈妈肚子一事：

> 你说是因为那个肚子太难看其实那不是真实的，这么多年来我一直想告诉你那是不真实的。

你追随我可我常常觉得你对我更多的是窥测，苏眉。我想我恨那个肚子是真实的，要是它不难看为什么我会恨它？我推妈的时候也只是想把它推倒推走推掉。

我一直惊奇你在五岁时就能给自己找出这么真实完美的道理眉眉……

对第二人称的叙事特点，徐岱曾经对说过：“叙事者在意识上的一分为二，形成一种自我对话，犹如存在两个自我，其中一个自我扮演当事者，另一个自我则扮演评判者。”① 在这里改换成“你—我”的对话后，就把意识上的审判与被审判意味更加强化了。一个越是为自己解释辩难，另一个越是批判得毫不留情，因此，在对话中，她们的灵魂，实际上也是苏眉内心的隐秘世界得到了敞开，而且其中渗透着深刻的自我反思。我想正因如此，王一川才把这种文体命名为“反思对话体”，即“指一种由内心的反思和对话占据主导地位的文体样式。内心反思，是说主人公及其他人物常常处在对自己的思想、情感和行动的回头沉思及审视状态……内心对话，是说主人公和其他人物总是在心里与他人和自我对话……内心反思和对话在这里是相互交融在一起的。反思借助对话方式来体现，呈现为对话，有对话式反思；而同时对话总是包含反思和对话题旨，指向对思想、情感和行为的反思，有反思式对话”②。我的命名与此实质上是一致的。只是我以为，反思虽然推动了对话的进行，但是反思却包容在对话之中，反思是内容，对话才是形式，因此，“对话体”这一命名已经能够表达这一形式的实质了。关于撒谎、做梦、成长等话题，都是在苏眉与眉眉的对话交流中完成的，于是就形成了双声合唱的复调性的艺术世界。在这个世界里，“一般没有任何物的存在，没有对象、客体，只有主体。因此没有单纯判断的语言，没有只讲

① 徐岱：《小说叙事学》，中国社会科学出版社 1992 年版，第 292 页。

② 王一川：《探访人的隐秘心灵——读铁凝的长篇小说〈大浴女〉》，载《文学评论》2000 年第 6 期。

客体的语言，没有背靠背的单纯指物的语言”①。可见，拥有自我对话权利的人物首先就是一个独立的主体。这个主体在反思式的对话过程中对自我的认识不断深化，因此，苏眉的自我对话过程也是建构主体自我的过程。

考察《玫瑰门》的文本，六次对话被规律性地插入了由传统文体构成的正文中。从纯粹叙事的角度来说，取消这六个小节丝毫不会妨碍正文的继续。但是仔细分析我们会发现，这六次对话并非与正文毫无关系。每次对话中都有一个与传统文体所叙内容密切相连的相关点，它引发了对话，且经由对话，以及对话中的反思，最终无一不指向纯粹的女性话题。比如，第一次对话的出现联系着五岁的眉眉推搡妈妈怀孕的大肚子一事。这件事在第二章第二节已有所叙述，在本章第五节中又作为对话的内容再次出现。经过苏眉成年自我对幼年自我的发问，引出女性内在的隐秘经验，即眉眉推搡怀孕的母亲那是源于内心深处对女性身份的拒绝。第二次联系着眉眉的几次撒谎行为，它的出现与第四章第十二节所叙的眉眉给大人买香烟的经历相关，它指向苏眉对灵魂深处女性自我的审视。这样，复调性对话体不仅自成格局，而且与整个文本叙述也有机地融合在了一起。随着全知叙事的推进，苏眉的自我对话和反思也在继续。当全知叙事走向结束时，对话也趋向完成，眉眉在苏眉的回望与审视下逐渐与苏眉合为一体，她们之间终于完成由最初的相互“隐匿”到寻求“永恒”的过程，实际上也就是苏眉正视性别自我，走向精神完善的成长过程。这样就可以解释，为什么同样可以探索女性的隐秘世界，为什么作家不直接设定为苏眉自己的内心对话，而是采取了大苏眉和小眉眉之间的对话形式。因为虽然对话是处在当下时空背景下的苏眉的内心对话，且大小苏眉此刻共时出现，但是毕竟两人因年龄的差异与对同一问题的认识也不同，因此，两人间的对话就把苏眉精神成长的经历给历时化了，对话展现了苏眉作为一个女性的成长过程。并且苏

---

① ［俄］巴赫金：《巴赫金全集》第5卷，白春仁、顾亚铃译，河北教育出版社1998年版，第319页。

眉的成长经历原本跨越一段较长的故事时间，现在经由这一对话体却转化为较短的心理时间，然而在这一短暂的心理时间中却包蕴着丰富的精神内涵，而上述对女性精神成长过程、女性自审意识的表现只是其中一种。按照吴义勤的看法——“小说艺术的高低，本质上并不在于其物理时间的长度，而取决于其精神的长度”①，《玫瑰门》正是因为对话体的存在才成了一部以精神长度见长的优秀小说。同时，这一女性成长过程与司猗纹所代表的女性生活经历在两条叙事线索上平行展开，这样，这一文体格局实际上促成了司猗纹与苏眉遥遥相望的阵势。由于对话体是有规律地镶嵌在偶数章节中的，因此它步步紧跟司猗纹的经历，从而造成这样一种印象：似乎司猗纹始终处在苏眉审视的目光中，而苏眉则在有意地以司猗纹为潜在的对话者，其自我对话反思具有了与司猗纹抗衡的意味。事实上，这不是苏眉的故意而是作家铁凝的有意为之。铁凝就是要造成一种两人对视对照的格局，从而促使我们去思索为什么同样是女性却活出了不同的人生，到底是什么原因导致精明能干、审时度势的司猗纹走向了悲剧性的一生？除了社会的、历史的原因，是否还有自身的原因？苏眉的自我审视明确地告诉我们答案是肯定的。因此，她们两人之间的对话关系不仅表现为全知与对话性自述这两种叙述形式，而更表现为价值观层面上的对话，小说更深层的语义就是由这种关涉价值观的对话关系显示出来，正如巴赫金所说：“恰恰是话语这种内在的对话性，这种不形之于外在对话结构、不从话语称述自己对象中分解为独立行为的对话性、才具有巨大的构筑风格的力量。”② 铁凝巧妙地运用复调性的对话体，一方面，它作为一种叙事方式记载了苏眉精神成长的历程，从而形成了对全知叙事文体所叙内容的说明和补充；另一方面，对话体突出强调了苏眉的自我反思，由此不仅接通了对女性话题的阐释，而且与全知叙事文体所叙形成鲜明对比，它提示和敦促读者不禁对

① 吴义勤：《90 年代长篇小说的文体问题》，载《长篇小说与艺术问题》，人民文学出版社 2005 年版，第 21 页。

② ［俄］巴赫金：《小说理论》，白春仁、顾亚铃译，河北教育出版社 1998 年版，第 58 页。

两代女性人生产生深入思考。

铁凝在《玫瑰门》中首次使用了复调性对话体，它在探寻人物隐秘心理方面充分显示出了其特有的功效，故而在《大浴女》中被继续使用，并且被应用得更为成熟和自然，从而表现出别样的风貌。

在《大浴女》中，铁凝将对话的主体转移到了尹小跳身上。构成她内心对话的关节是尹小荃之死在她心中所造成的心理郁结。小说就从那一对唤起了她儿时有关姐妹冲突的三人沙发开始，记忆的闸门逐渐打开。这记忆逐渐定格在尹小荃的死亡上，此后她的死还多次出现在尹小跳的意识中，成为她无法摆脱的心理阴影。它每次出现，也就是尹小跳展开内心对话的时候。她内心对话产生的基础是对于这件事的不同看法，其中不仅有她对自我的审判，而且在潜意识中还加入了社会公众对她的审判，表现在她的内心对话中就既有辩白也有忏悔，既有自我欺骗的幻影也有真实的揭秘。比如，小说开始由三人沙发而引起的内心对话，先是："尹小荃就是在那天离开人世的，就在我们假寐之后一眨眼的功夫，梦一样。我们没有碰过她，我们没出房间，屁股底下的枕头能够证明。那之后又发生了什么呢？什么都没有发生，没有设计，没有预谋，没有行动。"而后她又说，"啊，我是多么懦弱无助，多么毒如蛇蝎。"这后一句将前一事实彻底推翻。从前后的矛盾中可以看出，事实上在她的心里有两个自我。前一句中的"我"在心理狡辩，后一句话的"我"才是真相中的"我"。两种思想，两个自我，于是就产生了人物的内心对话。事实上，即便是在每一句中也潜藏着人物内心的矛盾冲突，这主要表现在第一人称的运用上。上边这两句话中，都以尹小跳为第一人称叙事者。而且，时间状语"那天"的存在提示我们这是第一人称回顾性叙事，因此，我们"听到的总带有此时的叙事者'我'（笔者注：偶尔置换成了'我们'）对彼时人物'我'的超然的评价性叙述"[①]。彼时人物"我"是被叙事者主观化了的，有时候甚至可以窜改

① 祖国颂：《叙事的诗学》，安徽大学出版社2003年版，第170页。

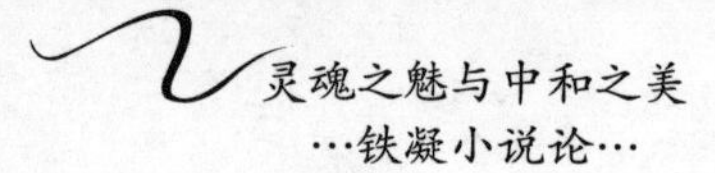

记忆，于是，真实与主观之间必然出现裂隙。表现在尹小跳身上就是，现在的尹小跳对过去事实的否定，也即对真相自我的否定。而后一句，即便没有前一句做基础，我们也能听出，这必然是现在的尹小跳审视那个真相自我而挑起的对抗。同时，尹小跳与外在的他人意识和叙事者之间也产生对话。小说随后又写道："尹小跳只选择她愿意相信的去相信，她不愿相信的就假装它们根本不存在。"这种叙事者的评述既代表了叙事者自己的声音，其实也代表了尹小跳潜意识中对他人意识的猜测。正是因为她总感觉有个隐藏的他者时时在窥视着自己，所以她不得不总是陷入这种自我辩白和揭露的矛盾对话之中。小说第 29 节是尹小跳更为集中的一次自我对话，它将萦绕在尹小跳耳际的各种声音都播放了出来。小说先是采用第二人称让她对自己独语，"是谁让你对生活宽宏大量，对你的儿童出版社尽职尽责……"而后又以全知叙事者的口吻对她的内心矛盾进行描述，那是一种对尹小荃既恐惧又感激的复杂情感。当她陶醉于自己的文明品格时，她又及时地给自己以嘲讽；而自嘲后，她又揣测凡是现在优秀的人都藏有见不得人的秘密，从而又获得了解脱，并把能撕毁这种阴暗看作一种可贵精神，因此在内心深处她又呼唤着盼望着来自任何方面的惩罚。再一次集中的内心对话是在小说最后一节。此时心理矛盾已趋缓和，她从尹小荃之死的心理郁结中已经走出，并且宽恕了所有人而获得了一种阔大的心胸，最终完成了灵魂的救赎。这是历经无数心理对话而取得的自我反思的完美结果。其他人物，如章妩、尹亦寻其实也处在一种自我的对话之中。他们的自我对话首先是表现在全知叙事对人物心理的透视上，其次表现在两人的对话中。因为有前者作为前提，作为两个始终对立性的人物，他们的每次对话，每个人的自我话语之中都蕴含了与话语本身相反的潜台词，由此，对话进一步将彼此的矛盾心理揭示得淋漓尽致。丈夫尹亦寻通过女儿尹小跳的信知道了妻子章妩出轨的行为，也知道了尹小荃的来历，他心理自然是充满了愤怒和屈辱。但直到尹小荃死之前他一直坚持着不问，为的是以精神折磨来惩罚妻子；而且如果问了，妻子坦白了罪过，那就意味着将他的屈辱公开化，且置自我于尴尬境地。他的这些心理是在猜度了章妩应有的心理之后而产生的，因此，章妩的心理在某种程度上也得到了展现：她既渴望丈夫的讨伐以尽快得以解脱；但她又害怕这个时刻的到来，因此只要不逼到走投无路她还是坚持不说。在这样的心理前提下就有了下面的形式上的对话（笔者注：着重号为笔者所加，括号内为笔者的分析）：

> 你经常把孩子拽给她们然后自己在家里蹬缝纫机？（尹亦寻在此强调的是“经常”。）
>
> 也不是经常，我有时候要给她们做衣服。
>
> 谁们？（当章妩就经常与否作答后，他又把问题转移到了做衣服的对象上，而他明明知道答案。可见他是故意触痛章妩的敏感神经。）
>
> 她们，她们姐儿仨。（章妩的回答似乎无可挑剔。她应该知道丈夫这是明知故问，但她却急于回答，且再次强调是“姐儿仨”。可见，章妩的心理是有鬼的。她意欲遮掩事实，却顾此失彼地忽略了丈夫问话的别有用心。）

这一切都逃不过尹亦寻的眼睛。但是，章妩回答的无可指责，又使他只得不断转换话题，这就有了故意刁难的意味。于是，又有了下面的对话：

> 你说你做衣服不经常，那么你经常做什么你能不能告诉我？（话题转到了“做什么”，逐渐进逼章妩的心理死角。）
>
> 我经常做什么……小跳每次给你写信不是都说了吗。（或许是故意反问一下，但其后以省略号所示的停顿，是其犹疑是否说出真相的心理的反映。终于决定不说，所以拿小跳做了挡箭牌。）
>
> 别把孩子扯进来……这我实在就搞不明白了，你有……你有

病，所以你有比所有人都富裕的时间，这几年你到底用这些时间干了些什么……（尹亦寻识破了章妩的故意逃避，但他绝不主动说出章妩的秘密。不过，他还是不自觉地滑向这一问题，几乎差点说出“你有外遇”，但因为他不想让章妩就这样轻易解脱且自己置自我于屈辱境地，于是稍做停顿后把话说成了“你有病”，并用“到底”再次加强了对她的质询。）

这种形式上的对话，话语表层与潜台词之间的矛盾再次将彼此内心的矛盾揭示出来。而且，对话的针锋相对，也将两人之间在章妩出轨这件事上的矛盾斗争展现出来。这是小说复调性的又一表现。

另外，小说中还在多处地方出现了人物的长篇对话，它们往往呈一种语流的样态，绵绵不绝。比如，尹小跳分别与唐菲、万美辰关于后者人生经历展开了对话。说是对话，而事实上，不过是唐菲或万美辰一人的自说自话，尹小跳只是扮演了一个听者的角色，虽然也有对答，但只在必要的地方才出现；而且相比于对方的长篇大论，她偶尔插入的几句话几近于无。从这种意义上讲，尹小跳的存在，只不过起到了把唐菲或万美辰的独白串联起来的作用，体现的是纯粹叙述的功能，因此，其对话似乎并不具有复调的性质，也构不成我们所要论述的对话体。然而，如果从对话人之间的特殊关系尤其是对话的内容上进行深入考察，就会发现“玄机”。尹小跳和唐菲既是朋友，彼此对对方又充满羡慕和嫉妒；对于万美辰来说，尹小跳既是她的情敌又是她羡慕和模仿的对象。因此，唐菲和万美辰选择尹小跳作为对话者本身就别有意味。且看唐菲的独白：

唐菲冷笑着说我这副样子是不怎么好，我哪儿有你这副样子好啊。我知道你现在哪儿哪儿都好，从上到下，从里到外……你不过来？你怕什么？怕我不干净，怕我有病传染你？从前你怎么不怕我呢？那时候，你想进出版社，让我找那个王八蛋副市长卖身的时候你怎么不怕我呢？我看看你现在有多好吧！我呢，也就是八个字：不学无术，醉生梦死。[①]

从中，我们不难看出两人之间复杂矛盾的对话关系，并且她内心的矛盾冲突也得到更为透彻的显现：唐菲也自知自己的颓废，所以她羡慕如今生活光鲜的尹小跳，但她又不愿承认这一切，因此，唐菲的话语中有自我申辩的成分；她痛恨自己以往的生活，知道什么是灵魂的罪恶，但又自甘堕落；她会被真诚所感动（如俞大声对她的态度），但又对这个世界充满仇恨，要向伤害过她的男人寻求报复。她的话语让我们看到了一个复杂多面的她，这个复杂多面从实质上来讲，包含了他人及社会意识（以尹小跳为代表）与自我，真实自我与浮华生活中的自我的冲突。这些话语一直处在被压抑被遮蔽的状态，现在却通过她与尹小跳的对话委婉曲折地表达出来，得到了宣泄的途径。或许唐菲叙说时并没有要求尹小跳一定做出回应，只当作听者的存在为自己的叙说提供了一个契机。因此，虽然形式上为对话，但更像是她旁若无人的自语，那是心灵久已压抑的突然告白，一些隐秘的心理在公开的对话中得到了敞开。在独白中她所面对的压力，所承受的事实以及自己的各种矛盾思想等多种声音纠结在一起，从中我们看到的是一个痛苦挣扎的心灵，这是她试图解脱和超越自我的一种形式，其中也渗透着她对自我的反思，尽管这反思没有达到尹小跳的高度。如此，这种人物的长篇对话与前述尹小跳自我的内心对话达到了实质上的一致。这些个人话语和隐秘心理在被间接彰显出来的同时，也就获得了存在的历史性与合理性。由此看出，作家对唐菲并不尽是批判，而是在对话所彰显的冲突中，让我们看到了她个人记忆及自我叙述存在的合理性。而且，尽管尹小跳只是一个听者角色，但在相互的对话关系中她也从唐菲的内心对话中照见了自己的形象，内心深处产生了逃避罪恶与接受惩罚的矛盾，这从某种程度上正促进了她的

① 铁凝：《大浴女》，江苏文艺出版社 2001 年版，第 275—276 页。

自我反思和主体性的重建。对此，或许她是不自知的，但唐菲临死前在她左脸留下的那个亲吻使她觉出了灼热这一细节，却反映出尹小跳潜意识中的不安。唐菲虽然永远地消失了，但她留在尹小跳脸上的嘴唇却似乎会随时开口说话诉出尹小跳的原罪，因此，那个无形的嘴唇作为尹小跳罪恶的见证，使她觉出了灼热，突然迫切地要向陈在说出一切，任何事情都无法阻止她“说”的欲望。可见，唐菲的话语不仅显示出人物自我之间，以及人物之间的多重复调性，并且在小说中起了重要的作用，而这一切都是通过对话体来实现的。尹小跳与万美辰之间的对话同样具备这样的特点。尹小跳与陈在分别以对方为潜在对话者的对话，更是一种确切意义上的独语。因为对话者并没有真实出现，只在他们各自的话语里以“你”的形式出现。不过，他们的话语内容却显示出，实际上他们已经假定对方为自己行为和话语的审视者、参与者，于是，他们的独白中都有了申辩的成分。因此，其中任何一个人的独语或潜对话都是具有复调性的对话。其中，尹小跳以陈在为潜在对话者的对话在前，陈在的对话紧跟其后，且陈在的话语大多对应着尹小跳的独白而发，因此，两人的彼此对话又从整体上形成一种互为参照的对话关系。这是《大浴女》中对话体的又一表现形式。而且这些话语是他们只在这唯一的听者面前才肯说出的，因此，这样一个潜在的对话者起到了激发说者话语欲望的作用，一切不为外人所知的秘密和心理感受在此得到了首次“亮相”，这些东西将两人之间的复调性对话关系表现得更为透彻。

同时，在这些长篇对话中，对话不仅是一种文体，对话还是一种叙述方式，很多内容就是经由这种人物对话式的独白叙述出来的。像唐菲及万美辰的部分或全部人生经历都是在她们的独白中完成的；尹小跳和陈在彼此间的交往经历，也分别在以对方为潜在对话者的对话中，以各自独语的形式讲述出来。这样，小说就以对话的形式而不是纯粹以叙事者直接讲述的方式，将部分故事内容呈现在读者面前。对话也是一种叙事。当然，任何小说都不可能离开对话，且单纯由人物话语构成叙事的作品也有，如《十日谈》《一千零一夜》。然而，“文本叙事者”与“故事叙事者”[①] 的分离，使对话可以脱离小说整体而自成文本。《大浴女》中的这些对话篇幅也较长，但却依然从属于文本整体。如果将这一部分对话去掉，那么对整个文本叙事来说，不仅内容是不完整的、残缺的，叙事也会发生断裂。而在《玫瑰门》中却不会出现这种现象。这首先是因为，对话体相对于传统的文本叙事而言，在两部小说中的地位不同所致。《玫瑰门》中，苏眉的自述虽然以对话形式完成，但苏眉和眉眉实质上的两位一体，使我们可以把它看作一种叙事视角的转化，即由叙事者的全知叙事转向人物的自述，因此，对话与全知叙事的地位是平等的。而《大浴女》中的人物自述实际却包含在人物对话中（有时对话并没有真正发生），它不是一种叙事视角的转换，而是包容在全知叙事之中，是全知叙事的下一层次。这样，自然就产生另一种情况。《玫瑰门》中，虽然对话体承担了部分叙述任务，对全知叙事所述内容构成一种补充，但也仅仅是一种补充。事实上，它的每次间隔出现都联系着该章节的某一内容，起到了代为偶数章节小结的作用；而且它是有规律地镶嵌在全知叙事之中的，因此，去掉这六小节对话，并无损于整个叙事内容的完整，整个文本叙事也不会产生断裂，原来的全知叙事仍然可以自成一体。可以说，从整体上讲，对话体与整体文本叙事是相游离的。而《大浴女》，从整体而言，则是叙事包容了对话，人物在对话或独白的同时承载了部分叙述，因此，它不像在《玫瑰门》中一样只是一种有规律的镶嵌，而是按照叙事的需要随行辄止，散布于文本中，造成一种如行云流水般的叙事节奏韵律。笔者认为这是对话体在《大浴女》中的一大新变。或许正是这一新变，才成为对话体在《大浴女》中“获得了一种质的飞跃”[②] 的有力根据。

《玫瑰门》和《大浴女》都成功地运用了对话体，它有效地传达了

---

① 参见祖国颂《叙事的诗学》，安徽大学出版社 2003 年版，第 21—36 页。

② 王一川：《探访人的隐秘心灵——读铁凝的长篇小说〈大浴女〉》，载《文学评论》2000 年第 6 期。

小说的思想内涵。不仅如此，对话体的应用更为内在地反映了作家铁凝的个性追求。具体来说，它是作家强烈的自审意识在文本中的反映。在《玫瑰门》中表现为女性的自审意识，而在《大浴女》中则升华为对整个人类群体的审视，两者是相通的。对女性身份的批判性认同使铁凝在《玫瑰门》中有意识地选择了对话体。她曾经说过："在中国，并非大多数女性都有解放自己的明确概念，真正奴役和压抑女性心灵的往往不是男性，恰是女性自身。"① 在1989年召开的《玫瑰门》研讨会上的发言中，她又明确表达了这样的意思："这部小说我想写出女性的生存方式、生存状态和生命过程。我认为，如果不能写出女人的卑鄙、丑陋，反而不能真正展示女人的魅力。"② 于是就有了司猗纹的形象。然而这一形象只是铁凝女性自审意识的反面性论证，并没有显示出其女性自审意识的全部内涵。而一直处在与幼年自我对话状态中的成年苏眉，却为我们展现了女性如何自审以及自审对女性精神成长的意义。可以说，苏眉的精神成长历程某种程度上就是铁凝对女性自我理解、认知的过程和结果；甚至可以说，苏眉的形象无疑是铁凝自审形象的人格化化身。通过苏眉，铁凝把女性自审真正交给了女性自己，而不仅仅是文本外作家对人物的审视（即如对司猗纹）。显然，这样的审视更加直接和犀利。既然自审交由了女性人物自身，无疑人物自身的内心对话最能有效地承载这一任务，因为"要知道一种语言只有在另一种语言的映照下才能看清自己"③。在不同话语的对照中，人物的心灵得到了敞亮，并获得了反思自我、建构主体自我的力量。同样，铁凝也不止一次地表达过这样的思想，她说，"我们必须有放慢脚步回望从前的勇气，有摒住呼吸回望心灵的能力"④；"我们必须有能力不断重新表达对世界的看法和对

---

① 铁凝：《写在卷首》，载《玫瑰门》，春风文艺出版社2003年版，第1页。

② 转引自盛英主编《二十世纪中国女性文学史》下，天津人民文学出版社1995年版，第773页。

③ ［俄］巴赫金：《小说理论》，白春仁、顾亚铃译，河北教育出版社1998年版，第514页。

④ 铁凝：《文学·梦想·社会责任——铁凝自述》，载《小说评论》2004年第1期。

生命新的追问；必须有勇气反省内心以获得灵魂的提升”[①]。总之，自省已经成为铁凝的一种自觉意识。表现在作品中，就是人物的自审。而“‘对话’则是‘把灵魂向对方敞开，使之在裸露之下加以凝视’的行为”[②]，而且它的思维方式——不同于“是—是”“否—否”二元对立的方式，对话的过程是一个异中求同、同中求异的双向运动过程。因此，铁凝采用了这种复调性对话体的形式，可以使人物在内心对话或人物间对话的过程中进行自我审视和反思，由此实现其主体形象的建构。如果说，在《玫瑰门》中，复调性对话体是铁凝为了表达思想的需要而做的一种有意识的探索，那么在《大浴女》中，笔者以为则是一种无意识的自由表达的结果。对话体和文本叙事的完美融合足以为此证明。

综上所述，现在我们可以来分析一下铁凝的复调性对话体具有怎样的性质：（1）对话不管有无外在的形式，事实上都是人物内心世界的一种表达，因此它适宜于对人物隐秘心理的分析。（2）具体形式表现为人物的内心独白式对话及与他人之间的对话，这使小说呈现出一种多声部的共鸣和复调式的合奏。而与他人的对话也是内心独白的一种变异，对话或听者的设置只是一个外在的形式。（3）人物内心的对话源于过去的某种心理郁结，因此这种对话体往往将“过去”“现在”“将来”等多个时空打乱混为一体，实现了时空同步。（4）在人称上，可以是以第二人称“你”为主的隐秘式对话；也可以是“我—你”公开式对话；这在第三人称叙事中表现为以人称转换来显现对话，将对话外在化、形式化。还可以交给叙事者以“他/她”进行内心揭秘。（5）对话以自我反思为主，对话是形式，反思为旨归。（6）对话既揭示了人物的内心世界，同时又完成了对人物的某些叙事，对话体既表现为一种文体形式又是一种叙事手段，它在独语又在叙述。在文本的方寸之间，

① 铁凝：《无法逃避的好运》，载《铁凝散文》，浙江文艺出版社 2001 年版，第 267 页。

② ［日］池田大作：《我的人学》，铭九、潘金生、庞春兰译，北京大学出版社 1992 年版，第 155 页。

铁凝赋予简单的对话以如此多的性质，从而使她成功地完成了对女性性别主体和对人类心灵的反思和建构，对话体也由此获得了超脱于形式之外的价值和意义。

第二节　小说的结构艺术

贺绍俊曾经这样评述铁凝：“她在人格统一的前提下，保持着作家的三重身份角色，这三重身份角色分别是：政治身份、作家身份、女性身份。她的三重角色的相互协调、相得益彰促成了她思想的成熟，也是她在文学道路上能够比较稳健地向前迈进的重要基础。在中国现有的文化背景下，要使这三重身份特别是前两重身份和谐统一而不发生异化，这是一种很高的人生智慧。”① 从中我们可以清晰地了解到，铁凝是一个入世极深的人，她深谙处世哲学，善于处理和协调各种人际关系，中庸的智慧在她身上得到了鲜明的体现。她能不违背既定社会规范的要求行为处事，并且根据社会关系的变化及时调整自己的角色，成为一个在社会中生活得游刃有余的聪明人。她这种人生智慧和角色意识的养成，并非一朝一夕，而要追溯至“文革”期间她在北京的那段寄居岁月。这段岁月对铁凝的成长有着重要的影响，她自己认为，“我最初的，也是最重要的文学启蒙便是少年时在外婆四合院的那段生活”②。

> 社会迫使人们按照它的需要去塑造自己的形象。人们或许也想让自己染上一些“红彤彤”，或者由于惧怕“红彤彤”，都诚惶诚恐地把革命的色彩放在至高无上的地位。更何况外婆家也落了个被“全面专政”的境地。这该需要怎样小心翼翼地扮演（其实，那时候每个人都在以各种方式扮演），才能换得一点可怜的生存条件

① 贺绍俊：《铁凝评传》，郑州大学出版社 2005 年版，第 80 页。

② 铁凝：《我的小传》，载《铁凝文集》五，江苏文艺出版社 1996 年版，第 463 页。

> 哪！异常的政治气氛滋生着异常的心态，异常的活的方式。“整人”与“挨整”，“斗人”与“被斗”，划出了当时天壤之别的两种社会地位，也成了人们生存竞争的焦点。[①]

铁凝原本是就这段生活使她初次见识了人性的丑陋而说的，殊不知，她的叙述还透露出这样的信息——这段生活同时启发了铁凝对社会规范的认同意识，即角色意识初步养成。而两者之间又紧密相关，恰恰是对人性丑陋和社会复杂的认识才使她自觉或不自觉的具备了一定的角色意识。其后的知青经历对此进行了再次强化。虽然在成为中国的“女高尔基”的理想初衷与铁心务农的现实典型之间存在着裂隙，但铁凝却弥合了之间的裂隙，至今想起，铁凝曾真诚地这样表述说她自己也“择不清这里到底有几分真意几分虚假，甚至每每因了它内含着的那无边无际的虔诚而自我感动。然而这虔诚实在又包容着连自己听来也战栗的做作，它虽然做作得一切都合情合理、天衣无缝”。[②] 可见，铁凝此时就已经学会了如何解决生活角色与内心追求之间的矛盾，在处理它们的冲突时不是完全对抗，而是寻求一种兼容和变通的方式，具备了自觉的角色意识。这种角色意识在她小说中得到了鲜明的反映，只是小说中的人物远没有铁凝智慧，能以中庸之道处理角色自我和真实自我之间的关系，使之达到和谐。而小说中的人物往往自觉地或无意识地按照社会规范的要求，约束着自己的行为，如《安德烈的晚上》中的安德烈、《无雨之城》中的普运哲、《树下》中的老于，都表现出角色自我和真实自我之间的冲突，即便有所抗争但最终还是回到社会规范赋予他的既定角色中。通过这种角色自我与真实自我之间这样一种冲突关系，铁凝意在表现社会的复杂，即如铁凝所说：“小说反复表现的，是人和自己（包括自己的肉体和自己的精神）的关系；人和他人的关系；人和世界

---

① 陈映实：《铁凝及其小说艺术》，河北人民出版社 1990 年版，第 14—15 页。

② 铁凝：《真挚的做作岁月》，载《铁凝散文》，浙江文艺出版社 2001 年版，第 33 页。

的关系，以及这种关系的无限丰富的可能性。”① 而这恰好接通了四合院那段生活给铁凝所带来的社会认知。对“关系”的重视不仅决定了铁凝小说的表现内容，而且还潜在地影响了其对小说叙事结构的构思和安排。较之于一般小说讲究叙事逻辑，铁凝的小说更注重文本内在的横向关系，这主要表现为她善于在社会场景和人物关系中铺展网状结构、在人物设置上讲究对称原则、在具体情节的安排上讲究情节结构的突转变化。在经营小说的结构方面，铁凝表现出处理各种社会生活“关系”时一样的“智慧”。

一 网状结构

从绝对的意义上来说，故事总是在时间这一维度中展开进行，即便是瞬间之事，也不能脱离时间而自行发展；而且即便那些打乱了故事时间的小说，我们也依然可以按照逻辑重新进行排序，只是重新排序后的故事已经无法显示小说原有的叙事结构了。因此，从本质上讲，小说叙事离不开时间，对叙事时间的处理往往显示出小说的结构艺术。铁凝的小说叙事当然也有时间因素，然而她的小说不像通常的小说：要么严格遵守时间的逻辑顺序，叙事时间与故事时间一致，小说呈现出一种线性结构；要么故意打乱故事时间。铁凝的小说，往往以某一点为一个纽结，由这一纽结把这一时间前后的故事糅合在一起，使它们共处于同一时空之下，这样小说从整体上就形成了一个网状结构。比如小说《对面》，由主人公“我”的情爱史与“我”对“对面”的窥视组成。这两部分是一前一后发生，情爱史在前，窥视在后，但是小说叙事却给我们一种印象：似乎它们构成了小说的两个齐头并进的线索；齐头并进似乎也不确切，如此就割裂了它们之间的内在关系。事实上，“我”生活在当下，“我”是通过反思自己的情爱史来欣赏“对面”的自如生活，

① 铁凝：《“关系”一词在小说中——在苏州大学“小说家讲坛”上的讲演》，载《当代作家评论》2003 年第 6 期。

或者说“对面”的自如生活引起“我”对自己充满做作表演的情爱生活的反思。它们彼此交叉融合在一起，过去的“我”与现在的“我”走到了一起，并且在与不同人物关系的对比中两个自我形成一种并列的对话关系，产生一种叙事的张力。

或许《对面》故事时间的相对较短决定了其时间感的缺乏，那么长篇小说《玫瑰门》《大浴女》这两部小说则应该具有一定的说服力。两部小说的故事时间都跨越“文革”直至“文革”结束后的当下，《玫瑰门》甚至还往前延伸到新文化运动的20世纪之初，时间跨度更大。然而，这两部小说却并不给人以历史叙述的时间纵深感，而是前后历史彼此相望，历史、现实、未来形成一种共时性的错时，产生一种对话关系。原因就在于，其叙事的出发点都源于某个关节或纽结点。小说《玫瑰门》以人物为主线形成两条叙事线索，就司猗纹而言，她故事的纽结点在“文革”，“文革”前的故事是在“文革”这一当下时间的回顾中得以表现，它穿插在“文革”之中，于是“文革”前和“文革”中的故事交织在一起，并与“文革”结束后的当下对接；就苏眉而言，其叙事的出发点是“文革”后的成年苏眉对自我历史的回顾，而回顾是在苏眉当下的自我反思与对话中展开，因此叙事并没有必然的时间次序，所有故事都彼此交汇融合于成年苏眉的诉说中。单就任何一个人的故事而言，都自成独立的网状叙事结构，同时两人故事的部分交叉又使这两个网状结构产生彼此交错。这缘于两人之间的复杂关系，那是一种彼此之间的性别对抗和突围，这种隐在的关系从过去一直延续到现在，其恒常性使时间似乎凝滞，故事也在一个封闭的系统中静态铺展。这样，小说从整体上又形成一个大的网状结构，小说因此而不因故事时间的漫长而显得布局散漫。《大浴女》与之类似，只是少了一个人物线索，叙事完全在尹小跳自我隐秘心理的揭示中展开。她生活的当下，但是过去的历史作为一种心理郁结一直纠缠着她，它们不时蹦出来撕咬着她的灵魂。于是频频的历史回顾，使过去不断映现在当下，历史与现在共时并存。回望的姿态似乎使时间呈一种倒退的趋势，但事实上，回望之中却积攒着时间前进的力量。只待到达一个量的临界点，就会发生质的飞跃——从过去回到当下，甚至超越当下走向未来。最后，通过自我的历史反思，主人公逐渐挣脱了过去的心理郁结，并获得了一种阔达的心胸，走进了“心灵深处的花园”。这样，从“文革”到当下直至将来，在尹小跳的内心对话中似乎化作一瞬，共时性地交错呈现在读者面前。

缺乏时间感，乏有对历史作纵深的穿越，而善于横向地铺展社会生活场景，这是铁凝小说的最大特点之一。铁凝曾经说过：“当我写作短篇小说时，我想得最多的两个字是‘景象’。”[①] 从她短篇小说的创作来看，她所说的“景象”，实际上就是人生无数个片断中的一两个，它蕴含着人生丰富的、多侧面的甚至全部的内容，这是她以短篇小说把握世界的一种独特方式。铁凝曾经引用一位美国作家的话说：“人生本不是一部长篇，而是一连串的短篇。”她还认为：“世界上本不存在一气呵成的人生，我们看到的他人和自己，其实都是自己和他人的片断。”[②] 因此，铁凝短篇小说中对人生片断的描写，事实上是对漫长人生的浓缩，虽然它记录的是瞬间，但是时间和信息的容量却十分庞大。从这种意义上讲，其长篇小说所反映的只是一个被放大了的瞬间，一个稍微复杂一些的“景象”。如前所述，这个瞬间正是由网状结构所制造的，它往往以当下连缀起历史、现在和未来的广阔时空，这与短篇小说中的以片段代整体所取得的艺术效果是相同的。因此，不仅短篇小说，包括长篇、中篇在内，铁凝的小说都缺乏一种时间感；无论故事时间本身的跨度有多远多深，网状结构是其共同的结构特征（只是在短篇小说中较明显而已，因篇幅的短小决定了它不可能作纵横的穿越和铺展）。

在社会场景中描述人物间的复杂关系，是铁凝小说网状结构的又一表现形式。《村路带我回家》叙述了知青乔叶叶在插队生活中的主体性成长历程，然而这一历程不是随知青下乡和返城大潮历时完成的，而是

---

① 铁凝：《写在卷首》，载《铁凝文集》三，江苏文艺出版社 1996 年版，第 3 页。
② 同上。

在她与三位男性的关系中展开。而且三位男性不是轮流上场而是同时与乔叶叶存在着某种关系，小说就在她与他们之间的情感纠葛中网织成篇。《没有纽扣的红衬衫》在未经世事熏染的女中学生安然与老师、父母、姐姐以及同学的各种关系中，透视出了人世的复杂。《麦秸垛》中，沈小凤、陆野明和杨青之间，大芝娘、沈小凤和杨青之间，沈小凤、陆野明与“知青办”之间分别形成了三个关系网，这三个关系网不是独立的，都通过与沈小凤的联系而彼此发生关系，产生交错，由此，人物之间的复杂关系得以展现。以大芝娘为代表的传统性别观念和“知青办”所体现出来的社会规范，都在无形中影响着三角恋情中的每个人，尤其是沈小凤。沈小凤不仅遭到陆野明的遗弃，而且处在两种观念的夹击之下，前无进路后无退守，只能走向绝路。虽然她消失了，但她却在陆野明与杨青之间制造了一种心灵的障碍，阻碍了他们关系的继续发展。知青下乡时的端村在这错综复杂的各种关系交织而成的网络中被紧紧套牢，成为一个封闭凝滞的时空系统。同时，小说采用散点叙事的手法，不断变换场景，与这种横向关系的描述彼此呼应，将这种网状结构的建构“进行到底”。《棉花垛》中，这种在人物关系中铺展网状结构的方式表现得更为鲜明和精彩。小说同样采取了散点叙事的方式描述了抗战时期的一组生活场景，有三节分别以主人公乔、小臭子、国为标题，其余都直接以人物之间的关系为标题和叙事内容，如“米子和宝聚”“乔和小臭子”“乔、小臭子和老有”等。凡是小说中出现的人物，无论主从，都处在关系之中：米子/宝聚、明喜，国/老有他爹、乔、小臭子，乔/国、小臭子，小臭子/秋贵、乔、国。其中，乔、小臭子及国之间的关系是重点。他们三人之间既是同乡关系又是敌对关系，小臭子对国和乔的革命事业既有过帮助也做过破坏，乔与小臭子既是闺中密友又是情敌兼阶级敌人，国与乔既是战友又是情人，国喜欢乔又以性的方式背弃了乔，国既与小臭子敌对又利用了她，还对她先奸后杀。而这一切都在老有的掌控之中，他既是他们儿时的伙伴，又是她们悲剧的见证人。小说结束于老有对一个貌似国的人的追踪之中，题目为

“老有和……”可见，小说自始至终都没有离开过关系，人物关系的错综复杂使这部小说不仅意蕴丰富，而且给人一种时间的紧凑感，甚至忘记了时间的存在，在一个看似封闭的时空中小说产生一种饶有兴味的叙事张力。

当然，很多作家的创作都善于在人物关系中铺展小说结构，而且与主人公产生联系的人物也不止一人，但是随着时间场景的变化，关系也随之变化，而且那些引起关系变化的不同人物之间彼此并无关系，因此从整体上给人一种“移步换景”的感觉，在某一特定时空之内人物关系并不复杂。铁凝的小说却别具一格。她习惯于把多个人物置于同一时空中，不仅与主人公产生共时关系的不止一人，而且他们彼此之间也有关系。比如，国、乔、小臭子彼此之间，杨青、陆野明、沈小凤彼此之间，司猗纹、竹西、眉眉、叶龙北彼此之间，都有联系。这样，人物关系不仅以某一人物为中心呈放射状，而且每一条射线之间也彼此交错纠缠，成为一种名副其实的网状结构。小说《无雨之城》最为典型。陶又佳—普运哲—葛佩云，彼此之间关系纠葛，它是小说中主要的关系网。其他次要人物也处在关系之中。丘晔是陶又佳的好友，她帮助了陶又佳；她又是白已贺的前妻，白已贺又与葛佩云有矛盾，她与白已贺之间的怨恨使她又帮助了葛佩云。这样，丘晔—白已贺—葛佩云，陶又佳—丘晔—葛佩云，彼此之间都产生关系；这两组关系又因为丘晔而彼此联系，同时，作为两组次要关系，它们却又通过陶又佳和葛佩云而与主要关系分别发生联系。这样，依据人物之间的关系就组成了一个错综复杂的网络结构；反过来，这个网络结构又有效地将人物之间错综复杂的关系凸显出来，而人物关系的复杂正是社会复杂的一个重要的表现方面。

二　人物设置的对称原则

通过阅读，我们还发现铁凝小说在人物设置上有种对称原则，这主要表现为：姐妹的成对出现，父女关系与母女关系的对立。从根本上来说，对称也是一种关系，因此，它也从属于铁凝对人物关系的某种探寻。小说的网状结构在这两种关系中也有所体现，但是两者又有所区别，后者更确切地表现出小说组织的一种对称结构，因此，本书把它单独列出进行论述。

在铁凝的大部分小说中都有成对出现的女性，《夜路》中的“我”和荣巧，《啊，阳光》中的江晓静与江晓天，《喜糖》中的陶媛和白瑛瑛，《短歌》中的红霞与姚琦，《小酸枣》中的小酸枣与女画家，《村路带我回家》中的乔叶叶与尤端阳，《哦，香雪》中的香雪与凤娇，《没有纽扣的红衬衫》中的安然与安静，《麦秸垛》中的沈小凤与杨青，《棉花垛》中的乔与小臭子，《玫瑰门》中的苏眉与苏玮，司猗纹与姑爸，《无雨之城》中的陶又佳与丘晔，《大浴女》中的尹小跳与尹小帆、唐菲，《永远有多远》中的白大省与“我”、西单小六等，她们成对出现，表现为一种姐妹关系。她们之间往往是较为成熟的一方照顾天真纯净、处事经验相对欠缺的另一方，即姐姐照顾妹妹，“妹妹”则在“姐姐”的照顾下获得相对的成功和情感的慰藉。如香雪在回家的路上有凤娇等人在呼唤和等待，小酸枣在姐姐般的女画家的帮助下大胆地追求自己的爱情，陶又佳和尹小跳在与有妇之夫发生恋情时，分别得到了丘晔和唐菲的支持。铁凝在小说中乐此不疲地书写姐妹情谊与她少年时的生活是分不开的，在那个黑白颠倒了的时代，姐妹情谊是唯一温暖人心的源泉，即如陈映实所说：“在两年多寄人篱下的岁月里，如果没有妹妹在身边，激起她的也许更多的仅仅是忧患和悲伤，却难以唤起深挚的同情，难以唤起女性的慈爱，难以唤起保护弱者的责任感。”①

当然，铁凝无意于借小说来比附现实中她与妹妹之间的关系，而是借这种姐妹关系来折射出人与自身的关系。在这里，姐妹实际上是主体的两个自我，是彼此联系又相互区别的两个自我，因此我们看到，姐妹

---

① 陈映实：《铁凝及其小说艺术》，河北人民出版社1990年版，第40页。

两人往往一动一静、一勇一怯，在性格上呈现出鲜明的两极，在矛盾冲突中她们互相映照，呈对称互补之势。如果以一方为基点，那么潜藏在其性格中未曾明显表露出来的特征往往在另一方身上得以尽情地释放。基点人物代表了外在的自我或现实自我，而另一方则代表了内在的自我或心理自我，两者之间呈一种对话关系。如安然的坦诚率真，正是安静心中真诚期待的，只是社会世俗使她变得有些世故。她心里十分痛恨现实中的自我，安然则是她期望成为的那个自我。两个自我的分裂，反映了社会规范对人的种种制约，它使人常常不能成为自己想做的人，只能囿于社会现实而按照既定的角色继续扮演下去。当然，两个自我并不必然地存在高下之分，心理自我只是反映了人内心深处的真实欲望而已。正派女子白大省艳羡美丽风骚的西单小六，儿时单纯的尹小跳崇拜颓废的唐菲，进而对女特务、交际花等所有衣着华丽、神秘莫测的女子在意识深处都有着朦胧的罪恶向往。另外，尹小跳与尹小帆姐妹性格迥然相异，也是互为自我的一种表现。表面看来，尹小跳处处忍让，而尹小帆则喜欢抢夺——从衣服到男友。而事实上，尹小跳并不像她表现出来的那么谦让大度，内心深处她也羡慕妹妹举止的毫无顾忌。她的不抢夺只是她对内心欲望刻意控制下的结果，制止她抢夺的正是由罪感而不断强化的忏悔意识。从实质上讲，对于尹小荃的死，姐妹两人是心照不宣的同谋，因此，尹小帆也同样忍受着罪恶感的折磨。但她没有像尹小跳那样选择主动承担罪责，而是选择了逃避。她逃离了时刻可能唤起她罪恶记忆的家乡，远去异国他乡，从而将罪责全部推卸在尹小跳身上，并不无恶意地不断用罪恶来折磨要挟尹小跳。虽然是自欺欺人，但在一定程度上却反映了尹小帆事实上也希望通过逃避把自己洗刷得干净的潜在心理。因此，尹小跳身上的自审勇气又是她内心所羡慕的。《麦秸垛》中，当沈小凤和陆野明事发，杨青故意不顾女伴们的暗示说出了那领子的主人而终于实现了对沈小凤的报复后，她马上“觉得脸上发烧”，“想起一个宗教故事里有个叫犹大的人”，并且领悟到“原来报复心理和忏悔心理往往同时并存”，但随即又追问：“沈小凤是耶稣吗？”这些矛盾反映出，事实上，杨青虽然故意疏远着陆野明，但在内心深处却怀着同沈小凤一样的渴望，但是她对自己这样的想法，也即成为沈小凤这一个自我，又充满矛盾：她对沈小凤的出卖是报复，但同时又是对另一个自我的否定；而当她开始后悔时，既是对自己出卖行为的忏悔，又是对内心那个欲望自我的迁就。

姐妹之间彼此互为镜像，互相印证着对方的存在，她们之间的对立和冲突实际上就是个人对另一个自我的审视，因此，这种结构上的对称绝不单纯是一种形式，而是对应着小说对人的隐秘心理和灵魂世界的拷问和质询。

除此之外，铁凝小说中还经常成对出现父母的形象。父母之间往往并不和谐，而是彼此冲突；父亲更深得人心，母亲却处于众叛亲离的境地。相对于母亲，女儿更能理解父亲，因为父女之间的结盟关系，母女之间就充满紧张和冲突。父女和夫妻之间，父女与母女之间，呈对立关系，并形成了一种形式上的两两对称结构。

善于从日常家庭生活取材的铁凝，对父、母形象都非常重视，她的很多作品分别对他们进行了塑造，并且通过女儿对他们的不同态度，间接反映出小说对其形象不同的价值判断。首先来看父亲形象。铁凝的好几部重要作品中都有一个个性鲜明、不可或缺的父亲或父辈形象。他并不仅是通常我们所理解的单纯血缘关系上的父亲，更是一个极具性别特征和个性特征的男性知识分子形象，他们大多是在现实生活中不被认可的、不得意、不得志的那一类文化人。如《没有纽扣的红衬衫》《失眠》《构思》《绿耳朵》《大浴女》中的艺术家父亲，《无雨之城》及《大浴女》中的“舅舅”（可看作父亲的代称）。铁凝小说重视父亲形象塑造，很大程度上也许与现实生活中铁凝对作为画家的父亲的深层了解和深切理解有关。作为艺术家的父亲，他对铁凝诚挚天真的个性、艺术鉴赏力的培养及其走上文学道路都产生了重要的影响，因此，铁凝感叹：“父亲……经历了战乱、饥荒和文化的浩劫，经历了那么多悲凉和孤寂的时光，但依然保留着直面人生的一片童贞。”在父亲的画里，

“最少有的便是世故”。铁凝欣赏这样的父亲，说：“我是父亲的孩子，从此更加渴望理解父亲的风景。”① 这种对父亲的深厚情感反映在小说中就表现为：父女之间往往无话不谈，心灵能够达到深度的沟通，结成了互敬互爱相互信任的亲密关系。与之相反，母亲形象则大为逊色。对她们自私、冷漠的形象，在对铁凝女性书写的论述中，已经有详尽的分析。像《没有纽扣的红衬衫》中的母亲，专业上既不刻苦，又缺乏才能，却自视甚高，总是怨天尤人。在家庭生活中推卸责任，不屑于操持家务，与丈夫关系紧张，与子女很难沟通；《玫瑰门》中的司猗纹，全部心思都用来与人周旋，却疏于对儿孙的关心；《午后悬崖》中的张美方，从女儿很小的时候起就开始向女儿灌输对父亲的仇恨情绪，导致了女儿的畸形；《大浴女》中的章妩，只顾自己寻欢作乐却没有尽到一个母亲的责任，成为罪恶事件的最初源头。母亲们的表现因此常常令女儿不满，母女关系紧张。从铁凝的创作整体来看，她对这两种关系的分别表现呈相互对称之势，然而，因为出现在不同作品中，所以它们之间似乎并无多少关系。不过，因为有女儿作为中介，它们之间又存在着某种关系，尤其是当它们出现在同一作品中时，就更为明显。通过这种关系的对比，铁凝的思索已经超出了对父女、母女关系的纯粹书写，而是别有深意。

《没有纽扣的红衬衫》中，父母之间总是吵闹，对待父亲，无论在情感上、生活上、政治上、艺术上，女儿比母亲更能理解父亲，因此，父女与夫妻之间形成一种对比关系；在这个家庭中，女儿们尤其大女儿安静虽然也理解体谅母亲，但似乎总是与父亲结成统一战线，母亲则是她们孤立的对象。这又形成了父女与母女之间关系的对立。表面看来，他们之间的矛盾是一种家庭矛盾，而实际上却反映出铁凝对男女爱情问题的思考。铁凝笔下的父女关系有种恋父情结的意味，不过，女儿对父亲的热爱虽然也有“性”爱的因素，但绝非弗洛伊德意义上的性欲冲

① 铁凝：《我看父亲的画》，载《铁凝文集》五，江苏文艺出版社1996年版，第248页。

动，而是血缘之上的亲情之爱和感情上的异性之爱的结合。其中的亲情之爱，既有一种女儿对父亲的崇拜，又有一种母性的宽容，而这一切本应由妻子来给予的。所以在父亲的眼中，女儿和妻子身上永远存在着情感和身份的分裂。妻子徒有其名，没尽到人妻的责任；女儿满足了他情感需求，却可惜她永远不可能成为妻子。也正是考虑到夫妻之间这种不和谐，女儿才更体贴父亲，她实是母亲妻性的“代偿”；父亲也才会与女儿更亲密一些，甚至不像一个长辈，反而渴望从女儿那里获得类似母亲对儿子的关爱。母亲与女儿实是作为妻子的女性的两种身份，这表达了铁凝对爱情或夫妻关系中的男女如何扮演好各自角色的问题的思考。《大浴女》中，章妩、尹小跳母女对尹亦寻的态度与之类似。从一开始，尹小跳对父亲尹亦寻就比对母亲章妩有更多的好感和依赖之情。成年后，她更加理解父亲的尴尬处境，对母亲的一些行为感到不可理解，那种对母亲的反感甚至激起了作为同盟的父亲的愤怒。

家庭关系是社会关系的一种，因此，对成对姐妹，父女与夫妻，及父女与母女等几种对立对称关系的描述，依然在铁凝所关注的复杂社会生活关系的大主题之下。

三　从稳定走向开放：情节结构的突转

不同时间段发生的故事的并置、对同一时空下错综复杂的人物关系的描述，以及人物的对称设置，使铁凝的文本世界呈现为一个稳定的结构形态。但是这一稳定结构也有被打破的时候，这主要表现为情节的突转。早在古希腊时代，亚里士多德就把它作为情节结构的关键要素之一进行了论述，他认为突转指的是行动的发展从一个方向转至相反的方向造成意图或结局的突转，此种转变必然符合可然或必然的原则。[①] 在前面分析其美学风格时我们也对此进行了解释，即指故事的发展突然溢出

① 参见［古希腊］亚里士多德《诗学》，陈中梅译注，商务印书馆 1996 年版，第 89 页。

了其正常的逻辑而发生了逆向性的反转，它往往与读者的阅读期待相悖，从而给人一种“猝不及防”之感。这种解释与亚里士多德的论述是相通的。这种对正常叙事逻辑的逆向反转，势必会打破小说给人的平衡之感，尤其是在打破之后，小说就此戛然而止，其意义指向出现模糊，这就使小说结构走向一种更为开放之势，呈现出一种动态的美感。而铁凝所运用的方式依然是关系的流动，正如铁凝所说：“凡是能够形成关系的人或事都不会是静止的，在小说中必会流动或变异。”① 在前述小说中，人物之间的“对话”关系中也有一种动态趋势，但却仅限于结构内部的一种流动，而小说整体上还是一个稳定的平衡结构。但在这里，关系的流动却越出文本内部而走向外部，带来整个小说平衡结构的解体。

要使情节结构发生突转，作家所选择的叙事临界点很重要。所谓的临界点，指的就是事物发展的关键时刻，事件将要发生还未发生，处于一种蓄势待发的状态。此前的叙事越是平静，这种突转对小说结构平衡感的破坏性越强烈。这种叙事的动态发展，为读者留下指向模糊的意义空白，所有关系聚焦一点，在形象与读者的对话中丰富了文本的生活容量，拓宽了作品的意义空间。为了增强这种突转的效果，小说往往在此前进行一种延宕叙事，把事件或心理的过程尽可能拉伸，缓慢的节奏一边强化着人们对结果的期待，一边又使人们提前对结果做出了一种顺乎其叙事逻辑的判断，而当结果终于来临时，人们正要为看到想要的结果而如释重负时，结果的出人意料却再次让人们经受了阅读期待的受挫。早期作品《六月的话题》围绕一张无人认领的汇款单展开叙事，设置了重重悬念。正当人们对收款人“莫雨”进行种种猜测和议论时，达师傅用稿费为办公室买来了墩布，并宣称自己就是莫雨，悬念陡然而释，情节发生了第一次突变；随着他的宣布问题似乎得到了解决，但是结尾却似乎画蛇添足一般又加上了一段——副局长史正斌突然提升，他

① 铁凝：《“关系”一词在小说中——在苏州大学“小说家讲坛”上的讲演》，载《当代作家评论》2003 年第 6 期。

的提升和问题的解决并无必然的联系，难道作者真的是画蛇添足？这又是一次情节的突转。于是小说再次给细心的读者设下了悬念，引发人们无限的沉思。小说《意外》情节更是层层突转，山杏一家辛苦照的全家福竟置换成了一个漂亮的姑娘，而山杏出人意料的态度更让人感觉吃惊。这两层突转使山里人的淳朴性情跃然纸上。《醉年》在一个短篇中对福祸关系作了很好的演绎。留在乡下过年的三个女知青，以喝酒来打发无聊和思家之情，倒也自得其乐，结果却发生了酒精中毒事件，不过赵丹丹却因此而得到了母亲来探望的机会。然而，因为队长与邮政员之间的误传，又致使赵丹丹母亲在接到消息后心脏病突发而亡。原本喜庆的新年，原本快乐的探望，纷纷被意外的突发性事件所破坏。

铁凝创作于近期的一些作品中对此有着更为精彩的表现。在情节的突转之中，小说的平衡结构完全被打破，人的阅读期待也不断受到挑战。《秀色》中，秀色女人以身体作为献祭寻求生命之源的渴望在张品这一代终于实现，小说至此结尾也无可厚非。小说有头有尾，有始有终，形成一个封闭式的结构。但是小说却节外生枝，突然来了一个逆转，在人们为胜利欢呼雀跃之时，李技术却落崖而亡。之后，秀色的水远近闻名并被注册命名为“秀色·李”。这样，小说就不仅讲述了一个找水的故事，而且充满了更深的寓意。循规蹈矩几十年的安德烈终于要出一次轨了，却因为内心的障碍而发生了记忆的短路（《安德烈的晚上》）。《小嘴不停》中，包老太太正得意于自己用不停的叙说所保住的婚姻时，突然接到了老伴去世的消息，且从老伴隐匿在杯底的“我想和你离婚”的字迹中，感觉恍如隔世，原来自己一直活得很失败。突转性情节给人们所带来的意外之感事实上并不是突然降临，它是临界点之前所有叙述蓄势待发的一个结果。这在《第十二夜》中表现得最为明显。题目是“第十二夜”，所以小说原本应该以这一夜所发生的事情为叙事重点。然而小说却从第一夜开始叙述，其间充满的是一波三折的买房经历，我们所期望看到的第十二夜却迟迟不肯出现。当终于捱到第十二夜，我们期待这一天有更为精彩的故事发生时，小说却戛然而止，期待在这一瞬彻底化作虚无的泡影，让人感觉枉虚此行。这正是小说所要的效果。在这里，第十二夜只不过是作者所设置的一个诱人的幌子，它吸引着所有的叙事都指向这一终极目标，并为它的出现积攒着力量，但是又不急于接近它。为此，在前几夜围绕买房事件的叙述中，插入了很多与此看似无关的多余情节，比如，对朋友老秦两幅画的描写，对乡村女孩的“轻描淡写”。因此，虽然时间线索清晰可见，但是它前进的速度却十分缓慢，这与我们等待结果的焦急心情形成鲜明对比。当我们的耐心快要到达极限时，第十二夜赫然出现，而事情发展也有了结果，只是不是我们想要的，这已是一层突转。同时叙事就此结束，这又是一层突转。事实上，即便此时叙事承接着第十二夜继续，也已经失去了意义。因为在等待这一夜的过程中，故事的精彩使我们对结果的期待已经超出了对这一时刻的期待。因此，两种突转重合。原来，此前所有的叙事都是为第十二夜的出现造势，隆重的造势与草草的收场形成了鲜明的对比。同其他具有突转性情节的小说一样，如果说在情节发生突转前，叙事一直是在一种匀速状态下舒缓有致地向前推进，那么突转的出现则在瞬间加速了叙事的节奏，尤其是其所产生的意外性结果，打破了原有叙事逻辑下的小说结构。这个结构以一种“不在的在场”形式成为产生和发现突转的一个参照系，进而使我们形成小说结构从稳定走向动态的开放态势的判断。只是这个新的结构更多的是从观念意义上而言，而不像网状结构、对称原则等一样显现为外在的直观形式。

突转给人一种时间和逻辑上的断裂和对比之感，而正因为这种对比，小说在充满张力的叙事中蕴藏了丰富的意蕴。突转性情节之前看似徐缓的叙事使我们在焦灼中感受到，人生充满波折，总不能笔直地到达目的地；而后的突转性到达却又并非人们所愿，这样就更加强化了人生的波折感。因此，从根本上说，这种突转反映了事物发展的多种可能性，更加透露出社会关系的复杂及人生的多艰。小说在形式上虽然走向结束，但是最后情节的突转却又使小说似乎并没有完结，瞬间结束所带来的情节的空白使小说指向意蕴的模糊与无限，铁凝把它称为“建设性的模糊”。她说：“很难准确解释‘建设性的模糊’，但至少它包含着无限丰富的可能性，并且这可能性是积极意义上的。建设性的模糊不是消极的含糊，它能够体现出作家笔触的深度。建设性的模糊也往往是通过被常人忽略的朴素形式来表现的……重要的在于你从中传达出的信息量和信息密度。”① 这种朴素的形式就是情节结构的突转。比如，《第十二夜》中不断变换的情节像极了大姑一生的坎坷历程；同时，前述所谓的多余情节在此也不再多余。如那幅被放大的满是油垢的“一分钱”，象征了当下金钱至上的社会现实；十岁乡村女孩前后两句风格截然不同的话语——从早熟到反归淳朴，使我们对这个制造了女孩“早熟”的社会不无担忧，又显见出大姑命运的悲凄。可见，它们都包含着特殊的社会和人生意味，对理解大姑的悲剧人生产生了重要的意义。突转与铁凝短篇小说所追求的“猝不及防”密切相关。她不止一次地强调过她对短篇小说的重视，她说：“我看重的是好的短篇给予人的那种猝不及防之感。好的短篇小说在于它能够把这些片段弄得叫人无以言对，精彩得叫你猝不及防。”② 她还曾以体操运动中的吊环和平衡木作比，小说同它们一样，其翻跃、腾飞的动态之势给观众带来意外、活力和美。这种突转和猝不及防是铁凝以中庸式的人生智慧参透人生世相之后才有的发现，它是铁凝角色意识在结构构思上的又一种投射。

上述三种结构形式并非彼此独立，往往相互糅合。比如《麦秸垛》《大浴女》中既有网状结构也讲究对称原则，《第十二夜》《安德烈的晚上》等小说的延宕叙事中又含有网状结构或对称结构的因素。不管怎样，它们都弱化了小说的时间性因素，更强调一种横向关系的彼此对照和呼应，便于小说在广阔的社会生活横断面上表现复杂的社会场景和人生世态。这与受特殊人生的影响而形成的表达需要达成了契合，同时，小说的结构特点与作家善于经营各种关系的中庸智慧形成了统一。像网

① 铁凝：《“关系”一词在小说中——在苏州大学“小说家讲坛”上的讲演》，载《当代作家评论》2003 年第 6 期。

② 铁凝：《人生可能不是一部长篇小说》，载《当代作家评论》2003 年第 6 期。

状结构、人物设置的对称，都表现出文本结构的一种稳定和谐；而情节的突转虽然带来文本内平衡结构的解体，但突转与突转前的叙述之间实质上构成一种横向性的对比关系，因此是一种对称结构；而且突转虽然打破了文本内的稳定，但又在文本内的稳定和文本外的动态开放之间形成对比，构成一种对称。因此，情节突转与其他两种方式一样都体现出了一种结构上的中和之美。这种彼此的契合、统一实现了文体研究的意义，对此吴义勤曾经说过："我们所唯一能确定的其实只是这一种文体与作家的才华、个性，与他的表达需要和时代的审美需要，以及与小说的思想、内涵的契合、和谐程度。我们最需要寻找和证明的应该是这种文体的意义。"[①] 不过，作家自己要做到这一点却并不容易。他必须具有对艺术不断探索的勇气，必须具备一定的文体意识，才能为他的表达找到一个好的形式。铁凝显然具备了这种意识。

小说《玫瑰门》从最初酝酿准备到最终完成，历时五六年的时间，中间历经两度毁稿的坎坷经历，由此可见铁凝用力之深。尽管我们无以证明在其中铁凝对文体的经营花去了多少心思，但对话体的有规律的出场形式可以说明，这绝不是铁凝随意拈来的一种文体形式，而应是其精心构思的结果。还有《青草垛》，其从构思到完成所经历的漫长过程更能说明问题，铁凝对此曾经这样表白说："迟迟未能动笔，是因为我找不到一种最合适的表达方式，来讲那个名叫'一早'的主人公的故事……直到一个月前我开始并完成了《青草垛》，我以为我找到了这个故事的讲法，我并不为花六年时间才找出'成章'的'理'而对自己过意不去。我希望读者能从这篇小说里看出我对文学一如从前的认真。"[②] 可见，"铁凝的小说和散文都不乏深度，这种深度却不是以趣味和技艺上的让步为代价"[③]。这是一种艺术精神的坚守，正如阎连科所说："我

① 吴义勤：《90年代长篇小说的文体问题》，载《长篇小说与艺术问题》，人民文学出版社2005年版，第44页。

② 铁凝：《写在卷首》，载《铁凝文集》一，江苏文艺出版社1996年版，第1—2页。

③ 陈超：《写作者的魅力》，载《谁能让我害羞》，新世界出版社2004年版，第370页。

一直认为有一点，一个好的故事，肯定有一种好的结构跟它相匹配，肯定只有一种好的语言跟它相匹配。最完美的，比如说有十种因素你找到五种，找到七种，这已经非常不错了，但是如果你完全不去找它，那就是对小说艺术的一种放弃，你完全可以不用写小说，给大家讲一个故事就可以了。这个寻找的过程是非常快乐非常有意思的。”① 而我们从铁凝这种不轻易动笔的认真中看到的却是艰辛。正是这种有意识的文体探索，到长篇小说《大浴女》，其对对话体的应用已经从《玫瑰门》的有意识的追求转化为一种无意为之，变得自然天成。其他小说中相同文体现象的出现也是这种情况，由此，小说的主题意蕴才得到更为充分流畅的表达。从本质上讲，铁凝并不为艺术探索而一味地追求创新，其文体形式不是被当作一种工具游离于文本之外，而是与作家的人生体验、个性特点，与小说中有关生命、情感的叙述水乳交融浑然一体。无怪乎别林斯基这样说道：“文体——这是才能本身，思想本身；文体是思想的浮雕性，可感性；在文体里表现着整个的人；文体和个性、性格一样，永远是独创的。”② 三者的完美融合支撑起了铁凝小说的艺术天堂，正如陈超所说：“她小说的根基扎在生命经验和叙述手段相互选择相互发现的关系上。”③ 这句朴素的话语对铁凝小说艺术可谓一语中的。

---

① 林建法：《当代作家面面观》，春风文艺出版社 2004 年版，第 185 页。
② ［俄］别林斯基：《别林基斯论文学》，梁真译，新文艺出版社 1958 年版，第 234 页。
③ 陈超：《写作者的魅力》，载《谁能让我害羞》，新世界出版社 2004 年版，第 368 页。

结语　遗憾与期盼

经过前述分析，铁凝的小说世界逐渐走向敞开和澄明，我们从中切实感受到了其独特的艺术魅力。然而，璧有微瑕，不可否认铁凝小说创作中也多少存在一些让人遗憾的地方。主要表现在下以几个方面。

其一，过度的重复现象。（1）女性形象塑造上的重复。首先，女性命运的相似。在铁凝小说中，凡是企图用肉体去换取其欲望所需的女人，她们的结局都不好。比如《棉花垛》中的小臭子、《笨花》中的小袄子，都试图以肉体来获取女性生存的物质保障；《麦秸垛》中的大芝娘和沈小凤则以“性”，确切地说是以生育来换取女性生存的合法地位；《大浴女》中的唐菲则更为功利，每一次肉体的付出都带有利益交换的性质。无论为了何种目的，她们的结局，要么过早地死去，或者虽然勉强活着但却终生不幸。其次，女性形象描述上的相似。铁凝小说中总是出现一些惹人耳目的所谓“坏女人”形象，《永远有多远》中的西单小六、《何咪儿寻爱记》中的何咪儿、《大浴女》中的唐菲，每出现一个，给我们的感觉都是似曾相识：美丽、风骚、迷人，甚或有些放荡。而这完全是一个男性眼中的女性——虽美却坏。对这类女人，男人既爱且恨，既对她们充满欲望，意欲占有，而一旦得到又担心要承受其他男人对她玩味的尴尬。（2）情节设计的重复。这主要表现在其小说结尾的处理上，尤其是在短篇小说中，铁凝小说的结尾几乎都给人出乎意外的感觉，这就是她所追求的所谓的“猝不及防”。如《安德烈的晚上》中安德烈突然的记忆短路、《秀色》中李技术的突然失足坠崖等。这种重复，或许是以强化的方式表达了作家的某种文学理念，从这种意义上讲，重复是一种坚守；但抑或是一种桎梏，因为它带来了人们阅读兴趣的下降和审美的疲惫，且某种程度上这种重复正反映出作家思维的僵化。

其二，文本的整体复制和“膨化”。所谓文本的整体复制就是指构成小说文本结构的一个故事出现在两个或多个文本中，人物、情节基本上完全相同。如《玫瑰门》中，大黄被疟杀的故事基本上就是对小说《银庙》的整体复制。长篇小说《笨花》对《棉花垛》的复制现象更为严重：小袄子、取灯与西贝时令间的故事，复制了《棉花垛》中的小臭子、乔与国之间的故事；大花瓣钻窝棚复制了米子的经历，向文成办夜校搞革命复制了老有爹的故事，抗战阶段的大部分情节几乎是《棉花垛》的横向移植。可以说，《棉花垛》中所讲述的一切几乎在《笨花》中全部得到翻版重演。当然，仅仅是文本的整体复制不足以由短篇或中篇小说的“原件”复制成长篇小说这一“复件”或其中的某一部分“复件”，因此，必然要对“原件”进行必要的扩充。情节主干不变，只是增加了枝节的繁复。比如，多增加一个人物形象，像小袄子称病不出门时增加了其母亲大花瓣这一形象，她照顾小袄子，在小袄子跟随时令出去后预感到了情况的不妙，这在《棉花垛》中是没有的；再比如扩充原本简略的细节，像《棉花垛》中乔在村南窝棚里等小臭子会面到乔被捕只几句话就交代了，但在《笨花》中却细写了取灯等小袄子时的观星、看鬼火的情节。这样，文本就由原来的单薄变得亦愈丰满，就像置身放大的哈哈镜前的效果一样。我把这种扩充称为“膨化”。虽然从大的层面来讲，这种文本的整体复制和“膨化”亦是一种重复，但前述重复只是一种思维的单一，而它却是一种思维的匮乏。尽管在膨化方面亦显出一些精雕细琢的功夫，但再精细模子还是没变。每一次创作都应该是作家对自我艺术才智的一次挑战，尤其是长篇小说的创作更是作家艺术才智的一次集中释放，因此更应该讲究突破和创新。

对以往的小说进行细部的增添，再在时空上做一些延展，就写出一部长篇，在笔者看来亦是作家一种偷懒的表现。《玫瑰门》还只是一小节的膨化，《笨花》除了增加了清末民初的叙事外，其余简直就是又一部放大了的《棉花垛》。从这种意义上说，《笨花》只是在叙事的规模上更宏大，但它的似曾相识却使它没有真正实现对铁凝以往作品的超越。当然，这种“复制”和“膨化”似乎是当前创作界一种较为普遍的现象，因此我们又不可对铁凝太过苛刻。

其三，陷入“性”的矛盾误区。文学中是否可以写“性”在当下已经不再是问题，但如何写“性”却大有文章。铁凝的很多中长篇小说都涉及性问题和性描写，它们在不同的语境中、文本内都发挥了各自的独特作用。像《无雨之城》《玫瑰门》中的性描写对于从女性生命本体的角度表现女性的主体意识有着重要的价值和意义，而且铁凝对待性的态度基本是一致的。然而在《大浴女》中，铁凝的性态度却存在着明显的矛盾。小说中很多地方都写到了性，而且写得非常赤裸。当然铁凝在性描写里依然融入了深刻的社会意义，既用性表达尖锐的社会批判，又用来表达所谓的“灵魂拷问”和“人性歌唱”。对章妩及唐姓三位亲人唐津津、唐医生、唐菲的有关“性”的不幸故事的叙述，即蕴含了深刻的社会批判意义。而当落笔到尹小跳的性爱故事时，铁凝却一改严肃的面孔，转而通过美好的“性”完成了对尹小跳灵魂的洗礼。小说对尹小跳与陈在的性爱描述表现了极高的热情，每次性爱都出现在小说的高潮位置，伴随着性爱高潮小说也走向高潮，尹小跳的内心也逐渐走向澄明。因为尹小跳总在此时试图勇敢地接受童年的罪恶，从“差一点儿，就差那么一小点，她就彻底解脱了”，到“她说我庆幸我能把我的这一切都告诉你了”，给人的感觉似乎是“性”让她实现了灵魂的提升，因此，此时的性描写一改前述的丑陋龌龊而变得充满了诗意。即便是同样的赤裸，如陈在像白鞋队长一样带有施虐倾向的言语，也被铁凝当作一种爱的投入而得到了特许。尤其是故事最后，尹小跳对万美辰性爱的出让被作为其“灵魂的飞升”而得到了奖赏。事实上，

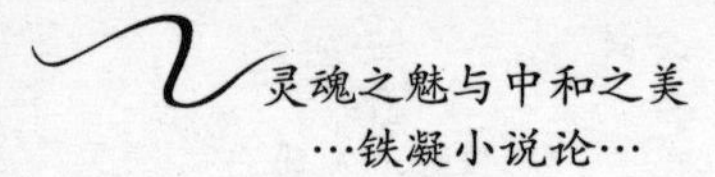

无论出让与否都不会妨碍尹小跳与陈在的性交往，一如从前做第三者也是那么坦然，因此她的行为只能给人以“作秀”之感。她自始至终都没有为自己充当第三者而惭愧，倒有些感谢它使自己脱胎换骨，从与有妇之夫的方兢到陈在都是如此。铁凝宽宥地原谅了尹小跳，而却让她对同样出轨的母亲一直耿耿于怀，这显然是不通情理的。从这种意义上讲，铁凝对“性”的矛盾态度影响了小说主旨的传达。

以上我们对铁凝小说存在的缺憾进行了批评，不过，有些缺憾在某种程度上或许正透视出其创作的个性。比如，其文本的重复现象，正反映出铁凝对某一问题的执着态度。对女性命运的重复描述，寄寓了她对女性负面文化的审视；而对女性形象的重复描述既包含了其对女性生命本体价值的肯定，同时通过男性对这类女性的矛盾态度又反映了铁凝对男权文化的深刻批判：正是男权文化将女人的美好形象扭曲，使她们不自觉地走进了被男性物化的怪圈；其文本的整体复制和膨化往往表现为后来的长篇小说对此前的中短篇小说的复制和膨化，这是铁凝的有意为之。某种程度上，中短篇小说的创作正是其对此后长篇小说的一个孕育培养的过程，因此，相同的文本内容在长篇小说中才得到更为精彩的表达。这反映了铁凝对待长篇小说创作一贯的认真作风，即如她自己所说：“我一直认为，长篇小说中的人物，一定是在作家心里培育了很多年，这种培育不是存放。存放是被动的、静止的，放在那儿不动。培育则是主动的。”① 从这种意义上看，这些缺憾倒成就了铁凝“缺憾的个性”。而且即便是缺憾，相较于其小说所取得的巨大成绩来说显然是不足为道的。

而铁凝之所以能在创作上获得巨大的成就，与她自身对文学写作的态度有着直接的关系，用铁凝的话来总结，其奥秘在于两点：“大老实”与“大不老实”。它们出自铁凝在苏州大学“小说家讲坛”上曾经说过的一段话：

---

① 王干、铁凝：《花非花　人是人　小说是小说——关〈笨花〉的对话》，载《南方文坛》2006 年第 3 期。

> 从前常听年长者告诉我们，做人要最大限度的老实，作小说要最大限度的不老实。当时以为老实做人是容易的，不老实做小说是很难的。只因这“不老实”里包含了太多的内容。近年来越写小说越觉得，写小说的确需要大不老实，写小说实在也需要大老实。①

其中，写小说所需要的“大老实”与“大不老实”之间又是一组矛盾，然而矛盾之中却蕴藏着铁凝创作的“大智慧”。它们作为一种隐喻的说法，形象地反映了铁凝创作中的某种坚持与创新的姿态。

首先看所谓的“大老实”。它反映了铁凝对文学的一种虔诚姿态。铁凝一直把文学作为一项神圣的事业来对待，这从她少年时期放弃高考和当文艺兵的机会而做出了下乡插队的人生选择中可见一斑。而要成为一个作家仅有热情还是不够的，在铁凝看来，天赋、机遇和勤奋是成为作家的三个重要因素，其中勤奋最为要紧，“因为文学没有近路可走，真正的文学不能‘抄近道’，也没有近道可抄”②。从铁凝的成长经历来看，她不乏天赋和机遇，但是即便如此，她还这样看重勤奋，并且一直在以持续的创作活动实践着勤奋，这的确是一种“大老实”。在如何对待现实生活这一问题上，作家同样需要老实、真诚。铁凝曾经说过：“作家要把天真感染给人，又不能光凭天真，她还需要有那么一点不天真。”③ 这里所谓的“天真”和“不天真”事实上是指作家要以一种真实的态度面对生活，既要看到生活中的单纯和诗意，又不要回避生活中的复杂和丑陋。她对现实的贴近使她的创作获得了扎实的根基，也正是从这种意义上，铁凝一直被看作是一个正统的现实主义作家。然而，仅仅是真实地反映了现实也还是不够的，那仅止于一种模仿。如果只停留

---

① 铁凝：《“关系”一词在小说中——在苏州大学“小说家讲坛”上的讲演》，载《当代作家评论》2003 年第 6 期。

② 同上。

③ 铁凝：《真诚地去寻真诚》，载《长城》1983 年第 4 期。

在这一层次上，小说与纪实描写便也没有了本质区别。而且即便是再真实，如果没有作家的价值和情感立场在其中，那么小说也便失去了方向，很可能流于对时尚和庸俗趣味的迎合。而铁凝却在不同的场合多次表达了她的立场，那就是“对人类对生活的永远的善意、爱和体贴”。当然，这种表达不是一种刻意标榜而是一种真情流露，而且她在创作中的确令人信服地做到了。而且身为一个作家，铁凝从来没有把自己摆在一个凌驾于普通百姓的位置，扮演着救世主的角色，而是始终从一个作家的良知出发，关注着现实生活中普通人的喜怒哀乐，从她小说的字里行间，你能分明地感受到她与小说人物共同承当的那份热切。同时，面对沉重的现实，她又不流于新写实小说作家的那种无所作为的认同感，而始终不忘记向人们传递微笑、善意和信心。这是一种融合了终极关怀和世俗情怀的人文精神。它的存在，使铁凝的小说既接通了最为敏感而脆弱的人类情感，又获得了一种厚重的精神品格。铁凝对小说义无反顾的那种虔诚、她勤奋的笔耕、她对待现实的真诚及其对人文精神的坚守，都表现出一个作家应有的“本分”，这就是铁凝所谓的“大老实”。这种“大老实”使铁凝从根本上没有背离人们对文学对作家的期待，而是以其写实的创作以及善良的情感赢得了广大读者始终如一的欢迎和喜爱，尽管她无意于在主流话语中“争宠”，然而广泛的受众基础却把她推向了“无名”的主流位置。

“大老实”的铁凝又常常溢出文学的常规和自己创作的惯例，在不断的创新突破中“不大老实”起来。新时期之初，清算“文革”历史、控诉罪恶是当时的文学主流，充满诗意和温情的《哦，香雪》显然与此背道而驰，但它的意义恰恰在这种对比之中显现出来。在大部分作家忙于清算历史而大写特写愤恨之情时，《哦，香雪》中所洋溢的诗意和温情却如扑面而来的春风一样给新时期文坛带来了一股清新的气息，而且从选材到技巧都令人耳目一新，让人们看到了小说的另一种写法。其“新”主要在于它与“十七年”形成的小说态势表现出明显的差异与隔阂。“十七年”小说强调作品的思想性和政治性，注重小说的教化作用，到了“文革”时期进一步走向宣传政治话语的极端。新时期之初，以《班主任》和《伤痕》为代表的“伤痕”“反思”小说虽然从一定程度上寻找回了曾经被失落了的“人”的权利，但它们对小说思想性的强调使其在思维方式上依然没有挣脱“十七年”文学的传统。而《哦，香雪》的出现却标志了小说写作的一种新观念的出现，尤其是在“小说写什么”上给人以启发。美国一家名叫《毛笔》的杂志社主编曾经对铁凝说：“你知道你的小说为什么打动了我们？因为你表现了一种人类心灵能够共同感受到的东西。”[①] 这种“人类心灵能够共同感受到的东西”当然不是指小说实际上书写的经验事实，而是指小说的内在意蕴。它可以是一种情感、是一种对人类存在的感受、是一种心理，总之它代表了一种普遍的东西，而不仅仅具有一种即时的效应。就像“十七年”文学、“文革文学”，甚至一些当下所谓的主流意识形态文学，它们事实上发出的是一种声音，更多地代表了官方的意志。虽然它们在一定程度上触摸到了现实的脉搏，但随着现实的改变其魅力也就大大衰减，而无法产生永恒的文学审美性效应。而铁凝的作品却具备一种永恒的东西，比如，香雪的纯净善良、她内心小小的心思，无论何时都能够触动人心。表现“人类心灵能够共同感受到的东西”成为铁凝“愿终其一生去追逐”的一种“苛刻”。当然，这种感受不是无源之水，而是建立在对人类生存的感受之上，这种感受不因时代的变迁而发生变化，甚至有时与时代“背道而驰”，但小说却因它的存在而总能产生一种震撼人心的艺术效果。这与米兰·昆德拉所说的“小说的精神”不谋而合：“我只知道小说与我们时代的精神不能再共同生活下去：如果它想继续发现尚未被发现的，如果它想作为小说而‘进步’，它只能对抗世界的进步从而实现自己的进步。”[②] 既然小说表达的是对人类生存的共同感受，其普遍性和永恒性的法则显然有助于使小说突破“十七

① 铁凝：《又见香雪》，载《铁凝散文》，浙江文艺出版社 2001 年版，第 242 页。

② ［捷克］米兰·昆德拉：《小说的艺术》，孟湄译，生活·读书·新知三联书店 1992 年版，第 18 页。

年”文学的题材禁区；当然又不可无限制地包容一切，像那些以“刺激人的感观”来吸引读者的凶杀、色情小说显然是排除在外的。总之，铁凝反对“将不属于小说的东西拼命塞进小说”，在她看来，“人类共同感受到的东西”才真正是“属于小说的东西”，这是铁凝对小说本真的恢复和还原。这一发现，无论对于创作还是理论研究来说都具有重要的意义。这是铁凝“大不老实”的第一种表现。

铁凝将“对人类对生活永远的善意、爱和体贴”及对“人类共同感受到的东西”的表达完全建立在对日常生活的描述上，这对于小说题材也是一种拓展。因为一直以来，日常生活叙事在中国文坛上是被作为边缘和末流来对待的。直到夏志清的《中国现代小说史》在 20 世纪 80 年代初被介绍到中国大陆，以张爱玲、钱锺书、沈从文等现代作家为代表的日常生活叙事规范才得到了研究者以及当代作家的重视与借鉴，日常生活叙事这才得以与传统的启蒙叙事并驾齐驱，成为当代文学创作中另一种典型的叙事模式。但是，它们的对立却始终存在。启蒙叙事把思想主题视为文学的第一要义，带有浓厚的意识形态色彩，而这恰恰是日常生活叙事所极力回避的。铁凝却有能力将两种叙事传统结合起来，这是铁凝的“大不老实”的又一表现。铁凝之所以能将它们结合起来，关键在于她对日常生活进行了个人化的表达。首先，她不因日常生活叙事而放弃对重大社会现实的表现，而只是把重大的现实掩映在了日常生活的角落里，以普通人物的心灵事件来对它进行折射。因此，铁凝才会虽身处边缘却又总能站在时代的风口浪尖。《哦，香雪》尽管与新时期之初以“伤痕”“反思”小说为主流的文学背道而驰，但香雪身上所表现出来的那种摆脱贫穷落后、向往现代文明的热烈情怀和愿望，却与当时工作中心转移和实现现代化的社会现实有某种相关之处。在《没有纽扣的红衬衫》中，女中学生安然身上所表现出的反叛意识，不正是改革文学所关注的思想观念变革的一种表现吗？《砸骨头》《秀色》等所直接或间接反映出的问题，谁又能说没有触及当下的某种社会现实？铁凝坚持着内心的自由，维护着自己的文学个性，然而她又并没有因此而推卸掉了文学的公共责任。在她看来，社会责任感对于作家来说，不是外在的绳索，而是一种强大的内驱力，使其反而“在创作自由的气氛中”，“产生了比以往任何时候都更加强烈的社会责任感”①。其次，对日常生活她并不做一种原生态的描述，而是于日常生活中关注人性、人情。对所谓的时代主潮的透视只是其日常生活叙事的无意折光，而表现人的存在，关注个体生命价值，重视对人的道德良心、个性情感的维护与守望，追求人的自我价值的实现，张扬自由的生命本性，才是其小说叙事的重点。而这恰恰表现了文化意义上的现代性，构成了一种精神意义上的真正的启蒙叙事。可以说，铁凝上承“五四”启蒙的文学传统，又承袭了以张爱玲、沈从文为代表的日常叙事的文学传统，并且经由其对日常生活叙事的创作造性书写，铁凝的写作“实际上起到了将启蒙叙事与日常生活叙事这两种叙事传统融合为一体的作用”②。而铁凝在中国当代文坛，甚至在中国现当代文学史上的独特地位也由此显现出来。启蒙和日常生活两种叙事传统的融合，使铁凝能够不囿于某一身份，而是身置多重身份之间却能保持自己独立自由的文学个性。同时这也决定了她对文学的认识不再拘囿于社会的或政治的这一功利主义的狭隘范畴，而是指向了有关人类存在的广阔空间。因此，她以其数量不多的作品却赢得了上至庙堂、下至普通民众的普遍欢迎和喜爱，也博得了以精英知识分子为主体的圈内人士的好评。

除此之外，铁凝的“大不老实”还表现在她对中西方传统文化的吸收和合理应用上。比如，她对悲剧的描述，既有充满西方现代意味的人类悲剧式生存困境的描述，又有基于世俗关怀之上的小人物生存困境的本土展示。尤其是在悲剧观念上，铁凝弃置了西方悲剧对悲剧冲突的强调，而努力化解淡化悲剧冲突，表现出一种和谐均衡之美，这显然受到中国传统的中和文化及建立其上的中国传统悲剧精神的深刻影响。

铁凝的“大不老实”还进一步表现在她对自我创作惯例的不断突

① 铁凝：《自由与限制同步》，载《青春》1985年第3期。

② 贺绍俊：《铁凝评传》，郑州大学出版社2005年版，第209页。

围方面。在三十余年的创作经历中，铁凝以其勤奋的劳作，不断推陈出新，不时给文坛带来新奇和震惊。在小说表现领域、作品深度、叙事手法和技巧、审美风格、文体建构等多方面都有不凡的表现。这一点已经从本书前述主体论述中得到了很好的证明，在此不再赘言。

当然“大老实”与“大不老实”之间并非截然对立。一方面，同一问题从不同的角度去看可能归属于不同的范畴，比如，铁凝对人文精神的坚持，从作家立场来说是一种“大老实”，而如果把这种精神纳入现代性的视野，则又体现了铁凝的一种现代主体意识，这又是一种“大不老实”。另一方面，更为关键的是，铁凝的“大不老实”是以“大老实”为前提的。她曾经说过：“小聪明是不难的，大老实是不易的。大的智慧往往是由大老实做底的。”[①] 正因如此，铁凝虽然在艺术上具有先锋式的创新品格，但其作品却并没有产生拒人千里的陌生感。究其实，写作在她那里是以生命和伦理精神打底的，没了它，写作就变成了一种知识或修辞的表演，作品就变成了一堆语言的废墟。铁凝的“大不老实”以“大老实”做底，她的写作却以它们共同做底。“大老实”决定了铁凝对文学一如既往的热爱，“大不老实”决定了铁凝将不断超越自我。有它们做底，铁凝的小说创作才会产生巨大的魅力。这是铁凝中庸智慧的又一次闪光。

面对当下文学的困境以及对文学将来的前景，铁凝曾经说过这样两段话：

> 写作是我生活中最重要的一件事。商品经济大潮对我个人的写作也没有什么太大的冲击，因为一个严肃的作家，不会你要什么，我就给你什么。而且我想也应该把那种观念改变一下，就是如果我要写严肃的作品一定卖不出去，为了卖出去，就要写迎合市场需要的。那也不一定。

---

① 铁凝：《“关系”一词在小说中——在苏州大学“小说家讲坛”上的讲演》，载《当代作家评论》2003 年第 6 期。

> 我们无法预测新世纪的文学在社会生活中的位置和分量，只要人类还是这个星球上最重要的物种，只要人类还有心灵，只要眼睛还有阅读的需要，只要文字还是人与人交流的手段之一，文学就还会存在。我是一个作家，既然是作家，那就是说，写作是你的本分！①

这两段话里再一次包含了铁凝的“大老实”与“大不老实”的辩证法。有它们做底，我们有理由相信，未来的铁凝将会有更加出色的表现。

① 朱育颖：《精神的田园——铁凝访谈》，载《小说评论》2003 年第 3 期。

参考文献

1. ［德］雅斯贝尔斯：《悲剧的超越》，亦春译，中国工人出版社 1988 年版。
2. ［英］莫怡：《喜剧》，郭珊宝译，昆仑出版社 1993 年版。
3. ［英］D. C. 米克：《论反讽》，周发祥译，昆仑出版社 1992 年版。
4. ［捷克］米兰·昆德拉：《小说的艺术》，孟湄译，生活·读书·新知三联书店 1992 年版。
5. ［俄］巴赫金：《陀思妥耶夫斯基诗学问题》，白春仁、顾亚铃译，生活·读书·新知三联书店 1988 年版。
6. ［英］安东尼·吉登斯：《现代性与自我认同》，赵旭东、方文译，生活·读书·新知三联书店 1998 年版。
7. ［加拿大］查尔斯·泰勒：《现代性之隐忧》，程炼译，中央编译出版社 2001 年版。
8. ［匈］阿格尼丝·赫勒：《现代性理论》，李瑞华译，载周宪、许均主编《现代性研究译丛》，商务印书馆 2005 年版。
9. ［英］阿伦·布洛克：《西方人文主义传统》，董乐山译，生活·读书·新知三联书店 1997 年版。
10. ［美］埃里希·弗罗姆：《人性的追求》，王建康译，上海文化出版社 1989 年版。
11. ［法］西蒙娜·德·波伏瓦：《第二性》，陶铁柱译，中国书籍出版社 1998 年版。
12. ［德］尼采：《悲剧的诞生》，刘崎译，作家出版社 1986 年版。
13. 姚淦铭：《中庸智慧》，山东人民出版社 2010 年版。
14. 李建中主编：《中国文化概要》，武汉大学出版社 2006 年版。
15. 贺绍俊：《铁凝评传》，郑州大学出版社 2005 年版。
16. 陈晓明主编：《现代性与中国当代文学转型》，云南人民出版社 2003 年版。
17. 陈慧：《论西方现代派文学及其他》，南开大学出版社 1987 年版。
18. 谭君强：《叙事理论与审美文化》，中国社会科学出版社 2002 年版。
19. 朱光潜：《悲剧心理学》，安徽教育出版社 1996 年版。
20. 潘智彪：《喜剧心理学》，三环出版社 1989 年版。
21. 朱立元：《美学》，高等教育出版社 2002 年版。
22. 祖国颂：《叙事的诗学》，安徽大学出版社 2003 年版。
23. 曲春景、耿占春：《叙事与价值》，学林出版社 2005 年版。
24. 陶东风：《文体演变及其文化意味》，云南人民出版社 1994 年版。
25. 张杰：《复调小说理论研究》，漓江出版社 1992 年版。
26. 季红真：《众神的肖像》，人民文学出版社 1996 年版。
27. 陈映实：《铁凝及其小说艺术》，河北人民出版社 1990 年版。
28. 铁凝：《铁凝影记》，河北教育出版社 1998 年版。
29. 洪子诚：《中国当代文学史》，北京大学出版社 1999 年版。
30. 吴义勤：《长篇小说与艺术问题》，人民文学出版社 2005 年版
31. 黄发有：《准个体时代的写作——20 世纪 90 年代中国小说研究》，上海三联书店 2002 年版。
32. 雷达：《蜕变与新潮》，中国文联出版公司 1987 年版。
33. 陈思和：《中国新文学整体观》，上海文艺出版社 2001 年版。
34. 洪子诚、孟繁华：《当代文学关键词》，广西师范大学出版社 2002 年版。
35. 张清华：《中国当代先锋文学思潮论》，江苏文艺出版社 1997 年版。

36. 许志英、丁帆主编：《中国新时期小说主潮》（上、下卷），人民文学出版社 2002 年版。
37. 温泉信：《角色：人的行为选择》，军事译文出版社 1992 年版。
38. 刘小枫：《沉重的肉身——现代性伦理的叙事纬语》，上海人民出版社 1999 年版。
39. 严春友：《人：西方思想家的阐释》，中国社会科学出版社 2005 年版。
40. 衣俊卿：《现代化与日常生活批判》，人民出版社 2005 年版。
41. 叶舒宪主编：《性别诗学》，社会科学文献出版社 1999 年版。
42. 盛英主编：《二十世纪中国女性文学史》，天津人民出版社 1995 年版。
43. 鲍晓兰主编：《西方女性主义研究评介》，生活·读书·新知三联书店 1995 年版。
44. 戴锦华：《涉渡之舟——新时期中国女性写作与女性文化》，陕西人民教育出版社 2002 年版。
45. 荒林、王光明：《两性对话——20 世纪中国女性与文学》，中国文联出版社 2001 年版。
46. 张京媛主编：《当代女性主义文学批评》，北京大学出版社 1992 年版。
47. 康正果：《女权主义与文学》，中国社会科学出版社 1994 年版。
48. 陈顺馨：《中国当代文学的叙事与性别》，北京大学出版社 1995 年版。
49. 王绯：《女性与阅读期待》，陕西人民教育出版社 1998 年版。
50. 刘慧英：《走出男权传统的樊篱——文学中男权意识批判》，生活·读书·新知三联书店 1996 年版。

后　记

本书是在我的博士论文基础上完成的。从准备修改出版距离博士毕业已经整整七年了，在这段漫长的时间里，我从来不敢再回头去看博士论文。一是总感觉论文做得不好，每每想起来都觉得汗颜，更不要说回头去看。一旦回望，无异于再次直面自己的愚钝不才，再次置自己于尴尬境地。二是这七年或者说读博以来的十年时间里，我经历了人生太多的喜怒悲欢，而每一次的出现都“猝不及防”地让我不敢相信。我一直宿命地以为这一切似乎都从读博开始，因此，凡是与读博相关的一切我都不愿更多地提及。日子如流水一般前行，今天甚或明天总会沦为昨日，但人们往往习惯对过往做个了结，以便更好地开始一段新的生活。与爱人的相识，尤其是女儿的出世，开启了我新的人生旅程。同样，接近不惑之年的我，学业方面我想也应该是时候做个总结了，因为我不想自己总生活在尴尬的学术阴影中。

当时选择以作家铁凝作为研究对象，有投机取巧的嫌疑，认为作家论创作论相比于思潮论等要简单些，但真正进入写作才发现事实并非如此。不过，说纯粹出于投机又有失真实。我一直很喜欢铁凝这个作家。或许对她的喜欢化作了一种无意识，决定了我会把她作为博士论文的选题。这次修改，使我有机会和阔别七年之久的博士论文再次相见，尽管心中多少还会有不敢正视自己才疏学浅的尴尬，但因为心境的宽松，所以再次重读自己喜欢的作家作品，更有种与旧相识久别重逢的喜悦。铁凝的创作量并不多，但不可否认，她是中国新时期文坛上一位重要而独特的作家。她身上所集中的很多矛盾统一现象一直吸引着我，使我对她始终有种不变的关爱情怀。如果做博士论文时仅止于一种喜欢，那么这次修改则更多带有精神跋涉的意味。我仔细重读了铁凝的部分作品，认真研读了答辩委员会评委对论文的评阅意见，同时又阅读了相关的理论书籍，并结合答辩组老师提出的建议，对论文进行了修改。尽管修改稿依然有不足之处，但我尽力取长补短。有了这次对博士论文的用心“造访”，再次面对它时，我终于可以不再逃避，不再尴尬，同时也不辜负自己对铁凝的喜爱之情及铁凝奉献给当代文坛的独特风景。

因为用心，并且少了年轻时的浮躁，书稿修改的整个过程中，我的心情一直是平静的。然而当书稿修改接近尾声时，我却逐渐激动起来。激动不是因为即将大功告成，而是因为书稿之中融合了太多的艰辛和情感。孩子才一岁多，正是缠妈妈的年龄，又有相对繁重的教学工作，特别是写作后期，帮忙照看孩子的母亲又回老家照料突发病痛的父亲，那段时间我的一天几乎是这样度过的：没课的时候看孩子，有课的时候我丈夫请假回家看孩子，只有到了晚上十一二点孩子睡着后，我才开始书稿的修改写作。当然，书稿的完成并非全是我个人的功劳，它也有赖于恩师、家人及亲朋的理解、关心和支持。这是让我倍感激动的最重要的原因。

首先感谢我的硕士和博士导师吴义勤教授。吴老师学问高深，为人宽厚，能成为他的学生真的十分幸运。然而，年轻的我当时却不知道珍惜，三年读硕时光稀里糊涂地转瞬即逝。本以为再也无缘做吴老师的学生，然而吴老师不嫌弃我的愚钝和不才，在他的成全下，我有幸再次成为他的学生。对自知才疏学浅的我而言，吴老师的宽仁既是动力也有无形的压力在其中。我努力做好，但事情往往欲速则不达。当我论文写作遇到困难而想退缩时，吴老师不仅在学业上为我指点迷津，更从思想上为我“降压减负”，因此，我才能坚持把论文写完。毕业后，虽然不能再当面聆听他的教诲，但是习惯成自然，每当我在生活或工作学习中遇到困难或困惑时，总是打电话给吴老师。吴老师总会耐心地听我诉说，为我解疑释惑。他不仅继续给我学术上的指导和提携，更以其洞悉世事的睿智和达观开导着一度困顿和消沉的我。从开始成为吴老师的学生到现在的近十六年的时间里，吴老师一直关注着我的成长，无论是学术方面，还是工作或生活方面，每有进步和可喜的变化，吴老师总会感到由衷的喜悦。得知生活步入常态的我又要出版学术专著，吴老师十分高兴，并于百忙之中欣然接受了为本书作序的请求。在此，我真诚地向吴老师道一声“谢谢!”同时，也要感谢吴老师的爱人胡健玲老师，她一直像知心姐姐一样给予我贴心的关怀。

感谢山东师范大学现当代文学博士生导师组的各位老师：朱德发先生、王万森先生、魏建先生、姜振昌先生、张清华先生、李掖平先生、房福贤先生等。他们治学严谨，学有专长，给我以学术滋养，让我受益终身；他们不同风格的授课方式也至今让我怀恋不已。

感谢王永兵、王金胜、陈振华、李莉等同门师兄师姐，感谢师姐刘传霞、同窗舍友江红英、师妹孙谦、同学杜传坤，热情而友善的他们陪伴我走过最后一段求学时光；还要感谢好友蓁蓁、阿任、雁飞，她们给我很多生活上的关心。朋友于我的深情厚谊是我一生的财富，也是我克服各种困难而出版本书的重要动力之一。

感谢我的父母和家人。求学生涯漫长，我在家的日子很少，疏于关心照料父母，倒要他们为我牵挂，为我承担生活中的风雨；如今日子安稳的我又因孩子年幼而无法在他们需要我时尽孝，想来十分惭愧。把此书献给生我养我的父母，感谢他们对我的关爱和理解!

感谢爱人和女儿，他们是我继续努力的最大动力。尤其感谢女儿，她让我的生活更有了奔头；小小的她十分健康乖巧，让我可以安心工作。为了修改书稿，我不得不经常丢下她去图书馆。女儿很乖，哭闹过几次后慢慢习惯了我的离开，会一边向我摇着小手，一边说“妈妈，再见”。有几次，走出家门的我无意中回望，发现女儿小小的身影就站在楼门口望着我离去的背影。懂事的女儿似乎看出了我要“军心动摇”，就又向我摇起小手。她不知道，她这一摇更摇得我“无心作战”，但最后我还是狠心离去。离去是为了更早地见到。每次我结束工作走出图书馆时，女儿早就在不远处等着我了。而很多时候，她总是比我更早发现对方。当我叫起她的名字时，她已经兴奋地边叫着“妈妈”，边扑向我。在女儿扑进我怀抱的那一瞬间，我几乎被融化了，所有的辛劳都化为乌有。女儿进步很快，刚开始修改书稿时，她还只会说简单的字词，到书稿修改完成，她已经能说很多短句。现在我只要一准备离开家，她就会说：“妈妈去挣钱买好好”。作为母亲，我更不敢有所懈怠，而是要给女儿做个好榜样——凡事不论结果，但要努力。

感谢我的工作单位山东科技大学为本书出版提供的资助；感谢文法学院的领导、同事多年来给予我工作上的支持和生活中的帮助。

感谢中国社会科学出版社的编辑门小薇，她为本书的出版付出了辛苦和努力。

感谢所有关心我、帮助我的人。

感谢生活，教会我很多。

王志华

2014 年 1 月于青岛